KB109602

이 경계를 지나면
당신의 승차권은 유효하지 않다

Au-delà de cette limite votre ticket n'est plus valable
by Romain Gary
Copyright © Éditions Gallimard, 1975
Korean Translation Copyright © Maumsanchaek, 2014

This Korean edition was published
by arrangement with Éditions Gallimard
through Sibylle Books Literary Agency, Seoul.
All rights reserved.

Cet ouvrage a bénéficié du soutien des Programmes d'aide à la
publication de l'Institut français.

이 책은 프랑스문화진흥국의 출판 번역 지원 프로그램의 도움으로 출간되었습니다.

■ 이 도서의 국립중앙도서관 출판시도서목록(CIP)은
서지정보유통지원시스템 홈페이지(http://seoji.nl.go.kr)와
국가자료공동목록시스템(http://www.nl.go.kr/kolisnet)에서 이용하실 수 있습니다.
(CIP제어번호: CIP2014003452)

이 경계를 지나면
당신의 승차권은 유효하지 않다

로맹 가리

이선희 옮김

마음산책

이 경계를 지나면
당신의 승차권은 유효하지 않다

1판 1쇄 발행 2014년 2월 15일
1판 5쇄 발행 2019년 10월 1일

지은이 | 로맹 가리
옮긴이 | 이선희
펴낸이 | 정은숙
펴낸곳 | 마음산책

등록 | 2000년 7월 28일(제13-653호)
주소 | (우 04043) 서울시 마포구 잔다리로 3안길 20
전화 | 대표 362-1452 편집 362-1451   팩스 | 362-1455
홈페이지 | http://www.maumsan.com
블로그 | maumsanchaek.blog.me
트위터 | http://twitter.com/maumsanchaek
페이스북 | http://www.facebook.com/maumsanchaek
전자우편 | maum@maumsan.com

ISBN 978-89-6090-180-3 03860

너무 늙어버린 육체 안에 자리 잡은
너무나도 젊은 마음들을 진정시키는 밤이 온다.

1

아침 7시 그리티의 아파트에서 자고 있는 나를 깨운 것은 둘리의 전화벨 소리였다. 나를 만나고 싶어 했다. 꽤 다급한 모양이었다. 강압적이고 위협적이기까지 한 어조가 불쾌했다. 우리는 둘 다 국제베네치아구명위원회의 회원이었다. 하지만 그 역사적인 베네치아공국이 하루아침에 바닷속으로 가라앉는 것도 아닐 텐데 그처럼 급하게 전화를 걸어올 일은 없었다. 전날 치니재단 회의가 있었지만 둘리는 자기가 제시간에 도착할 수 없었다고 설명했다. 최근 발생한 테러 때문에 이탈리아에서는 스물네 시간 총파업이 감행되었고, 그가 탄 항공기의 출발이 지연된 것이다.

"내가 탄 보잉기가 밀라노에서 주저앉고 말았어요. 헬리콥터고 뭐고 아무것도 없잖아요. 그래서 자동차를 타고 왔는데 말이지요……."

사정이 딱하게 되긴 했다. 우리는 9시 반에 바에서 만나기로 약속을 했다. 무슨 이유로 나 같은 사람을 보자고 하는지 궁금하지 않은 것도 아니었다. 그에 대해서 아는 것이 거의 없었다. 그와의 관계를 말하자면, 그는 범접할 수 없는 사람이라는 것이 전부다. 우리가 말하는 수치는 같은 차원이 아니었기 때문이다. 짐 둘리는 미국 최대의 유산 상속자였다.

우리는 1962년 생모리츠에서 열린 봅슬레이 선수권대회에서 처음 만났다. 나는 아들과 대회에 참가했다. 몸집 좋은 오십 대, 인자하고 활기차며 유쾌한 성격, 잘 다듬은 몸매와 텍사스 출신답게 떡 벌어진 어깨, 희끗희끗한 금발의 곱슬머리 때문에 남자인 내가 보기에도 얼마간의 적의와 경쟁심, 여자들의 전유물만은 아닐 경쟁심을 불러일으키는 그런 사람이었다. 이 연애 선수는 전 분야에서 세계 챔피언 같은 분위기를 달고 다녔다. 또한 그의 성공, 권력, 저택까지도 나 자신의 성공에, 어떤 면에서는 내 삶의 의미에마저 막연하게나마 문제를 제기하고 있었다. 우리 둘 다 꿈을 이루지 못한 실패자였지만 짐 둘리는 꿈의 법칙 따위에 개의치 않는 것처럼 보였다. "타고난 것보다 더 위대하게……." 호메로스 이래 인간의 나약함에 붙어 다니는 이런 몽상적 문구에 내가 속을 일은 없다. 그래도 선수권 우승자가 있다면 둘리는 행복의 링에서 위협적인 경쟁자가 되었을지 모른다. 빨간색 스웨터를 입은 길쭉한 실루엣이 결승점에 다다라 몸을 일으켜 헬멧을 벗고 관중을 향해 당연한 듯이, 온 세상을 소유한 듯이 미소 짓는 모습을 보고 나는 열등감, 패배감 같은 느낌을 떨쳐버릴 수 없었다. 나를 이겨서가 아니라 내가 이 미국인보다 '못하다'는 것, 그가 '너무' 대단해 보인다는 것, 그에 다다를 수 없다는 것 때문이었다. 둘리에 대한 청교도적인, 그리고 정치적인 내 적의를 될 대로 되라는 식으로 생각하게 되었다. 그날 저녁, 나는 호프라는 바에서 어떤 기자와 마주쳤다. 그녀는 생트로페에 정박한 짐 둘리의 요트에서 그를 '인터뷰'했는데, "그를 말릴 방법이 전혀 없었다, 밤새도록 그것을 했다"라고 털어놓았다. 이런 고백은 보통 전설적인 인물과 자신의 수준을 재어보고 나름 최선을 다해보겠다는 마음이 들게 한다. 하지만 난 짐 둘리보다 젊었고 여인들에게서 위안을 찾을 필요성을 느끼지 않았다. 그리고 여전히 비밀의 정원, 나만의 세계에 대한 취향을 지니고 있었다. 나는 다른 누구도 들어올 수 없는 둘만의 끈끈한 공모를 좋아했다. 이 분야에서 '명성'이라고 불리는 것은 모두 경이로움의 끝이다. 사랑이 머무는 진정한 집은 언제나 숨겨진 곳이다. 게다가 정조는 나에게 독점 계약을 의미하지 않는다. 정조는 그 의미로 보아 헌신과 소통의 개념이다. 연합군의 상륙작전이 있기 몇 주 전인 1944년 5월, 비밀 작전지에서 명령을 받고 내 라이샌더 항공기가 이륙하다가 곤두박질치는 바람에 나는 정신을 잃었다. 당시 내 삶과 투쟁을 함께하던 여인이 추락 한 시간 뒤 내가 옮겨진 농가의 침대맡에 와 있었다. 여인은 무척 괴로워하고 있었다. 내 상태가 그런 감정을 일으킬 정도로 심각한 건 아니었다. 루시엔은 내 사고 소식을 전화로 들었을 때 호텔에서 내 친구 녀석과 자려던 참이었다고 설명했다. 그녀는 한마디 말도 없이 친구를 남겨두고 나를 보러 왔다. 내가 볼 때 정조라는 것은 바로 정확하게 이런 것이다. 때에 따라 사랑을 제쳐두고 쾌락을 선택하는 것이다. 물론 남들은 정조에 대해 다르게 생각할 수 있다는 점, 루시엔의 그 같은 태도에는 애정이 결여되어 있다는 점을 나도 인정한다. 내 정신 속에 이미 비밀스럽게 균열이 감추어져 있다고 인정할지도 모른다. 그

균열은 그칠 줄 모르고 점점 커져서 내가 있는 곳까지 다다른다. 나는 아무것도 모른다. 게다가 알리바이를 찾지도 않는다. 여기에서 변론을 하려는 것이 아니다. 도움을 청하는 것도 아니다. 이 글을 빈 유리병에 넣어서 바다에 띄우려는 것도 아니다. 인간이 꿈을 꾸기 시작한 이래로 수많은 도움 요청이 있었고 수많은 병이 바다에 던져졌지만, 여전히 바다를 보는 일은 놀랍지 않다. 병 말고 아무것도 보아서는 안 된다. 1963년 즈음 여기저기서 내 눈 앞에 펼쳐진 백만장자의 이미지, 둘리에게 '서양 제일의 플레이보이' 타이틀을 안겨준 그 매력적인 백만장자의 이미지 때문에 나는 아직도 종종 짜증이 날지 모를 일이었다. 인기 있는 모델, 불가피한 쾌락의 장소, 페라리, 바하마, 자기들은 지불할 수도 없는 돈에 그처럼 혼미해져버린 젊고 아름다운 아가씨들의 행렬……. 둘리는 아무런 취향도 아무런 생각도 없는 것처럼 보였다. 다른 사람들의 시선이나 욕망을 전적으로 신뢰하는 것 같았다. 그에게는 성적 매력이라는 보증이 꼭 필요했다. 수많은 남자들이 메릴린 먼로를 꿈꾸었기 때문에 다른 수많은 남자들이 그렇게 메릴린 먼로를 꿈꾼다.

내가 짐 둘리를 마지막으로 만난 건 1963년 오스페달레티 근처 둘리의 소유지에 위치한 티에봉이라는 기업인의 저택에서 며칠을 보내던 때다. 그곳은 분명 이탈리아 연안의 개인 소유지 해변 가운데 가장 아름다운 곳이었다. 나를 포함해 스무 명가량이 초대를 받았다. 당시 티에봉은 예순여덟이었다. 그 나이에도(아니, 어쩌면 그 나이 때문에) 티에봉은 수상스키 챔피언이 되려고 열심이었다. 그는 파도 위에서 놀랄 만큼 자연스럽게 우아한 곡선을 그렸고, (연륜의 무게와 자연의 법칙에 대한 도전의 절정답게) 수상스키를 타는 동시에 빌보케나무 공과 공받이가 끈으로 연결되어 있고 공을 던져 받아내는 놀이를 하면서 최고의 기량으로 우리의 얼을 빼놓으며 즐거워했다. 훌륭했다. 하지만 한편으로 불쾌함이 일었다. 굳이 아침 9시에 시범을 보이려고 했기 때문에 모든 손님은 예의를 차려서 혹은 동정 어린 눈길로 지켜봐야 했다. 손님들은 떼 지어 해변으로 몰려가서 바다에서 활약하는 노인에게 정중히 찬사를 보냈다. 대머리독수리 같은 옆모습에 마른 체구인 노인은 물 위에서 춤을 추면서, 빌보케 공을 던지고 다시 공받이에 받아냈다. 거기에 발레 스커트만 입혀놓으면 그 모습이 아주 우스웠을 것이다. 그 끔찍함에는 고야를 떠올리게 하는 무엇이 있었다. 사람들은 그칠 수 없는 웃음과 동정 사이에서 망설였다. 수완이 좋은 자들이었다.

"젊기도 하셔라! 힘도 좋으시지!"

"대단합니다!"

"누가 일흔을 앞두었다고 하겠어요?"

"몰리에르 시대에 마흔 먹은 남자는 이미 늙은이라고 여겼다지요!"

"요즘 보기 드물게 놀라운 사람이라고 제가 늘 말씀드렸지요."

하지만 내 쪽에 있던 스무 살 남짓 젊은이는 작은 소리로 노동가를 흥얼거렸다.

"최~후~의~ 전투……"

어느 날 아침 나는 전날 도착한 둘리와 해변으로 나왔다. 기모노 차림의 그는 거슴츠레한 눈에 헝클어진 머리를 하고, 그의 휴

가에 활기를 불어넣는 한 유명 영화배우의 허리에 팔을 두르고는, 노인이 한 다리로 서서 파도에 미끄러지거나 요트 '리바'에 몸을 기대거나 한 손엔 줄을 잡고 다른 한 손으론 빌보케를 하면서 때로 우아하게 360도 회전을 하는 서핑 묘기를 조용히 바라보았다.

"망할 녀석.(Poor son of a bitch.)" 둘리가 영어로 투덜거렸다. 그 모습을 보면서 저승사자가 깔깔대며 웃음을 터뜨렸을지도 모른다. 수년 전부터 그는 더 이상 아무것도 하지 못한다. 그는 다른 것을 찾으려고 한다. 그게 나를 심란하게 한다. 제기랄.(Shit.)

그는 가버렸다.

가십난에, 금가루나 유럽의 불꽃놀이를 다루는 전문 서적에 떠돌던 매력적인 백만장자의 '이미지', 종내는 끝도 없는 연회의 소용돌이 가운데서 떠돌던 그 이미지가 매우 빠른 속도로 변화하기 시작한 것도 바로 그 무렵이었다. 우선은 1, 2년의 긴 침묵이 있었다. 그리고 그의 이름이 신문에 다시 나타났지만 이번엔 지면과 항목이 바뀌어 있었다. 이제는 그의 이름을 〈파이낸셜타임스〉에서, 아니면 〈월스트리트저널〉에 작은 활자로 쓰인 행간에서 찾아야만 했다. 서방세계가 이제껏 겪어보지 못한 번영의 물결에 따라 떠오르고 내려가기를 반복하는 사업가들이 이런 잡지들의 요란하지 않으면서 우수한 수준 덕분에 영국 새빌 로 거리의 유명한 디자이너들보다 더 멋지게 포장되었다. 나는 둘리가 옛날에 봅슬레이 경기장에서 보여주었던 승리욕과 대담함을 품고서 유럽 사업 확장 및 성장 선수권대회에 뛰어들었다는 것을 알았다. 아버지가 돌아가신 이후로 가만히 미국에 묵혀두었던 먼지 쌓인

돈 수십억을 흔들어대며 둘리는 다국적기업이라는 빠르고 확실한 게임으로 자본금을 배가했고 〈포춘〉이라는 미국 잡지는 미국의 유럽 투자를 다룬 특집호에서 그의 공적을 퍼뜨려주었다. 1970년 그가 소유한 지주회사의 규모로 말하자면 독일 주간지 〈슈피겔〉이 "누군가 주식을 매입할 때마다 주가 전환점에서 제임스 둘리의 얼굴을 보지 않을까 궁금해한다"라고 언급할 정도였다. 그가 프랑크푸르트에 있는 회사와 동업하여 스위스에 은행을 설립한 지 2년이 지나, 그의 은행은 독일 부동산의 '황금의 삼각지대'인 함부르크, 뒤셀도르프, 프랑크푸르트를 장악하게 되었다. 공식적으로 반박하기는 했지만, 대량 자본의 갑작스러운 철수는 쾰른의 헤르슈타트 은행의 파산을 유발했고 게를링보험회사 제국에 종지부를 찍었다. 이는 아주 치밀하게 준비된 작전의 결과처럼 보였고 사회민주주의 언론들은 공개적으로 둘리의 '야만적 자본주의'를 비난했다. 나는 둘리와 잘 사귀어보려고 하지 않은 것을 어느 정도 후회하기에 이르렀다. 그 정도의 재력은 나조차도 저항하기 힘든 마력을 발휘한다. 그게 전혀 나답지 않다는 것도 안다. 나는 또한 은행가들이 둘리에 대해 이야기할 때 중립적 입장에서, 어떤 비판적 판단도 없이 재계 최고의 새로운 별이 나타났다는 말을 하고 다닌다는 것도 알게 되었다. 1962년부터 1970년까지 수년 동안 유럽의 경제적 번영은 영속적 성장의 비밀을 발견한 것처럼 보였지만, 유럽의 경제력 실추와 더불어 돈은 17세기 부르주아 탄생 이래로 경험해보지 못한 도덕적인, 거의 정신적인 광채로 프랑스와 독일을 빠르게 뒤덮어버렸다. 나는 유럽의회에서 열린 한 회의가 끝난 후 연회장에서 들었던 멋진 문장을 아직 기억한다. 중국에서 돌아온 한 대사 부인이 자신이 보았던 일을 떠벌리며 이야기했다. "그런데 말이에요, 결국 공산주의는 가난뱅이를 위한 거예요." 로마클럽전 세계 지속 성장을 목적으로 경제학자, 재정 전문가, 기업가 들이 1968년 창설한 국제 협회은 아포칼립스 예언을 아직 발표하지 않았다. 자동차 업계가 우세였다. 신용 대출이 철철 넘쳤다. 석유업은 말할 나위도 없었다. 프랑스는 좋은 사업지가 되었다. 포르 그리모프랑스 남부 생트로페 부근 지중해 연안에 위치한 도시로 프랑스의 베네치아로 불림에서 벌어진 것과 같은 부동산 건축 사업은 개발업자들에게 수십억씩 수익을 가져다주었고, 동시에 그때까지 리처드 버턴이 엘리자베스 테일러에게 준 보석들이나 오나시스, 니아르코스 같은 갑부들의 수십억대 재산, 아니면 부삭 씨, 빌덴스테인 씨 소유의 경마장 같은 데 만족해야 했던 사람들에게 꿈꿀 거리를 제공했다. 내 제지 공장과 합판 공장, 예술 서적 출판사는 사업이 원만히 굴러갔고, 나는 초기 자본금이 4억 프랑에 달하는 유럽판 북클럽미국의 북클럽에서 시작해 1960년대 프랑스 문화부 장관 앙드레 말로의 문화 장려 정책과 더불어 북클럽 마케팅이 절정에 다다름 창립을 준비하고 있었다.

나는 유복한 플레이보이가 거대 다국적기업 사업가로 변신한 것에 그다지 놀라지 않았다. 트로피에 대한 취향은 나이가 들어도 변하지 않는다. 오히려 육체에서 기운이 빠져나가면 종종 정신이 악착스러워진다. 자동차 사고를 당하고 나서 오십 대였던 잔니 아녤리는 피아트 자동차 사업에 헌신했는데, 힘 있고 집요하면서도 영리한 방식은 유럽의 성장에 활력을 불어넣어주었다. 동시대 사람인 피냐테리는 여인 정복으로 파리와 로마를 떠들썩하게 만든 다음 구리 사업으로 전향하여 광산 자산을 공고히 하고 증대

하는 데 전념했는데, 그 집요함은 브라질을 놀라게 했다. 오십 대 즈음하여 성욕은 종종 전이를 일으키는데, 하강 곡선을 방패 삼아 힘의 자산을 구축하려고 애쓰기도 한다.

1971년에 어떤 주간지를 읽다가 나는 짐 둘리가 피사의 사탑을 바로 세우려고 한다는 것을 알게 되었다. 적어도 내 눈앞에 펼쳐진 인터뷰 기사는 그렇게 말하고 있었다. 하지만 클라라 포스카리니 기자가 작정하고 심술궂은 장난을 했는지도 모를 일이다. 둘리는 그 유명한 피사의 사탑이 무너지는 것을 방지하기 위해 사탑을 강하게 만드는 것으로는 충분하지 않고, 이탈리아 르네상스 걸작 건축물에 옛날의 그 자랑스러운 풍채를 돌려줘야만 한다는 의견을 피력했다. 둘리에 따르면, 현대 과학은 세월의 작품, 중력의 법칙이 인간의 천재성에 건 도전에 완벽하게 응수할 수 있다. 또 기자의 말에 따르면, 짐 둘리는 마치 굉장히 위급한 일이라도 있는 양 새벽 2시에 전화를 걸어 30분에 걸쳐 자신의 생각을 이야기하고, 필요한 재정을 지원하겠다며 알렸다고 했다. 포스카리니는 자신이 생각할 때 과학과 테크놀로지는 명백한 한계를 지니고 있다, 가령 위스키 냄새는 전화선을 타고 올 수 없다고 말하면서 기사를 마무리했다.

피사의 사탑을 바로 세우자는 생각은 이탈리아에서 대폭소를 유발했고, 둘리는 그러한 발언을 한 적이 없다고 단호하게 부정했다. 자신이 원한 것은 단지 당국이 엔지니어들의 공모를 받아서 건축물이 무너지지 않도록 확실한 방법을 모색하는 것이었다고 했다. 그 뒤에 실제로 공모가 진행되었으나 정부 조직위원회는 실효성이 없다는 이유로 공모에 응한 해결 방안을 모두 철회했다.

이 어처구니없는 인터뷰 이후, 나는 파리의 한 저녁 식사 모임에서 그 갈색 머리 기자 옆자리에 앉게 되었다. 오스페달레티에 갔을 때 둘리와 동행했던 기자였다. 그녀는 나에게 티에봉의 저택에 또 갔었는지 물었다. 나는 일흔이나 먹은 노인네가 바다에서 빌보케와 수상스키 즐기는 장관을 매일 아침 들여다봐야 하는 일은 진짜로 맥 빠지는 짓이라고 말했다.

"맞아요, 꽤 고역스러워요. 남자들은 때로 땅에 묻히기도 훨씬 전에 죽은 것처럼 살기도 해요. 그 뒤로 짐을 본 적이 있나요?"

그녀가 물었다. 우리는 그리 자주 만나는 사이가 아니라고 대답했다.

"짐도 빌보케를 해요." 이렇게 지적하는 그녀의 목소리는 얼마간 쌀쌀맞았고 미소에도 매정함이 묻어 있는 것을 알아차렸다.

"그래요?"

그녀는 잠시 페리고르식 닭고기 소스를 포크로 뒤저었다.

"말하자면 둘리의 빌보케는, 그리고 그가 이룬 성과는 대자본 업계에서 벌어지는 거지요. 그이는 현재 유럽에서 가장 힘 있는 남자들에 속합니다."

그녀는 샴페인을 조금 마시고는 가볍게 웃었다.

"제가 말하려는 것은 물론 재정적 힘이지만……."

그 순간 뭔가 냉기 같은 것이 흘렀다. 옆 사람과 이야기를 나눌 때 나는 그녀를 힐끗힐끗 관찰했다. 생전 처음으로, 마치 권투 선수가 링 위에 오르기 전에 상대 선수를 쳐다보듯이 아름다운 여인을 쳐다보고 있었다. 그리고 생전 처음으로 정력이라는 것이 돌연 그러한 관점에서 내 앞에 나타났다. 나는 이 코미디의 원천을 그때까지 등한시하고 있었다.

그리티의 바는 대운하 쪽으로 향해 있어서 둘리는 테라스 쪽을 지나 내게로 왔고 손을 내밀었다. 우리는 조각상같이 생긴 여인들에 대해 이야기를 나누었다. 하지만 청동이건 대리석이건 내 앞에 있는 남자만큼 훌륭한 표본을 찾기는 어려울 것이다. 키와 어깨, 머리 모양은 힘찬 인상을 주었고, 그 풍채는 타고났다기보다는 화가가 의도적으로 미화한 작품에 가까워 보였다. 그는 넥타이 없이 흰 와이셔츠를 입었는데 시원하게 열어젖혀 운동 점퍼 위로 흰색 깃이 드러났다. 반백의 머리칼은 여전히 곱슬거렸지만 어느덧 세월에 둔중해진 얼굴에 곱슬머리는 약간 생뚱맞아 보였다. 이목구비의 고운 선을 보니 예전 모습이 흐릿하게 남아 있었다. 기억을 더듬으면 나이가 흩뜨려놓은 윤곽을 되찾을 수 있을 터였다. 그는 나보다 일고여덟 살 더 많았다. 둘리는 한 손으로는 내 손을 잡고 다른 한 손은 내 어깨에 올려놓았다. 다소간 보호자를 자처하는 이 몸짓은 언제나 나를 짜증나게 만들었다.

"만나서 반갑습니다. 반가워요……. 우리가 마지막으로 본 게……."

기억나지 않는 것이 겸연쩍은지 둘리가 웃기 시작했다. 그러고는 내 팔을 잡아끌어 바의 구석 자리로 데리고 갔다. 나는 2주 전에 둘리가 관리하는 주네브은행에 30억 대출 신청을 했다. 거기다가 (14퍼센트에 이르는!) 거의 같은 액수의 어음 할인도 신청했다. 그가 이 사실을 알고 있는지 궁금했다. 대출이 점점 목을 조여오는 것은 비즈니스 업계에서 흔히 하는 말로 사느냐 죽느냐의 문제로 드러나기 시작한다. 10여 분 동안 둘리는 이탈리아의 정치 상황과 베네치아를 살리기 위한 시도들이 봉착한 참담한 결과를 이야기했다. 어떤 기획도 시작조차 하지 못했다. 유네스코 등 국제기구가 거액을 출자했지만 그 유명한 '정부 지침'이 여전히 시간을 끌었던 것이다. 사실 '정부 지침'은 이미 준비가 되었지만 계속되는 위기 탓에 로마는 아무런 행동도 취할 수 없었다.

"5년 전부터 전문가들의 의견을 듣고 있어요. 당신도 알겠지만, 이 문제에 처음 관심을 가진 사람이 바로 나요. 연구에 처음 돈을 댄 것도 나고……."

심한 미국식 억양에 비해 그는 어휘를 사용하는 데 전혀 어려움 없이 빠르고 능숙한 프랑스어로 이야기했다. 11월 베네치아의 운하와 하늘 색을 담은 청록빛이 그의 얼굴에 들이쳤다. 조금 덜 거칠고 투박했다면 캄포 디 산 조반니 파올로에 있는 콜레오니 장군의 기마상과도 같았다. 나에게는 그 흐릿한 시선이 띠는 푸른빛, 아니 그 응시하는 모습이 인상적이었다. 그의 시선에는 마음 깊은 곳에 자리한 절망적인 강박감이 깃들어 있었고, 절실히 도움을 바라는 마음이 이야기를 듣는 상대방에 대한 절대적 무관심과 뒤섞여 있었으며, 가장 평범한 대화 중에도 끊임없이 경종을 울렸다. 둘리의 연푸른색 눈동자는 시선을 던질 때마다 도망을 시도하는 그런 불안감을 지니고 있었다.

내 머리 위에서 캐스터네츠 소리가 들렸다. 바텐더의 셰이커 안에서 얼음이 부딪치는 소리였다.

"**보존하기**. 내가 보기엔 할 수 있는 것은 그것뿐입니다. 문명의 키워드지요. 변질되도록 내버려두지 않기, 절대 한 치의 땅도 양

보하지 않기. 그렇지만 다 할 일만 있죠. 난 아직 1차 프로젝트를 기억해요. 베네치아가 가라앉지 않도록 시멘트를 부었던 그 화제의 프로젝트 말이오. 시시한 것들! 시멘트 주입이 예상과 반대로 도시를 더 빨리 가라앉게 할 거라는 게 얼마 안 가서 알려졌죠……. 그러고 나서 공기 잠함을 써서 옛날 것들을 물에 뜨게 하자는 의견이 나왔어요. 그건 검토를 마치지도 못했지요. 그리고 이제 과학적인 방식으로 일에 적합한 것을 다 짜놓았는데 이탈리아 전체가 붕괴되어서는 아무것도 해볼 도리가 없게 되었소……."

그는 바텐더에게 두 잔째 마티니를 주문했다. 그리고 마치 내 코가 제자리에 붙어 있는지 확인이라도 하려는 양 얼굴을 빤히 쳐다보았다.

"우리 나이가 같지요?"

"전 쉰아홉입니다."

"나도 그렇소."

나는 아무렇지도 않은 듯 무관심하려고 애를 썼지만, 놀라움을 감출 수는 없었을 것이다.

"놀란 모양이구려."

"아니요. 전혀요. 왜 제가 놀랐다고 생각하십니까?"

"모르겠소. 당신이 묘한 표정을 짓기에……."

나는 그가 이처럼 하나도 안 틀리고 자연스럽게, 하지만 끔찍한 미국식 억양으로 프랑스어를 쓰는 것에 여전히 익숙해질 수 없었다.

"당신이 나보다 훨씬 젊어 보여요." 둘리가 말했다.

"뭐 꼭 나이대로 보이라는 법은 없으니까요."

"당신은 어떻게 돼가고 있나요?"

"뭐라고요?"

"당신 아직 꽤 잘 버틴다고 하더군."

"운동을 많이 합니다."

"여자들 얘길 하는 거요."

남자가 '여자들'이라고 복수로, 살아 있는 육체의 맛을 아는 전문가들이나 되는 듯 자기들끼리 공모를 꾀하는 그런 어조로 여자들 이야기를 할 때마다 나는 그 사람에 대해서 거의 인종차별적인 증오감이 울컥 올라옴을 느낀다. 정신의 바닥까지 드러내 보이는 그런 식의 밀담을 늘 진저리 나게 혐오했다.

나는 잠자코 있었다. 테이블 위로 둘리의 손이 왔다 갔다 했다. 그는 눈을 내리깔고 있었는데, 나와 함께 있다는 것도 잊은 것 같았다. 그의 얼굴에 해그림자가 드리워졌다.

"여자들은 점점 더 커집니다. 알고 있어요?"

"무슨 말씀을 하시는 건지 도통 알 수가 없네요."

"아니라고요? 그럼 내 설명해드리지. 나한테는, 그니까 여자들이 한 4, 5년 전부터 커지기 시작했단 말이지. 첫 번째 여자는 열여덟 살 꼬맹이였는데 이미 안쪽이 너무 컸다네. 질이 헐거워진 것이 뭔가 집 같고. 가까스로 닿는다는 느낌이 들 뿐이었고."

"그런 문제를 해결하는 아주 간단한 수술이 있다고 하던데요."

"그런데 말이야, 그러고 나서 스물두 살 된 예쁜 여자를 만났소. 표지 모델 하는 덴마크 여자였는데, 당시 기성복 브랜드는 표지 사진 같은 것에 무척 공을 들였지……. 그러니까 그 여자 역시 안쪽에 그런 기형 때문에 고생했네. 그다음엔 당신이 영화관에서 보았던 그 유라시아 여인이었는데…… 똑같은 것이…… 너무 컸다네! 그런 건 정말이지 처음 봤어. 잇달아 그런 참사를 겪다니, 참……. 그래서 전자업에 있던 스테이너에게 그 얘기를 터놓고 했다네. 육십 대니까 우리 나이 된 양반인데 그이도 방탕한 생활을 그치지 않았지. 이보게, 그게 바로 중요한 점일세. 그치지 않는다, 굴복하지 않는다……. 그러니까 스테이너에게 그런 얘기를 했는데, 그러면서 바로 끔찍한 진실을 알게 되었지."

그는 쓴웃음을 지었다.

"그가 뭐라고 했는지 아나? '이보게, 자네 여자들의 그것이 커진 것이 아니네. 자네 것이 너무 작아진 것이지.'"

그가 내 어깨 뒤쪽을 뚫어져라 처다보았기에 나는 본능적으로 뒤를 돌아다보았다. 아무것도 없고 벽뿐이었다.

"난 1년 사이에 적어도 2센티미터나 잃었다오. 전처럼 완전히 굳어지지도 않고. 음, 그런 거라네. 누구나 그렇게 되는 게지. 틀림없이 말이오. 1944년에 난 오마하 해변에서 기관총 사수로 노르망디상륙작전에 참여했고 파리를 해방시켰소. 당신은 레지스탕스의 영웅이었지, 지하단체에서 스물여섯에 장교였고. 그런데 이제는 더 이상 발기가 되지 않는다니. 이게 정말 구역질 나는 일이지 않소?"

"그렇지요. 정말이지, 전쟁에 이기려고 그렇게 고생한 게 아니었습니다."

나는 빈정거림으로 돌아섰다.

"그것을 정상으로 돌리려면 전쟁을 한 번 더 해야겠습니다."

"물론이오. 난 아직 끝나지 않았다고 생각해요. 하지만 당신도 알지 않소. 여자하고 잠자리에 들었을 때, 충분히 굳어지지 않아 휘어버릴 것을 알기 때문에 감히 위험을 무릅쓰지 못하는 것을. 두려움과 절망감 때문에 길을 뚫어주지 못하고 힘이 완전히 풀려버리고, 그러면 당신을 위로하고 이마를 쓰다듬어주면서 '괜찮아요, 당신 피곤하군요' 혹은 '가여운 당신' 하고 말해주는 엄마 같은 여자거나 아니면 그 위대한 짐 둘리가 이젠 발기도 안 되고, 쓸모도 없고, 여자들도 다 떠나 없다고 생각하면서 짐짓 쓴웃음을 감추려는 빌어먹을 여자하고 함께 있겠지."

"로마제국의 멸망이지요."

그는 내 말을 듣고 있지 않았다. 나를 보고 있지도 않았다. 나는 거기에 없었다. 그는 세상에서 혼자였다. 모두 다 죽을 수 있다. 그는 이제 발기가 되지 않았다. 공포와 원한이 서린 그의 눈이 유리창에 고정되어 있었다.

"그네들에 당신 운명이 달려 있군요. 어떤 여자를 만나는지에 달려 있다는 말입니다. 나쁜 년을 만나면 당신은 끝장이지요. 여자가 사방에 떠벌리고 다닐 겁니다. 아세요? 짐 둘리, 끝났어요. 이젠 안 된대요. 아무 쓸모 없어요……. 아메리카 신대륙 발견, 그런 거죠. 다행히도 그게 다 여자들 잘못이다, 여자들이 흥분을 못 시켰기 때문이다, 라고 믿는 사람들이 있어요. 그런데 위신이란 게 있어서 자기들이 나를 잃을까 봐 두려워서 예순인데도 그는 아직 훌륭해…… 힘을 타고 났어…… 하고 떠들고 다니지요."

그는 말을 멈추고서 이번엔 나에게 고백할 시간을 주면서 뜸을 들였다. 나는 아주 정성 들여 담뱃불을 붙였다.

"알고 계십니까? 성공적으로 발기가 될까 걱정하면 할수록 발기가 잘 안 된다는 것을요. 이번에도 심리 승. 더 불안할수록, 그리고 스스로 안심하기 위해서 더 성관계를 가질수록 어쨌든 자꾸 시도하기 마련입니다. 결국에는 잠자리를 하고 싶어서 하는 것이 아니라 스스로 안심하려고 관계를 가집니다. 아직 내가 건재함을 과시하기 위해서죠. 관계에 성공하면 당신은 '휴! 아직 끝난 게 아니야, 난 아직 남자야'라고 말하지요. 그런데 혹시 아세요? 예전에는 여자를 쳐다볼 때 그녀가 내 맘에 드는지 알아보기 위해서 그렇게 했어요. 이제는 여자를 쳐다보고는 혼자 생각해요. 이 여자가 클리토리스형일까, 질형일까? 미리 알 수가 없으니 실전으로 갈밖에……."

내가 물었다.

"누군가를 사랑해본 적이 있습니까?"

처음으로 그의 얼굴에 유머러스한 기운이 떠올랐다.

"**무엇**이랑요? 문제는 바로 그것으로 귀결됩니다. **무엇**이랑. 이 얘기 알아요? 어떤 남자가 징병 심사를 받는데 의사가 '생식기를 보여달라'고 하니까 입을 벌리더니 혀를 내밀고 '아아아아……' 했더랍니다. 빌어먹을, 어떻게 우리한테 그런 일이……. 빵! 단 한 방에 쓰러지다니. 번개 맞은 참나무처럼, 그렇죠. 난 더 나은 것을 바라지 않아요. 하지만 예쁜 여자하고 잠자리에 들 때, 그리고 이제 아무도 없을 때……. 한번은 내가 한바탕 치르고 나서 똑바로 누워 있는데 잘 안되었던 거예요. 여자가 옷을 챙겨 입으면서 나를 쳐다보는데 나는 마치 이미 죽은 사람처럼 좀 엉뚱한 얼굴을 하고 있었네요. 그녀가 담배를 비벼 끄고 이렇게 내뱉더이다.

'당신은 성적 감퇴를 감당할 수 없는 남자예요. 부자로 사는 게 습관으로 배어 있기 때문이에요'라고요."

나 자신에 대해서 말할 때 늘 그렇듯이, 나는 초연하게 말했다.

"그렇죠, 뭐."

"언젠가 좌파 사상을 지닌 창부하고 관계를 가진 적이 있었어요. 그런데 그런 여자들은 성관계를 하지 않아요, 끄적이며 뭔가 적어요. 문제는 성욕을 포기할 정도로 내가 헐어빠지지 않았다는 점입니다. 그건 내 타입이 아니에요. 난 쉽게 포기하지 않습니다. 끝까지 싸웁니다. 난 늘 싸움 선수였어요."

"챔피언이시죠."

"뭐, 말하자면요. 아! 우리가 언제 마지막으로 만났는지 알겠어요. 유럽 봅슬레이 챔피언십!"

"아녜요. 마지막으로 티에봉 씨 저택에서 만났죠. 빌보케 할 때."

그는 유리창에 비친 만 쪽으로 눈을 돌렸다. 보이지 않는 끌로 새긴 것처럼 빛이 그의 주름을 패놓았다. 고왔을 터이지만 나이 때문에 헝클어진 이목구비 선, 로마 시대의 반신상과 메달에서 볼 수 있는 그의 곱슬머리는 카이사르 황제의 동상들과 뜻밖의 관계가 있다. 어떠한 고대 작품도 절망의 이미지까지 우리에게 전달하지는 못한다.

하지만 알아야 할 필요는 있었다.

"왜 저인가요?"

"왜냐하면 내가 당신을 잘 알지 못하기 때문이고, 그게 훨씬 쉬우니까. 그리고 우린 같은 전쟁을 치르지 않았소. 그리고 이겼잖아요. 그게 우리를 가깝게 만드는 이유지요."

그는 엄한 눈으로 나를 쳐다보았다.

"당신은 어떻게 돼가고 있어요? 아무렇게나 말하지 말아줘요. 우린 나이도 같고……."

이미 한참 전부터 나는 자리를 박차고 일어나서 나가고 싶었지만 아주 본격적으로 대화를 나누고 싶은 마음도 있었다. 이제는 내가 자기 은행에 청구한 대출과 어음 할인에 대해서 알고 있을 거라는 확신이 들었다. 바로 그 때문에 그가 나를 현관 깔판 정도로 부리는 것일 테다. 어쩔 수가 없었다.

나는 어깨를 으쓱했다.

"우리 나이의 하강 곡선에 대한 정보를 교환하자고 아침 7시에 저를 깨운 것은 아니시겠지요?"

"사람들이 당신은 아직 관계가 왕성하다고 합디다. 그래서 생각했소. 그 사람에게 가서 얘길 해봐야겠다. '전직' 선수끼리. 그가 어떻게 하는지 물어봐야겠다. 당신 애인 브라질 여인이 굉장히 미인이라고 하던데."

나는 일어섰다.

"자, 둘리, 이제 그만합시다. 당신 취했어요. 가서 주무세요. 생각을 좀 안 하는 게 크게 도움이 되겠네요."

그는 술잔을 내려놓았다.

"앉아요. 당신 나에게 큰 은혜를 입고 있잖소. 주네브개인자산은행은 당신이 청구한 대출을 승낙할 겁니다. 그리고 어음도요. 사람들은 반대했어요. 당신은 이제 가망이 없다고들 생각했죠. 나 또한 그럴 거라고 생각해요. 그래요, **난 알아요**. 그리고 당신도

요. 하지만 당신은 아닌 척하고 있는 거지요. 아니면 그걸 모르는
지도. 아니면 알고 싶어 하지 않는지도 모르지요."

나는 웃기 시작했다. 억지웃음이 아니었다. 그 소식이 어깨에
지고 있던 어마어마한 짐을 덜어주었기 때문이었다.

"언제부터 스위스은행이 파산할 것을 알면서도 기업에 돈을 빌
려주었습니까?"

"둘리가 명령을 내릴 때부터겠죠. 당신은 망했어요. 고장 났다
고요. 그래요. 당신 자신은 아마 잘 모를 거예요. 우리는 희망으
로 삽니다. 다시금 일어설 거라고 믿지요."

"당신 얘기인가요? 아니면 내 얘기인가요? 아니면 피사의 사
탑 얘긴가요?"

"재미있군. 그렇지, 당신이 아직 모르나 본데, 당신은 문제의 정
면을 바라보고 싶어 하지 않아요. 자기 자신을 아는 데엔 때로
아주 많은 시간이 걸린다오."

"클라인딘스트 그룹에서 30억 구매 제의를 받았습니다."

"……25억."

"난 40억을 요구해요."

"알아요. 아주 흥미롭군요. 그건 기회가 되면 다시 이야기합시
다. 팔기 전에 날 보러 와요."

그는 술을 들이켰다.

"클라인딘스트, 그래요……. 난 그 사람을 좋게 볼 수가 없어
요." 그가 투덜거렸다. 강한 미국식 억양으로 그렇게 말하는 방식
이 갑자기 견딜 수 없이 우습게 보였다. 그때 처음으로 나는 몇
달 동안 달고 살았던 스트레스의 존재를 확인했다.

"클라인딘스트가 당신한테 어떻게 했는데요? 구슬치기에서 이기기라도 했나요?"

"진저리가 나요. 그뿐이오."

"왜 그러시나요? 비밀이 아니시라면……."

"당신은 모를 거요. 당신은 근처에도 못 가요. 프랑스인들은 턱도 없어요. 당신 나라에 실뱅 플루아라, 그 사람 일흔다섯 되었나? 부삭, 프루보는 여든다섯과 여든여덟. 그리고 부삭은 얼마 전에 그만뒀고. 그 뒤엔 아무도 없어요. 프랑스 사람들 가운데서는 도전자가 없죠. 잔니 아녤리가 있었지만 이젠 힘이 없고. 그니까…… 이탈리아에는 세피스가 있어요. 독일에는 게를링이 있는데, 이 사람은 헤르슈타트은행이 파산하자 미끄러져버렸어요. 유럽에는 아직도 버티고 서서 유럽 패권을 놓고 경쟁하는 사람들이 있어요……. 누구냐고? 당신이 아마 나보다 더 잘 알 겁니다. 보슈, 뷰르바, 그륀딩 등. 또 네커만하고 외츠거도 넣읍시다. 그리고 특히 클라인딘스트가 있고…… 그리고 나. 이 영역에서는 나도 아직 잘 버티고 있다오. 나는 아직 **전직** 아무개가 아니오. 클라인딘스트 전체를 무시할 수는 없어요. 내가 그 계열회사 SOPAR에는 관심이 있지……. 그 사람하고 거래할 때 꼭 나한테 기별해줘요. 그 자식이 전 종목에서 유럽 챔피언을 낚아채려고 합니다. 나보다 더 잘 알겠지만……."

10년인가 12년 전에 그리티 바에 있는 같은 테이블에서, 아니면 아마 거기서 100미터 떨어진 해리 바에서 헤밍웨이가 거의 비슷한 화제를 다루었을 것이라고 생각했다. 문학 분야의 도전자들을 말하고 있었겠지. 그는 자살할 때까지 세계 챔피언의 이미지를 밀어붙였다. 우리는 모두 선수권대회에 대단한 관심을 품고 있다. 하지만 미국인들은 다른 나라 사람들보다 실패의 몫이 인간에게 있음을 잘 인정하지 못한다.

"잘 가요, 짐."

"잘 가요. 좋았던 시절을 함께 얘기할 수 있어서 즐거웠어요. 우리 더 자주 만납시다. 아무래도 우린 공통된 추억이 참 많네요."

그는 내 양복저고리 깃에 손가락을 올려놓았다.

"나 이 작은 리본이 무엇을 의미하는지 압니다."

2

나는 아파트로 올라갔다. 방에는 커튼이 쳐 있었고 밤이 되면서 그 뒤로 전등 불빛이 비쳤다. 서둘러 나가느라 방은 엉망이었고 급히 꾸린 여행 가방이 여럿 보였다. 로라는 소파에 앉아서 발치에 소형 전축을 가져다놓고 디스크를 듣고 있었다. 머리를 뒤로 젖히고 있어 풀어놓은 머리카락이 카펫까지 닿았다. 나는 바흐, 모차르트, 로스트로포비치 음반을 뛰어넘어 소파에 몸을 던졌다. 저금한 돈을 몽땅 도둑맞은 사람 같은 모양이었을 것이다. 사실 그토록 신경 써서 내 마음 깊은 곳에 묻어둔 것들을 둘리가 온통 들쑤셔서 완전히 파헤쳐버렸다.

"자크, 무슨 일이에요?"

"아무것도 아니야. 독백이야."

"내가 알면 안 돼요?"

"……절대 고백하지 말 것."

그녀는 내게로 와서 무릎을 꿇고 팔꿈치를 기댄 채 내 얼굴 쪽으로 몸을 굽혔다.

"알려달라고요!"

"로마제국의 멸망에 대해 생각하고 있었어. 로마제국의 멸망이야말로 세상 사람들이 모두 공유하는 것이지. 하지만 우리 각자는 그런 일이 자기에게만 일어난 것이라고 상상해. 아주 민주적이야. 아주 기독교적이고…… 겸손, 금욕, 모두가 다…….'"

"아주 멋지게 둘러댈 줄도 아는군요.'"

"그래. 물 위에서 내가 얼마나 잘한다고. 심지어 수상스키 타면서 동시에 빌보케도 할 수 있다니까.'"

"그가 뭘 원하던가요?'"

"한 시간 동안 얘기를 했는데…… 돌이킬 수 없는 과정에 관해서.'"

"뭣에 관한 거요?'"

"당연히 베네치아에 관해서지. 가라앉게 내버려둘 수는 없는 일이잖아.'"

"둘리는 어떤 사람이에요?'"

"아주 힘 있는 인물, 재정적으로. 미국 사람들은 불가능한 일에 대해서는 영 재주가 없다니까. 2년 전에는 피사의 사탑을 바로 세우려고 했지. 정말이야. 그렇게 이른 아침부터 절망한 사람은 거의 본 적이 없어.'"

그녀는 머리를 내 어깨에 기댔다.

"사랑해요.'"

온갖 문제에 대한 답이 하나 있다는 것, 그것도 유일한 답이 있다는 것을 환기해주는 말이었다.

로라에게는 '행복한 섬' 같은 면이 있었다. 그녀의 고향인 브라질 탓도 크지만 무엇보다 삶을 신뢰하는 탓이 더 컸다. 마치 이 굼뜬 늙은이가 양팔에 하늘이 내린 선물을 가득 안고서 아침이 오기만을 새벽부터 기다렸다는 듯이, 매일 아침 로라는 해가 떠 오르자마자 창문을 연다. 여전히 두툼하게 거의 일직선에 가까운 모양의 눈썹 아래로 그녀의 눈에는 갈색의 따뜻한 쾌활함이 깃들어 있다. 그래서 나는 제모로 생기 잃은 이마를 보고 속상해 했다. 빛과 그림자가 엮어내는 재미를 베이지색에 가까운 밋밋한 펜슬로 죄다 없애버리다니! 그녀는 평소에 머리를 잘 틀어 올린다. 그러다가 머리를 풀어 헤치면 평화로웠던 얼굴이 일순 동요하며 변신하는 데 매번 놀라고 만다. 약간 벌어진 입술은 마치 갑자기 키스가 중단되어 그렇게 된 것처럼 늘 조금은 내버려진 느낌을 준다. 차분한 이마에서부터 부드럽지만 완고한 턱에 이르기까지, 젊음이 노래하는 것은 그 무엇도 절대 끝나지 않는다는 확신이다.

"자크, 무슨 일이에요? **정말** 무슨 일이 있었어요?"

"어떤 사람이 와서 내 캐리커처를 그려주었는데, 그게 아주 비슷했어."

나는 아직 '석양의 불안감'을 한 번도 경험해보지 못했다. 사랑의 부재가 아주 하찮은 정도로까지 문제의 심각성을 축소했기 때문이다. 나의 데이트에는 내일이 없었다. 그러니까 미래의 문제를 제기하지 않았다. 많은 남자들이 연애가 끝나고 나서 자기들이 얼마나 손해를 보았는지 일일이 따져본다면, 나는 까다롭고 소소한 계산 따위에는 관심이 없었다. 나는 분명히, 내가 쇠잔해 간다는 것을 알고 있었지만 그 이상은 아니었다. 선천적으로건

고의적으로건 좀 느린 파트너와 있을 때 내 격정이 줄어든다든지 감성이 약간 무뎌진다든지 하는 것은 그 정당한 기다림에 실망을 주지 않을 정도로 꼭 필요한 만큼의 시간을 끌게 할 수 있었다. 분명히 그런 이유에서 한 젊은 여인이 자기 남편에게 내가 '손톱 끝까지 젠틀맨'이었다고 고백했을 것이다. 남편이 나에게 그 말을 연거푸 했을 때 나는 놀라우면서도 한편으로 거북스럽게 내 손톱을 쳐다보았다. 한번은 어떤 여자와 관계를 가지면서 내가 끝까지 다다르지 못하고 필요한 만큼 시간을 끌어주지 못하자, 그 여자가 '나는 정말이지 젊은이들은 감당 못해요. 젊은 사람들은 너무 격하고 인내심이 없어'라고 말했던 적이 있다. 아마도 그녀는 늙은 프랑스 노동자와 엮이는 것이 더 좋았던가 보다.

"또한 처음으로 내가 사랑을 한단 말이지, 예전에 전혀 해보지 못한 사랑을, 절망적으로……"

"그게 무슨 말이에요? 절망적으로 사랑을 한다는 게."

"우리는 인생의 양쪽 끝에 서 있잖아, 당신하고 나, 로라……. 그런데 에라스뮈스는 『우신예찬』을 썼지만, 나와 당신을 알지도 못해. 그게 무엇을 증명하느냐…… 무엇을 증명하는지 나도 모르지만 우리에게 에라스뮈스가 있다는 게 얼마나 굉장한 일이야……"

그녀는 고집 있어 보이는 턱을 들어 내 쪽을 보았고, 마치 상대방이 속임수를 쓰자 더 놀기를 거부하는 아이처럼 심각한 눈길을 보냈다.

"그게 무슨 말이에요? 절망적으로 사랑을 한다는 게?"

우리는 여섯 달 전에 실수로 만났다. 로라가 나를 다른 사람으로 착각했던 것이다. 혼자서 길렐스 연주회에 갔는데, 내가 산 두 번째 입장권을 입구에서 한 학생에게 주어버렸다. 연주회에 같이 갈 사람으로 아무런 이름도 떠오르지 않을 때, 그래서 수첩을 뒤적이기 시작했을 때, 최선의 방법은 우정을 고려해서 그만두자, 나와의 기억을 되살리게 하는 것도 내 배려심이 부족해서이니 그런 모습을 보여주지 말자는 것이다. 연주회장에서 나오는데, 햇빛을 많이 받아서라기보다는 태어날 때부터 그을린 피부색을 지닌 것 같은 갈색 머리의 한 젊은 여자가 사람들 무리에서 떨어져 나와 나에게로 오더니 들고 있던 프로그램을 내밀었다.

"실례합니다만, 제 프로그램에 사인을 좀 부탁드려도 될까요? 제가 선생님 작품을 정말 좋아합니다……."

나는 기꺼이 표지 한구석에다 내 이름을 썼다.

"여기 있습니다. 그런데, 아가씨, 제가 1936년 국가대표 럭비 선수였다는 것을 어떻게 아셨습니까? 아직 태어나지도 않았을 때 같은데……."

그녀는 당황해서 표지 쪽으로 눈을 내리깔았다.

"이런, 죄송합니다. 정말로…… 당신을 미카엘 사른으로 착각했어요. 제가 좋아하는 작곡가라서……."

"사른은 나보다 열댓 정도 적을 텐데. 아주 고무적이군요. 나도 뭔가 작곡을 해봐야겠습니다. 아마 운명의 징조겠지요. 여자에게는 직감 같은 게 있어요……."

나는 장난을 치기 시작했고, 그녀도 알아챈 것 같았다. 나는 이미 우리가, 우리 둘 다, 그것보다 더 멀리 갈 거라고 느꼈다.

"실례합니다." 내가 말했다. 딱히 왜 그랬는지는 알 수 없지만 완전히 충격을 받았던 기억이 난다. 그 순간, 아, 바로 이거였구나, 하지만 너무도 늦게 왔다는 것을 깨닫고 말았다.

나는 그녀의 얼굴 쪽으로 몸을 굽히고 이마에 내 입술을 스친다……. 나는 이 문장을 현재형으로 쓴다. 기억이 되살아나는 데 도움이 되기 때문이다.

"무슨 말이냐 하면 로라, 우리는 실수로 만났다는 거야. 당신이 나를 다른 사람으로 착각했잖아. 그런데 당신이 옳았어……."

나는 잠자코 있다. 이미 처음부터 우리는 나이 차이를 들먹이지 말자고 합의했다. 우리 관계가 시작된 초반부터 삶이 이렇게 막다른 곳까지 올 수도 있구나, 마치 몰리에르의 희곡에서 최종 막에 이르러 왕의 사신이 등장하는 것과도 같이 모든 것을 구명할 수 있구나 하는 데에 의견을 같이했다. 하지만 나는 로라보다 서른일곱 살이나 많았고 다른 누군가가 내 자리를 대신 차지하러 온 것인 양 내 몸의 동정을 살피기 시작했다. 함정이 있다는 위험을 알면서도 이런 경계심을 떨쳐버리기가 쉬운 일은 아니었다. 그리고 그녀가 나를 조일 때, 그저 순전히 행복해서가 아니라 내가 '그 정도까지' 다다랐다는 데 더 행복했다. 아마도 여성들에 대한 동지애가 나에게 부족했을지 모른다. 동지애가 없다면 사랑과 행복 역시 그저 세계 선수권대회에 지나지 않을 테니까. 수천 년 동안 내려온 소유와 허영과 상실에 대한 두려움과 더불어서, 정력이 있고 또 정력으로 끝장을 보려는 극단적 성향이 있다. "초월적 판_{그리스신화에서 야생 염소 뿔이 달린 동물로 성욕의 상징}의 신화는……" 시인인 내 친구 앙리 드루유가 제 머리에 총을 겨누기 전에 제 행동을 해명하며 종이에 적었던 말이다. 그의 여자 친구는 나에게 이렇게 소리쳤다. "이해가 안 가요! 이해가 안 간다고요! 그가 얼마나 멋진 애인이었는데!" 그렇다, 심지어 그녀가 전혀 눈치채지 못했을 정도로 멋졌다. 나는 내 앞으로 남성의 가면을 쓴 짐 둘리가 지나가는 것을 보았고 그의 억양 센 목소리도 들었다. 그리고 이렇게 말하는 것도 들었다. "아마 클리토리스형 여자일 거야. 어쩔 땐 운이 좋지." 아니다, 절대 아니다, 나는 아니다. 끝내는 법을 알아야 한다.

늙어가면서 비로소 우리는 늙음을 준비한다. 계절 계절이, 단계 단계가, 변화를 알리는 표시들이 바로 늙어가는 거였다. 그것에 '서서히' 익숙해짐은 숙고할 시간을 주고, 준비할 시간을 주고, 채비를 차려 거리를 둘 시간을 주며, '지혜'와 평정심을 만들어주는 것 같다. 어느 날 이 모든 것을 초연히 생각한다는 것에, 우정의 감정을 품고 자기 몸을 기억하고, 크루즈 여행이나 브리지 카드놀이나 골동품 애장자들 간의 우정 같은 또 다른 관심사를 발견한다는 사실에 스스로 놀라게 된다. 그렇다고 해도 나는 여태껏 한 번도 쇠약함을 느낀 적이 없다. 내 감각은 늘 깨어 있었다. 분명, 이미 오래전부터, 그런 밤에 내 몸은 새벽까지 지칠 줄 몰랐고 시간이 가는 것을 세고 있을 정신도 없었다. 하지만 어느 것도 중요하지 않다. 왜냐하면, 꼭 해야 하는 것을 하는 것 말고는 다른 관건이 없었기 때문이다. 교류 방식이 원활한지만이 문제가 된다. 우리는 서로 만났고, 좋은 감정으로 헤어진다. 사랑스러운 추억의 뒤에는 대개 이런 식의 우정이나 미소를 품게 하는 작은 향수가 공모의 관계처럼 남아 있었다. 내가 좀 까다로운 파트너와 얽혔다면, 전에는 알아채지 못했을 신체 단련이나 성 기능 같은 정력 문제보다는 호흡의 문제, 유연성의 문제, 근육의 지구력 문제 등이 제기되었을 것이다. 이런 문제를 처음에 어떻게 깨닫기 시작했는지 나도 모르지만, 삽입과 애무 어느 것도 없어서는 안 되는 한 애인 때문이었다. 나는 알린 뒤에서 무릎을 꿇고 앞으로 몸을 굽힌 채로 팔을 뻗어 그녀와 나 사이의 간격을 좁혔다. 그녀의 가슴을 아플 정도로 연신 쥐면서 쾌감을 줌과 동시에 나로서는 아주 미묘한 상황을 만들었고, 알린은 본론으로 들어가기 전에 이렇게 저렇게 하라며 일러주곤 했다. 그러는 동안 그녀가 극도로 심하게, 격렬하게, 되는대로 흔들어대서 어쩔 수 없이 그녀의 허리에 한 팔을 두르고서 그녀가 들썩 솟아오르거나 다리를 너무 벌려서 아무 때라도 내가 빠져버리는 상황을 만들지 않으려고 기를 쓰고 붙들고 있을 수밖에 없었다. 나는 사지가 모자란다는 느낌을 받았다. 일을 제대로 진행하려면 팔이 네 개는 있어야 했다. 그때 내게 필요했던 노력은 순전히 근육 차원의 것이었고, 그것은 내 집중력이라든지 신경 임펄스를 감안하지 않았다. 그리고 15분 정도 지나 정점에 다다랐을 때 드디어 숨을 좀 돌릴 수 있다는 사실에 나는 가장 큰 만족을 느꼈다. 하지만 여성의 본성은 지극히 다양하고 풍부하며 풍요로운 데 있었고, 이 세상에는 언제나 타협하기 위해 생성된 존재들이 있기 마련이었다. 내가 진정으로 나의 쇠진함을 알아챈 것은 로라를 만나고 난 이후였다. 남자로 살아온 이래 처음으로 여자가 조여주는 가운데서 나 자신을 보다 많이 관찰하게 되었고, 단순히 내가 느끼는 데 그치지 않고 **나 자신을** 느끼게 되었다. 또한 처음으로 단단함이나 굵기 같은 불쾌한 걱정이 생기기 시작했고, 종종 '준비됐다'고 가벼운 손짓으로 마음을 다잡아야 했다. 분명히 이미 한참 전부터 그랬을 터이지만 이전에는 그런 데 개의치 않았다. 그것을 깨달았을 때, 모자라는 정욕은 사랑의 부족에서 오는 것처럼 보였다. 나는 무의미 탓으로 돌렸다. 여자들과 맺었던 관계가 익명성을 벗어나 좀 더 개인적이 되어, 진정성의 부재와 감정의 빈곤함에 잘 적응하지 못한다고 생각했다. 그러나 로라의 품에서는 착각이 있을 수 없었다. 나는 온전히 나 자신만의 천부적 소질로 사랑을 해본 적이 없었다. 이전에 사랑했던 경험이 하나도 기억나지 않았다. 아마도 행복이란 것은 언제나 치정 범죄이기 때문일 것이다. 행복은 모든 전례를 지워버린다. 아주 깊은 침묵 속에서 함께 하나가 되고, 그 침묵이 표면에 언어를 남길 때마다, 그리고 아주 멀리서, 저 높은 곳에서 일상의 수천 가지 낚싯바늘이 소소한 욕망이라는, 의무와 책임이라는 미끼를 달고 헛되이 떠오를 때마다 세상이 만들어진다. 이는 아직도 다음의 진실을 알고 있는 사람에게는 잘 알려진 사실이니, 쾌락은 때때로 '삶이 한 여인의 사랑을 통해서만 이루어질 수 있는 기도'임을 망각하게 한다. 그것이 플라자호텔에 사는 로라의 방에서건, 메르모즈 가에 있는 우리 집에서건 가장 의미 없는 물건들이 숭배의 대상이 되어버렸다. 가구, 전등, 그림 들은 비밀스러운 의미를 지니게 되었고, 며칠 만에 기념품의 고색을 띠게 되었다. 진부함, 평범함, 마모됨은 없었다. 모든 것이 처음이었다. 사랑의 언어로 온통 더럽힌 옷은, 거짓말이 남겨놓은 의심의 얼룩으로 가득했기 때문에 누구나 만지기조차 꺼려했으나, 아기가 최초로 내뱉은 말, 최초의 고백, 어머니의 눈길, 순진한 개들의 시선처럼 다시금 관계를 맺게 된다. 사랑의 시는 시인들의 작품이 있기 훨씬 이전부터 거기에 있었다. 우리가 만나기 전 나의 삶은 연속된 스케치, 여자들의 연습 그림, 삶의 연습 그림, 로라 당신의 연습 그림인 것만 같았다. 사랑의 몸짓, 많고 많으며 가지가지 다양한 잠자리에, 모든 안녕과 작별에 진정성은 없었고, '누구누구의 방식으로' 모방된 사랑이 숨겨져 있을 뿐이었다. 때때로 그것은 아무렇게나 되어버리고, 작업은 잘 보이지 않는다. 비법은 재주를 감추고, 쉬운 것이 남는다. 별 쓰임새 없이, 비싸지 않게, 쾌락만으로도 살 수 있다. 그렇다고 행복한 성적 자질이 그 진가를 발휘하기를 기다리며 무작정 삶을 보낼 수는 없다. 로라를 만났을 때, 비로소 삶은 나에게 그 소질을 진정으로 발휘하는 것이 가능하다는 것을 보여주었지만, 그것은 잔인함의 순간에서였을 뿐이다. 황혼기의 내 육체가 봉사를 거부한 것이 아니라, 나의 육체가 나 자신에 대해서는 점점 더, 로라에 대해서는 점점 덜 말을 걸었던 것이다. 조여오기 시작할 때부터 내 몸이 나에게 버거워지고, 응답을 지체하며, 제 한계를 환기하며, 한창 뜨겁게 달구어진 동안에도 내 몸은 관리와 조정과 보살핌을 요구했다. 노래였던 모든 것이 중얼거림이 되어버렸다.

당신이 생글거리는 눈길을 보내며 내 쪽으로 일어났어.

"자크, 나는 당신 없이 살 수 없고, 또 당신이 죄수처럼 느끼는 걸 원치 않아요."

"그래, 나도 알아."

"당신은 언제든지 날 떠나도 돼요. 아무 말도 안 하고, 당신이 어딜 가든 따라갈게요. 당신은 자유예요. 물론 다른 여자를 사랑하게 되면 나한테 얘기해줘야 해요. 수면제를 한 통 다 삼키지도 않을 거예요. 그건 공감 협박 같을 거니까. 단지 그녀가 아름다운지 보러 갈 것이고, 그러고 나서 웨딩드레스를 입고 누워서 '베프르 시실리엔느Les vêpres siciliennes, 1282년 프랑스 왕 샤를 앙주의 시칠리아 점령에 대항하여 일어난 시칠리아의 민중 봉기. 이 역사적 사건을 소재로 베르디의 오페라 〈시칠리아 섬의 저녁 기도〉가 만들어졌다'식으로 죽을 거예요."

"그건 오페라잖아."

"……하지만 원어 발음이 꼭 붉은 반점이 퍼지고 구토를 동반하는 몹쓸 병 이름 같지 않아요? 의사가 당신에게 이렇게 말하겠죠. 선생님, 당신의 애인은 '베프르 시실리엔느'에 걸렸습니다. 치명적입니다. 그리고 당신은 예복을 입고, 사랑의 밤을 지내고 돌아와서, 당신 바이올린을 발치로 던져버리고 쓰러져 대성통곡을 하는 거예요."

"내 바이올린? 바이올린을 왜 가지고 있어?"

"그렇게 슬픈 순간에는 음악이 필요한 법이에요."

"당신 상상력은 열대성이군."

"그걸 바로크라고 해요. 요즘 남아메리카 소설과 영화는 모두 바로크적이라구요. 우리에게는 아주 아름다운 문학이 있어요. 당신도 지금 합류하고 있잖아요. 당신에게 쓴 열 통가량의 편지를 리우에 있는 친구들에게도 보냈어요. 그 애들이 당신을 좀 동경하라고요. 브라질에서 당신은 아마 전설적인 연인이 되어 있을걸요. 당신도 알다시피, 내가 인맥이 좀 있어요. 어머, 내가 미쳤나 봐……."

"아니야, 로라. 하지만 우리 나라에서 아이들은 아주 일찍 꿈에서 깨어나지. 우리의 이성과 바탕에는 절제를 추구하는 경향이 있어. 우리한테는 아마존이 없어."

"그렇지 않아요. 당신네는 빅토르 위고가 있잖아요."

당신은 손가락으로 내 입술을 만지작거리고, 미소를 짓고, 당신 머리를 내 뺨과 목에 살포시 기대지. 아마 다르게 사는 방식이 있을 거야. 알아봐야겠어. 범선이 천천히 평화롭게 해안 쪽으로 미끄러지듯 들어오고 나는 내 핏줄 속에서 그들의 부드럽고 뜨거운 항해를 엿보지. 내 팔이 부드러운 당신 어깨에 무장해제되었을 때 난 그 팔이 어느 때보다도 더 강하다는 것을 느껴. 커튼 뒤로 새로운 세계가 있다고들 하지, 밖에는 또 다른 삶이 있다고. 하지만 그건 완전히 공상과학이야. 일분 일분 물결이 굴곡을 만들고 다른 곳으로 가 갉아먹는 거라고.

"로라……."

"네? 나한테 물어봐요. 지금이 때라고요. 난 지금 어떤 것에라도 다 답해줄 수 있어요."

"아니, 그저 당신 이름을 불러보고 싶었어."

나는 어느 때보다도 쾌락의 남자였고 또한 성역의 남자였어. 내 품 안에 당신을 꽉 껴안을 때 당신의 몸은 나를 도와주고 보호해주지. 인생은 내가 고통스러워하는 바로 그 순간에 나를 엄습하려고 나를 건드릴 수 있는 순간이 되기까지 기다린다고. 우리 사이에는 마침내 사랑과 용서와 정의로 실현된 기독교 정신 같은 것이 있어. 그리고 우리 숨결이 떨어져 나와 두 동강 난 삶을 다시 살아야 할 때, 다행히 그 성소를 알고 있어. 다시 돌아온다는 믿음으로 만들어진 비육체적인 작품이 하나 남아 있게 되지.

당신은 내 시선을 찾고 있어. 당신은 단 한 번도 다른 수많은 여자들처럼 "당신 무슨 생각해요?"라고 물어본 적이 없어. 나한테 이 질문은 언제나 마치 불도저가 밀고 가버린 길 같은 기분이 들게 하거든. 당신 입술이 내 입술에 포개지고 뜨거움이 내 온몸에 퍼지면, 예전에 겪었던 것이 내 안에서 깨어나고 말아. 하지만 처음엔 육체가 자발적으로 반응하지만 이내 지속되지 못하고 뭔가 다른 것이 필요하게 되어버려. 그러면 카를로타의 비웃는 얼굴이 내 앞에 스치지. 예전에 그녀는 나를 엄청 웃게 했는데, 이탈리아 억양으로 이렇게 말했지. "내가 손을 어디에 두어야 하는지, 그리고 머리를 어디에 두어야 하는지 남자가 알려주게 되면, 난 그 사람이 금방 일을 끝내리라는 걸 알아요." 너무 많이 살고, 너무 많이 알고, 너무 많은 유머가 있군……. 내 손이 당신 몸을 훑고, 거기서 시간을 보내고, 계속 머물러 있어. 하지만 나는 내 애무가 나 자신을 자극해줄 것을 원하지. 당신을 부드럽게 매만지면서, 조금씩, 조금씩, 당신 가슴과 다리가 내 공허한 손을 파헤쳐 조금 더 나를 부르게 하려고. 무엇보다도 생각하지 않기, 찾지 않기, 살피지 않기, 하지만 명철함 속에 도사리는 위험을 피할 줄 아는 이 은밀한 명철함에 도움을 청하기. 당신 얼굴과 눈이 가려져. 당신의 손이 나를 찾고 있어.

오! 당신, 당신, 당신이여…….

예전의 나는 그것을 맞이하러 갔지만, 계획 없이 함부로 살고, 되는대로 살고, 도취되어 있을 때의 그 무분별함과 기쁨과 열정이 소액 예금자의 나름 신중한 걱정에 자리를 내주었어. 수완 좋게 애무로 처음 10여 분을 벌 수 있었고, 그렇게 그녀 안에 들어가 시간을 너무 끌어 기운이 빠지지 않게 할 수 있었지. 나 자신의 쾌락 같은 것은 아예 안중에도 없었고, 그게 삶과 죽음의 문제였다면 달리 어찌할 수 있겠어? 내가 얼마나 악착스러웠는지 로라 당신을 잃을까 두려워서 그런 건지 아니면 뭣보다 지기를 두려워해서 그런 건지 잘 모르겠더군. 내 정력에 안도하는 그 육체의 부드러움과 무한한 애정마저 파열되고 말아. 세계 선수권 대회에 프랑스팀을 응원하러 온 팬들의 외침에서 들리는 그런 냉소의 순간들이 있지.

코미디였다면 난 더 멀리까지 갔을 거요. 내 불안감이 커질수록 스스로를 안심시킬 '두 번째 기회'가 필요했소. 미래의 은퇴를 위해서 내가 마련해놓은 일말의 보안장치였다고나 할까. 간혹 거기에 다다르기도 했지. 온 신경을 동원하면서, 피가 끓어오르는 격앙된 감정에서 아주 능숙하게 필요한 것을 빼오면서 말이야. 로라의 눈빛이 무력해지기 시작해서 표면으로 올라와 내 눈을 찾을 때, 상황을 제어하는 당당한 미소, 동시에 부드러운, 그러면서 조금은 상대를 보호하는 아주 남성적인 미소, 내가 아주 여유 있게 여전히 잘하는 것이었지.

우리가 함께한 지 여섯 달이 되었지만, 당신은 전혀 알아차리지 못했어. 내가 잘 버텨내고 있지. 그리고 다행스러운 일이 다 그렇지만, 당신은 별로 까다롭지 않았어. 자신이 그런지조차도 모르고 있잖아.

우리는 이틀을 더 베네치아에 묵었어. 여러 시간 동안 사방으로 이 도시를 휘젓고 다니며 여러 성당을 빠짐없이 둘러보았지. 돌아오면서 내가 당신을 품었을 때 당신이 말했지. "이러지 마요, 자크. 나 죽겠어요, 죽겠다고요. 어떻게 그렇게 하는지 모르겠지만, 당신 정말 힘을 타고 났어요."

나는 희망을 되찾았다. 순항의 리듬을 찾으면 되었다. 나에게는 프랑스의 많고 많은 미술관이 있으니 아직 빠져나올 방도가 있었다.

3

나는 로라를 호텔 앞에 내려주고 메르모즈 가에 있는 우리 집
으로 왔다. 아파트는 모든 것이 제자리에 정돈된 모습으로 나를
맞이했지만, 대번 우리 집이 아닌 것 같은 착각이 들었다. 이토록
잘 정돈된 작은 세계는 엉망진창인 나의 내면하고는 비슷한 데가
거의 없었다. 책상 위 전화기에 녹음된 음성 메시지는 모두 같은
방식으로 시작했다. "급히 연락 주세요……." 녹음기에서 비서의
침착한 목소리가 흘러나왔다. "아드님이, 돌아오시는 대로 사무실
에 들러달라고 하십니다." 나는 미소를 지었다. 인플레이션, (작년
에 비해 80퍼센트에 해당하는) 주문량 대폭 하락, 내 주식도 지
난 몇 개월 동안 4분의 3이나 손해를 보았던 주식시장의 폭락, 에
너지 파동, 그리고 콜럼버스의 달걀 사건 이후로 가장 큰 발견, 유
럽에는 원자재가 없다는 사실…….

나는 아들에게 전화를 걸었다.

"잘 있었니, 장피에르."

"안녕하세요, 아버지."

그가 질문하기를 기다렸다.

그뿐만 아니라 실제 아무런 활동이 없었으므로 취리히의 자회사 얘기는 하지 않았다. 스위스에 서류상으로만 존재하면서 프랑스의 은행들과 규정에 따라 일을 하기 위해 설립한 합법적인 가상 회사였다. 내가 베네치아에 있을 때 장피에르는 단 한 번도 전화를 걸어오지 않았다. 조급함이나 활발함, 지나친 에너지 발산 같은 것은 최대한 자제하는 아이였다. 아마도 곁에서 나를 유심히 관찰해보고 거기서 결론을 끌어내었을지 모른다. 내 생각에 아들은 나와 닮지 않으려고 부단히 노력한다. 아버지의 영향이랄까. 침묵이 이어졌다. 나는 너무 나서지 않는 것처럼 보이려고 애썼다.

"우리에게는 대출이 있다. 어음도 있고."

"그래요……."

"넌 절대로 그럴 거라고 생각하지 않았겠지……."

"전 상상력이 부족해요. 어떻게 그런 결정을 내릴 수가 있었죠?"

"결국엔 너도 알잖니. 중요한 개인적 요인이 언제나 있기 마련이란다. 그들은 나를 알아. 그들도 알고 있지……."

'그들은 내가 싸움꾼이라는 것을 안다'라는 말이 나올 뻔했지만 가까스로 참았다. 그런 얘기를 할 때가 아니다. 나는 내 일상의 기성복, 냉소 속으로 몸을 숨겼다.

"너도 알잖니. 지스카르 데스탱^{프랑스 20대 대통령}이 잠수함을 탔을 때 난 두려웠지. 그게 잠수함이라서가 아니라, 그가 혹시 물 위를 걸을까 그게 두려웠어. 나도 마찬가지야. 나도 같아. 기적을 만들어낸다고."

"그러네요. 솔직히 단 한 순간도 일이 이렇게 될 거라고는 생각하지 않았다고 말씀드리지요. 상황이 최악이에요."

"뭘 어쩌겠니. 유럽은 전력을 잃었다. 자체 활력이 이젠 없어. 원자재는 80퍼센트가 다른 나라에 있다. '두뇌 자재' 운운하겠지. 분명 그 부분에서는 할 일이 남아 있다. 그건 완전 잘 돌아가지, 그 안에서는 말이야. 그러나 우리의 모든 에너지, 생명력의 원천은(그러니까 우리 불알 같은 거) 제3국에, 옛날 식민지에 있단 말이지. 그러니까 이제 진실의 순간이 왔단다."

"사무실에 들르시겠어요?"

"어디 좀 보자, 너도 알다시피……."

"아버지가 가신 이후로 또 주문이 취소되었어요. 해고 금지령도 있었고……."

"그래, 읽었다. 그게 옳겠지. 다시 얘기 나누자꾸나. 내일 같이 점심하지. 마리에트가 장소 알려줄 게다."

나는 잠시 망설였다.

"장피에르……."

"네?"

"난 팔기로 거의 마음을 굳혔다."

아들은 잠자코 있었다.

"뭐…… 신중히 생각하고 있다는 게다."

내 말소리가 나 자신도 깜짝 놀랄 정도로 돌연 격하게 들렸다.

"한꺼번에 모든 것에 맞서서 싸울 수가 없다……."

아마도 처음으로 그렇게, 내 육체와의 관계, 로라와의 관계에

직면했을 때 비로소 나 자신에게 고백을 했다.

나는 전화를 끊고 나서 가방을 풀고 욕실로 갔다. 세면도구를 꺼내는데 가방 안에 종이 한 장이 깔려 있었다. 처방전이었다. 나는 그것을 휴지통에 던져 버렸다. 그런 종류의 '강장제'는 이제 더 이상 먹지 않겠다고 다짐했다. 게다가 그걸 받자고 트리약 박사를 찾아간 것도 아니었다. 류머티즘 때문인지 사타구니에 통증이 있었다.

"전립선이 좀 비대해졌군요."

"그래요?"

"오줌은 잘 나옵니까?"

"아직은 꽤 잘 나옵니다."

"밤에 일어나십니까?"

"잠이 안 오면 일어나기도 하지요, 가끔."

"제 말은, 오줌 누려고 일어나느냐고요."

"그런 적은 없습니다."

"오줌발이 셉니까?"

"뭐라고요?"

"오줌 눌 때 오줌발이 세고 날쌘지, 경쾌한지, 포물선을 그리는지, 아니면 요도에서 나오면서 방울방울 떨어지는지, 약하고 가느다란 줄기로 나오는지, 끊겼다 다시 나오는지, 또 힘을 주어야 나오는지 그런 걸 묻는 겁니다."

"그런 건 전혀 모르겠습니다. 아무 문제 없이 오줌을 누는데요. 뭐, 살펴보긴 하겠습니다만……."

"팬티를 적십니까?"

나는 어안이 벙벙해져 의사를 쳐다보았다.

"네. 오십 대가 지나면 소변을 다 보았다 생각이 들어 속으로 집어넣으면 오줌이 몇 방울 더 흐르는 경우가 많습니다. 근육 조절이 약해지고 괄약근이 굳어지면서, 그러니까 팬티에 누런 얼룩을 남기게 되는 겁니다. 뒤쪽도 마찬가지지요."

"마찬가지라고요? 무슨 말을 하시는 겁니까? 참나……."

"닫힘 반응이 약간 헐렁해집니다."

"전 그런 거 못 봤습니다."

"일반적으로 초기에는 잘 못 봅니다. 그러니까 선생님은 사타구니에 통증과 무거움이 있다고 하셨죠?"

"가끔 그렇습니다."

"찌르듯이 아픈가요?"

"아니요. 둔통입니다."

"사정하고 난 후에 그런가요?"

"네. 하지만 피곤할 때도 그래요. 뭣보다도 육중한 느낌입니다."

"전립선과 정자관도 문제예요. 심하지는 않습니다. 하지만 주기적으로 발병할 수 있습니다. 신체 기관이 이제 나이를 먹은 거지요. 관계를 하고 나서 좌약을 하나 넣으세요."

"뭐라고요? 관계가 끝나고서 좌약이라고요? 끝에 말씀하시는 거예요? 그니까 사랑을 하고 나서 일어나서……."

"그러니까, 냉수 좌욕을 하세요. 그러면 좀 가라앉을 겁니다."

"여보세요, 사랑을 나눈 다음에 가라앉힐 방법을 찾아야 한다면……."

"선생님, 우린 지금 신체 기관, 기관의 작용, 그 한계를 다루는 곳에 있습니다. 시詩는 내 소관이 아닙니다. 선생님은 문제가 없으시다고요? 발기까지 제대로 가십니까?"

"선생님, '발기까지 제대로 가는 것'이 문제가 아닙니다. 저는 발기됩니다. 그뿐입니다."

"얼마나 자주 성관계를 가지십니까? 선생님의 통증은 기관을 너무 많이 써서 생긴 겁니다. 의심의 여지가 없어요. 점막에 상처가 난 것입니다. 선생님, 알고 계셔야 합니다. 정자와 전립선액의 양이 많을 때에는 정상적으로 됩니다만, 일정 나이부터는 사정하는 양도 줄어들고요, 심지어 사정했을 때 정액만 나오고 정자가 없는 경우도 있어요. '마른 상태'로 즐기는 경향이 있어요. 그렇게들 말하지요. 정자관에 기름을 쳐주지 않으면 전립선은 완전히 비우지 못하고 압축이 됩니다. 그러면 조직에 주기적으로 충혈이 생기고 그게 무거운 느낌을 주는 거지요. 남용하면 안 됩니다. 자기 몸의 기관을 정중히 다루어야 합니다……. 그런 이유에서 성관계를 얼마나 자주 하시는지 여쭤본 겁니다."

나는 화가 나기 시작했다. 다시 한 번 억제할 수 없을 정도로 냉소에 사로잡히는 느낌이었다. 절대 의사에 대한 냉소가 아니었다. 삶, 사랑, 감정의 시원한 폭발과 어우러지며 내재하는 포착할 수 없는 적대감, 경멸과 조롱의 악의에 찬 놀음 같은 것에서 오는 냉소였다. 한순간 아주 강하게 절망과 실망과 격분이 밀려오면서, 빈정거림이 방어용 무기로서가 아니라 이 짧은 해부학 시간 동안 나 자신의 손에 들린 수술용 칼이 되어 있음을 깨달았다.

"선생님, 어떤 주기 말씀이신가요? 그거야 무엇을 해야 하는지에 달렸지요. 아시겠지만, 관계가 시작되었을 때는 좋은 인상을 주고 또 그 인상을 유지하려고 애씁니다. 그러고 나서, 좀 안정이 되고 괜찮은 게 확실해지면 경험에 따라 하는 거고요, 관계가 끝나갈 무렵 피로감을 느끼게 되면 보다 멋있게 해주는 겁니다. 유종의 미를 거두기 위해서……."

"네, 그렇지요. 여자들은 자기들끼리 별 얘기를 다 합니다."

"제 말씀은 그게 아닙니다. 그 방면에서 얼마나 정력이 있느냐 하는 명성을 따지자는 게 아니에요. 하지만 관계의 종말은 늘 서글픕니다. 그러니까 다시 할 수 있다고 스스로 확신하려고 애를 쓰고, 집착을 하고……."

"그래요. 말씀하셨듯이 집착을 하지요. 그러곤 병이 나는 겁니다. 당신이 쉰아홉이니까 너무 집착하지 않는 것이 좋습니다. 지금 누구 사귀는 사람 있습니까? 그러니까 당신의 정자관과 부고환 상태로 보아서는…… 아, 여기, 고환 끝부분에……."

"아야!"

"보세요, 아프지요? 정자관과 부고환에 염증이 있습니다. 개가죽처럼 단단한 전립선은 말할 필요도 없습니다. 요즘 관계를 가지나요?"

"네."

"힘든 여자예요?"

"뭐라고요?"

"제 말은, 쾌감을 지속하려면 애인이 시간을 필요로 하는지, 속도를 줄여야 하는지 묻는 겁니다. 아시다시피, 늦추는 거는 뭐, 좋죠. '성관계 매뉴얼'에서 조언하듯이 속도를 늦추는 것은 예의 바를 수 있죠, 고상할 수도 있습니다. 하지만 전립선을 아주 많이

상하게 하지요. 혹시 애인이 피가 나게 한 적은 없습니까?"

"선생님, 저는요…… 실제로요, 아니면 비유적으로요?"

"비유적인 것은 제 소관이 아닙니다. 감정을 말하는 게 아니에요. 전립선과 혈관 얘기를 하는 겁니다. 때때로 시간을 끌다 보면 혈관이 터져서 요도에서 피가 납니다. 그런 적이 있습니까?"

"아뇨, 한 번도 없었어요. 가끔 시간을 너무 길게 끌다 보면, 선생님 말씀처럼 제가 피부에 상처를 냅니다."

"그렇죠. 너무 과하게 문질러대면."

"맞아요. 문지르는 거예요. 아주 아파요. 그러니까 전시에는 전시에 맞도록……."

그는 유머하고는 거리가 멀었다. 그저 전립선의 대변인이었다.

"아, 그래요. 내 말 들으세요, 선생님. 여자가 '아직이요, 아직'이라고 하거나 '기다려요'라고 말하면, 그렇게 하게끔 내버려두지 마세요."

"그렇게 하게끔 내버려두지 말라고요?"

"방어하세요. 사정해버리라고요. 우리 신체 기관은 자연이 정해놓은 대로 정상적이고 규칙적인 작용을 하기 위해서 만들어졌습니다. 묘기나 공연, 그러니까 예술적인 걸 하려는 게 아니에요. 흘러가는 대로 하세요. 조용히 즐기세요. 이상 끝. 이게 다입니다. 당신의 원기를 다 빼버리는 거세 콤플렉스 여자들이 있다고 말하면 할 말 다했죠. 여자들은 음경에 대해서 하나도 아는 게 없어요. 그것이 자동기계라서 원할 때면 언제든 조절할 수 있는 도구 같은 것이라고 생각합니다. 당신 전립선을 걱정하는 여자는 아마 절대 없을 겁니다. 대부분의 여자들은 그것이 어디에 쓰이는지 알지도 못해요. 당신 나이엔 느긋하게 해야 합니다."

나는 참고 있을 수가 없었다. 자리에서 일어나 그의 책상을 주먹으로 한 방 크게 내리쳤다.

"느긋하게? 느긋하게라고요? 놀아서는 안 되는 가정부하고 당기라고? 남자에게도 지켜야 할 것이 있네요, 빌어먹을!"

그는 나를 뚫어져라 쳐다보았다. 부야르 마이스옥수수 잎으로 만든 핀란드산 담배를 입에 물고, 머리는 어깨 쪽으로 움츠리고, 뿔테 안경을 쓴 늙은 부엉이같이 생긴 노인이었다.

"선생님, 난 전직 군의관입니다. 1기갑사단과 외인부대의 군의관이었죠. 저는 전립선을 잘 압니다. 선생님은 아프니까 저에게 진찰을 받으려고 오신 거구요. 전 선생님에게 의학적 소견을 말씀드린 것뿐입니다. 아니면 선생님 마음대로 하세요. 건강의 문제니."

"차라리 죽는 게 낫지."

"죽지는 않을 겁니다. 하지만 그렇게 계속 지나치게 되면, 군사가 모자라 전투를 그만둬야 할 겁니다."

"그걸 전쟁처럼 말씀하시다니 참 이상하십니다."

"그렇죠. 선생님 전립샘이 지금 어떤 상태인지 한번 보세요. 그리고 나중에 그게 진짜 전투인지 아닌지 나한테 말해주십시오. 지금 선생님은 나이에 비해서 비정상적으로 그리고 지나치게 성관계를 하고 계십니다. 선생님의 정상적인 신체 기관들이 성욕의 대가를 치르고 있답니다. 현재 파트너하고 관계를 가질 때 매번 평균 얼마 동안 관계를 하십니까?"

"파트너가 아니오. 내가 사랑하는 여인이지······."

"의학적인 관점에서 그건 중요하지 않습니다. 대략 얼마 동안 하나요?"

"처음에는 10분에서 15분 정도…… 잘 모르겠소. 정말이지 말씀드릴 수가 없네요."

"처음에요? 그럼 두 번째도 있습니까?"

"그 여인한테만요."

아연실색한 눈치였다.

"무슨 말씀이십니까?"

"제 말은 두 번째로 발기되는 경우가 있다는 말입니다. 그런데 썩 즐기지는 못해요."

"미친 짓입니다. 전적으로 미친 짓이에요. 아예 무덤을 제 손으로 파시네요. 금속 톱처럼 한 시간 동안 줄을 갈면 당신 전립선과 혈관이 어떻게 되는지 알고나 그러십니까? 선생님, 그건 나치들이나 하던 방식이에요. 그럼, 당연히 빨라고는 하시겠죠?"

"전혀요. 절대 안 합니다. 저는 '빨게 하기' 없습니다. 제기랄, 의사 선생님, 이렇게 얘기해서 죄송합니다. 선생님이 전직 군의관이셨으니까 하는 말인데, 저는 여자에게 절대로 '빨라'고 안 합니다. 절대로."

"그래, 그래요. 하지만 여자가 당신을 다시 발기시키려고 자발적으로 그렇게 해주면 거절하진 않지요?"

"당연히 안 하지요."

"그걸 하는 동안, 여자가 그걸 강요하는데 당신 신체 기관이 더 버텨낼 수 없을 때, 그 기관들이 어떤 시련을 겪는지 대체 알고나 그러십니까? 분명히 오럴 섹스는 자연스럽게 성관계를 하는 동안에 애무처럼 쓰일 수 있습니다. 하지만 다시 발기하기 위한 방법으로는 정말이지 아닙니다. 그렇게 하면 스스로 무덤을 파는 거라고 말씀드렸는데……."

"무덤 따위 두렵지 않습니다. 그 반대예요. 내가 충분히 할 수 있을 때 그렇게 된다는 조건에서라면."

"물론이죠. 그렇게 오럴 섹스로 성관계를 끝내기도 하지요. 일정 나이가 되면 오럴 섹스는 정상적인 성행위보다 두 배는 더 치명적입니다. 신경 체계와 뇌에 아주 끔찍한 충격을 주는 거예요. 반신불수형 발작과 관계가 있다는 사실이 잘 알려져 있습니다. 선생님, 기억력 장애가 있는지요?"

"네, 점점 더 자주 있네요. 제가 담배를 너무 피웁니다."

"아마 너무 피우시겠지만, 또한 담배 피울 상황을 너무 만드시는 거겠죠. 옛 전우라고 생각하고 말씀드리겠습니다. 체내에서 인이 소실되면 이제 선생님 나이에는 젊은 사람들처럼 빨리 보충되지 않습니다. 선생님 신경 체계를 그냥 내팽개치는 일입니다. 성행위를 하고 나서 경련성 떨림이 있었나요?"

"전혀 없었습니다."

"겨드랑이에 임파선 약을 주사해드리겠습니다. 그런데……."

나는 자리에서 일어났다.

"그러고 싶지 않습니다. 이미 선생님이 성관계 후에 좌욕을 하고 좌약까지 넣으라고 알려주셨잖습니까. 통증을 진정시키는 데는 그것으로 충분합니다……."

그는 다시금 잠시 침울하게 나를 똑바로 쳐다보았다가 표정을 부드럽게 풀었다.

"요컨대 선생님은 여전히 노력의 미덕을 신뢰하는 구세대 프랑스 국민에 속하십니다……. 처방전을 하나 드릴 테니 다음에 차도가 있는지 알려주세요."

우리 동네에서는 내 얼굴이 알려진 탓에 약사에게 처방전을 내보일 수가 없었다.

나는 더운물 속에 몸을 담그고 누워 눈을 감고, 여자들의 치명적 속셈에 맞서는 용감한 전립선 변호인을 떠올리며 미소를 지었다. 이제 나에게도 '명예를 구할' 때가 온 것인가? 얼마나 많은 남자들이 오로지 '명예를 구하기' 위해서 '그처럼 까다로운' 애인을 떠나는가? 이제 성적 능력이 다했음을 알기에, 진실이 알려질 시간이 되었음을 느끼기에 그렇게 비겁하게 떠나는가? 더 지탱할 힘이 없다는 이유에서, 자기의 사소한 필요를 충족시키는 데에 그처럼 다양한 방법이 필요한데 '거대 소비자'로 보인다는 이유에서 얼마나 많은 남자들이 그렇게 '떨어져' 나가는가? '사냥물 전리'는 항상 불안정하다. '그녀는 이제 나를 발기시키지 않는다'라는 말은 여자에 대한 열등감을 멋있게 돌리고, 여자가 능력이 안 된다며 충분히 '에로틱'하거나 '발기시키지 못한' 죄의식을 품게 하고, 사실 약점은 자기한테 있으면서 그것을 토해내지 못하는 힘 있는 자들이 내뱉는 전형적인 말이다. 그리고 남자식으로 오르가슴을 느끼지 못하는 여자들의 '불감증'을 수식하는 말들을 얼마나 많이 들었던가? 하지만 여자들에게 성적 쾌감은 전혀 다른 '수평적' 성질의, 경이로운 연속성을 지닌 것이다. 남자가 여정 내내 무한정 동행하지 못하는 경우가 종종 있어도 남자와 함께 비로소 끝나는 것이다. '명성'에만 관심이 있었다면 나는 로라를 떠났을 것이다. 나중에 로라가 아주 많이 나이 들어서, 어느 저녁, 샹들리에 빛 아래, 난롯가에 앉아서 한담을 나누거나 바느질을 하면서 아름다웠던 시절을 추억하겠지, 그리고 이렇게 속삭이겠지. "나이 육십에도 그는 여전히 멋진 애인이었어……." 그러니까 여자를 자주 바꾸면서 제때 빠져나오기, 그렇게 좋은 이미지를 만들기는 또 얼마나 쉬운 일인가! 그런데 말이지, 당신이 아니었다면 내가 그렇게 신경을 쓰지도 않았을 거야. 당신 품 안에 있을 수만 있다면 나는 잘 끝내고 싶어. 내가 두려워하는 유일한 것은 우리 사이의 이해심이 동정심으로 변하고, 당신에 대한 애정과 나 자신을 관리해야 한다는 걱정이 아주 위험스럽게도 동정이나 모성애와 가까워져서 우리 관계가 변하는 위험한 순간이 너무 일찍 오지 않을까 하는 것이야. "안 돼요, 안 돼, 당신, 그러지 마요. 우리 이미 일주일 전에 사랑을 나누지 않았어요? 그럼 당신이 피곤해져요……. 당신 관리해야 한다고요, 내 사랑 당신……. 그래요, 잘 알아요. 당신 또 한 번 할 수 있다는 거 알아요. 내가 하자고 하면 심지어 두 번도 할 수 있잖아요. 당신 정말 힘을 타고났잖아요. 그런데 당신은 지금 파스 붙이고 누워 있어야 해요. 의사 선생님이 뭐라고 했는지 당신도 잘 알잖아요. 토요일까지는 안 돼요. 지난번에 힘을 너무 많이 썼어요. 당신 정말 지칠 줄도 모르는 사람이에요!"

처음부터 당신한테 솔직하게 얘기했어야 했어. 하지만 그렇게 말해버리면 일을 더 재촉할까 봐 그게 겁이 났지. 커플 사이에선 모든 일이 얼마나 쉽게 전염되는지 또한 잘 알고 있었지. 한 사람의 공포가 다른 사람에게 불안정과 불안감을 유발하고 마는 그 위험천만한 대칭이란……. 모든 일이 그렇게 악화되면 마침내 소통 불가능까지 가고 말아. 어쨌건 간에 나는 아직 '나이에 비해 건재'하지. 아마도 1년이나 2년쯤은 시간을 벌 수 있을 거야.

4

베네치아로 여행 가기 얼마 전 아무 생각 없이 로라에게 말을 내뱉고는 내가 그동안 얼마나 강박적인 생활을 했는지 알게 되었다. 내 독일인 변호사가 젊은 아내와 함께 프랑스 '맛 기행'을 왔다. 변호사 부부가 프랑스 전국의 트루아그로, 보퀴즈 레스토랑 둘 다 미슐랭 3성급 레스토랑 분점을 모두 다 돌고 다시 파리로 돌아왔을 때 오를리 공항까지 그들을 배웅 나갔다. 로라도 동석했다. 뮐러는 맛 좋은 시가를 피우는 백발의 뚱뚱한 남자였다. 그는 공항에 가는 내내 비아르 레스토랑의 미뇽을 넣은 카술레, 바고 레스토랑의 오리 요리, 육즙에 요리한 수탉 요리 얘기를 자기 아내와 공모자처럼 시선을 주고받으며 연신 떠들어댔다. 이번에는 그의 아내가 자신이 받은 미각 교육의 발전상을 자랑하며 샴페인을 넣어 얼린 조콩드 비스킷과 블루베리를 넣은 잊을 수 없는 맛의 토끼 요리를 이야기했다. 행복한 부부임을 의심할 여지가 없었다. 비가 내리는 길을 말없이 운전하며 돌아오는데 로라는 카세트로 인디언 플루트 곡을 듣고 있었다. 그녀는 내 어깨에 머리를 기대고 말했다.

"자크, 당신은 도대체 언제 나한테 프랑스 맛 기행을 하게 해줄 거예요?"

내가 무슨 생각을 하고 그랬는지 모르지만, 그 별 의미 없는 질문에 마치 음흉한 꿍꿍이 속내를 본 것처럼 반응했다. 갑자기 속도를 줄이는 바람에 뒤따라오던 차가 우리 차를 들이받을 뻔했고 뒤차가 항의하는 소리가 퍼져 왔다.

나는 로라 쪽으로 몸을 돌렸다.

"무슨 소리를 하는 거야? 당신 날 뭘로 보는 건데?"

그녀는 어안이 벙벙해져서 겁먹은 듯 몸을 뒤로 젖혔다. 여태껏 그렇게 사납게 말한 적은 한 번도 없었다. 그녀는 고개를 숙였다.

"나는 아직 교회에서 위로를 받을 만큼 성숙하지 못해." 내가 우물우물 로라에게 말했다. "미뇽식으로 요리한 수탉도, 비우크 영감네 까치 프리카세도, 쇄골 위에 붙은 파리 새끼 요리도, 보헤미아 소스를 넣은 할머니 다진 고기도, 장미 잎으로 싼 여자 요리도, 풍접초 꽃봉오리 소스로 요리한 터키인 남근 요리도, 알제리 보병 속옷 요리도, 베르생제토릭스 아저씨의 교태 요리도…… 젠장."

로라가 울 때에는 반인륜적인 범죄가 있었다. 길가에서 폭탄 세례를 맞은 시민들의 대탈출극이 있었다. 나치즘이 있었고, 거기에선 내가 히틀러였다. 나는 제일 먼저 보이는 출구로 나와 랭지스의 엔디브 상자 더미 사이에 차를 세웠다. 그녀를 품에 안으려고 했다. 이런 식으로 한순간에 모든 것을 용서받을 수 있다고 믿다니 얼마나 남성적인 발상인가!

"이러지 마요, 당신 너무 안됐어요."

"못됐어요, 겠지." 내가 중얼거렸다.

"당신이 그런 식으로 얘기하다니 죽어버리고 싶을 지경이에요!"

나는 입을 열려고 했지만 그거야말로 진짜 해결책이 되지 못했다.

"이거 받아요."

그녀는 목에 걸고 있던 작은 금목걸이를 잡아채서는 나에게 내던졌다.

"이건 당신 엄마가 당신한테 준 목걸이잖아, 로라……."

"그러니까요, 얼마나 심각한 일인지 알겠죠? 당신에게 돌려준다니까요. 당신 것은 아무것도 가지고 싶지 않아요."

"하지만 이건 당신 엄마가 당신 어렸을 때……."

그녀는 목걸이를 낚아채서 창문을 열고 물구덩이에 던져버렸다.

"아! 하느님 맙소사, 당신이 나한테 무슨 일을 한 건지 알기나 해요?"

나는 소나기가 쏟아지는 밖으로 달려 나가 목걸이를 찾아서 그녀에게 돌려주려고 했다. 로라는 눈을 감고 머리를 흔들었다.

"그러지 마요. 끝났어요!"

"하지만 내가 그런 게 아니잖아……."

"상관없어요. 끝내야겠어요. 이미 끝장났고 다시 회복할 수 없다는 걸 알아주었으면 해요. 브라질로 돌아가다가 비행기 사고를 당해 죽어버릴 테야!"

그녀는 차창을 올리고 울면서 창문에 얼굴을 댔다. 나는 차창 가득 키스를 해댔다. 비에 홀딱 젖었다. 다시 운전대를 잡으려고 차 앞으로 돌아왔지만 로라가 차 문을 걸어 잠갔다. 나는 모자와 비옷을 벗었다. 웃옷도, 셔츠도 벗고 넥타이도 풀었다. 바지를 벗으려 하자 그녀의 시선에 관심을 보이려는 여지가, 심지어 인정하려는 여지가 비쳤다. 내가 구두와 속옷과 양말을 마저 벗고 빗속에서 완전히 알몸이 되자, 그녀는 그것을 좋게 받아들이고 거의 안심하는 듯이 보였다. 그녀는 재규어의 창문을 내렸다.

"당신 도대체 왜 그러는 거예요?"

"몰라, 브라질 사람도 아닌데 내가 어떻게 알아?"

로라가 처음으로 미소를 보였다. 얼마 후 나를 안아주었고, 그때 비로소 웃음이 얼굴에 퍼졌다. 그녀는 내 옷을 주워 왔지만 난 입으려고 하지 않았다. 그렇게 파리까지 알몸으로 운전을 했다. 아직까지 내가 사랑에 푹 빠져 있다는 것을 보여주고 싶었다.

나는 욕조에서 나와, 시간이 지나며 점점 비어가는 아파트 여기저기를 돌아다니기 시작했다. 거실에는 소파가 네 개, 긴 의자가 하나 있는데, 입을 쩍 벌린 것처럼 보인다. 가구 하나하나 부재의 느낌이 배어 있다. 내 주변의 모든 것이 반쪽이다. 가장 익숙한 물건도 거짓된 삶의 흔적이 되어 끝까지 착각을 일으키는 데 성공하겠지, 내가 당신을 알지 못했다면 말이야. 로라, 당신이 없다면, 내가 거기 없었나는 것조차 알지 못했을 것이오. 출생에 대해서는 참 바보 같은 말들도 많지! 태어나 세상에 오는 것만으로 충분하지 않아. '산다는 것', 그것은 숨 쉬는 것도, 고통받는 것도, 심지어 행복한 것도 아니야. 산다는 것은 둘이서만 발견할 수 있는 비밀 같은 것이지. 행복은 팀을 이뤄 하는 작업이야. 나는 매 순간을 떠나보내고, 이 느린 행보의 카라반은 행복의 소금을 져 나르지. 당신이 내게로 오기 때문이야.

전화벨이 울리고 나는 수화기를 집어 들지. 약간 불안해하는 당신 목소리가 들려.

"여보세요? 여보세요?"

"로라……."

"놀랐잖아요. 당신이 아닌 줄 알았어요……."

"당신이 여기 없을 때마다 내가 다른 곳에 있는 느낌이야."

"자크, 우리 어떻게 될까요? 도대체 어떻게 될까요? 결국, 행복이란 거…… 인간적이지 않아요. 위협을 받는 느낌이에요……."

"아마 나아지겠지……."

"어떻게 행복이 나아지는 거라고 말할 수 있어요?"

당신 목소리가 갈라지네. 당신이 우는 줄 알았어…….

"자크, 나는 두려워요. 당신하고 이렇게 행복한데……. 모르겠어요…… 매 시각 위협당하는 기분이에요."

"이봐, 로라. 당신이 행복하다고 해서 삶이 노여워하진 않아. 인생에 대해서 뭐든지 말할 수 있겠지만, 한 가지만은 분명해. 삶은 아무 상관 하지 않는다는 거지. 행복과 불행도 구별할 줄 모르거든. 삶은 자기 발치도 볼 줄 모른다고."

"내 편지 읽었어요?"

"무슨 편지?"

"베네치아로 여행 가기 전에 당신한테 이별 편지를 썼거든요."

"기다려봐……."

나는 책상 위에 놓인 편지 더미를 샅샅이 뒤졌다. "자크, 우린 이제 끝났어요. 다시는 당신을 보지 않겠어요. 당신이 이 편지를 읽고 있을 때 난 이미 죽었을 거예요. 당신 없이는 살 수가 없어요."

나는 전화기로 달려갔다.

"당신 편지 읽었어. 됐어?"

"좋아요. 당신은 모르겠지만 난 눈물이 났어요. 뭔가 상대방을 겁준다고 생각하는 건 정말 멋진 일이에요, 마치 위협이 하나도 없는 것처럼……. 나는 그런 식으로 위안받는 게 정말 좋다고요."

"퇴마식인가?"

"그래요. 아주 브라질다운 거예요."

"그렇겠지. 다만 나는 말이야, 매번 공포가 엄청나거든. 어느 날 진짜로 당신한테 무슨 일이 생겨도 안 믿으려고 들 거야. 로라, 도대체 왜 그러는 거지?"

"진짜로요?"

"응, 진짜로."

"그냥 미신 같은 거예요. 행운을 빌 때 나무를 만지는 것하고 같아요. 내가 항상 두렵다고 말하는 건 웃자고 하는 소리가 전혀 아니에요. 행복은 언제나 얼마간 유죄란 말이죠……."

"종교 교육 때문인가."

"그럴지도 모르죠. 모르겠어요. 아니면 정말로 우리를 위협하는 것이 있든가, 예감 같은 게 있단 말이에요."

나는 아무 말도 하지 않았다.

"더구나 행복이 공산주의 선전이라는 사실을 누구나 알고 있죠."

"금방 갈게."

나는 옷을 챙겨 입었다. 손이 떨렸다. 그녀가 알아들었던가, 알고 있었던가, 나를 용서해주려고 했던가, 그래서 얘기하기를 꺼렸던가. 아니다. 그럴 수는 없었다. 그랬으면 내가 진작 알아챘겠지. 게다가 그녀가 무엇을 알 수 있었겠어? 말도 안 돼. 나는 매번 잘했잖아. 아주 적절하게 해냈는걸. 힘겹게 한다는 느낌은 주지 않았는데……. 노력조차 하지 않았지. 아주 신경 써서 주의했단 말이야. 품격도 있었고. 편안하게 한다는 느낌을 주려고 노력했어. 그리고 마지막 순간에, 일이 잘 끝나서 신음 소리가 나기 직전에 그녀의 입에서 나오는 외침. 그것은 나를 띄워주는 소리이고 아름다운 깃털을 달아주는 소리였지. 그 "오, 당신! 당신! 당신!" 하는 소리는 나에게 망명의 끝이자 고국으로 돌아오는 것, 의심과 두려움의 여지를 남기지 않는 그런 소리였어.

나는 플라자호텔까지 걸어서 계단을 올라갔다. 로라가 문을 열어주었다. 그녀는 속이 비치는 옷을 입었고, 품에는 언제나 그렇듯 연심을 찾아 떠나왔지만 꽃병을 구하지 못한 꽃다발이 들려 있었다. 늘 풍겨 나오는 장미 향기에 그녀를 따라다니는 남자들이 있다는 것을 알고 있었을 뿐, 나는 그들에 대해 궁금해하지 않았다.

브라질 사람들이 말하듯이 '아시아 잎' 같은 그녀의 눈은 가느다랗다. 뒤로 틀어 올린 짙은 머리칼은 정성 들여 이마를 감싼다. 입술의 선은 부드러움과 연약함을 지니고 있어 나는 언제 입맞출 것인지 아니면 그저 바라볼 것인지 주저하게 된다. 사람들이 우리를 어떻게 말하는지 나도 안다. "그녀가 저이에게서 뭘 찾는지, 저이는 또 그녀에게서 뭘 찾는지 도대체 알 수가 없다니까." 이 말은 곧 두 사람이 진정 서로를 찾았다는 것을 거꾸로 증명하지 않는가. 그녀가 그렇게 내 어깨에 머리를 기대니, 내 어깨가 그녀 집에 없다는 것을 알면 얼마나 이상해할까! 긴 목은 그대로 우아함을 드러내니, 일반적으로 문학에서 백조를 비유해서 표현했던 그대로다. 내 손은 가느다란 허리를 매만지고 곧 풍성한 엉덩이를 만끽한다. 헝클어진 그녀의 머리칼이 내 머리에 닿고, 내 입술은 달려가고픈 마음에 숨이 막히기 시작한다. 나는 돌로 새겨진 부부의 동상을 생각한다. 그들은 거의 먼지가 되어버릴 지경으로 부서졌으니 나이를 먹음에 따라 언젠가 다시 돌로 되돌아가버릴 영원의 시간을 그리워한다. 오로지 매 순간에 마력이 있기 때문이다.

당신은 종이에 몇 자를 갈겨쓰더니 내밀어. "밤 어딘가에 한 도시가 있어요. 그리고 뭔지 모르지만 상상하기 어려운……."

그대로 있어줘. 움직이지 말아줘. 언제까지나 말이야. 당신의 숨결을 나에게 줘. 작은 영원이 하나하나 내 손목 아래에서 무한의 묵주를 돌리고, 처음으로 그것은 흐르는 시간을 이야기하지 않고 행복에 멈춰버린 시간을 이야기해. 물론 외부 세계가 있지. 사람이 죽고 배고파 하는 세계 말이야. 하지만 오로지 인도적 차원의 원칙이라고 머리로만 아는 사항일 뿐이지. 내 가슴속에서 속삭이는 '낭송자'의 목소리를 들으면, 내 꺼진 불은 부드러워서 마치 갈증이 사그라진 것 같아. 일전에 혼자 항해 갔던 사람에게서 편지를 받았어. 그는 아주 먼 곳에서 편지를 보내왔지. 혼자서 대양 한가운데 있는 사람들이나 알 법한 저 너머의 고요함을 길게 이야기했어.(그래서 난 더욱 감사하는 마음으로 다시 당신을 내 품에 꼭 껴안았지.) 또 다른 요트를 타고 그토록 먼 바다로 나갈 필요는 없을 거야. 난 내 입술 위에 잠들어 있는 당신 입술의 숨결을 더 잘 음미하려고 간신히 호흡하고 있어. 난 불을 끄지. 밤이 우리 곁에서 텐트를 세우고. 당신은 잠자면서 단 한 번도 움직이지 않아. 그렇게 당신은 이미 내 몸에 익숙해졌어. 내가 당신의 안식처를 빼앗으려는 듯 조금이라도 움직일라치면 당신은 뭔가 중얼거리고, 그래서 몇 번 키스를 해주면 다시 원상태로 되돌아가지. 로라…….

내 눈에 눈물이 맺히는 것이 느껴진다. 하지만 그것은 단지 오래전에 죽은 내 애견 렉스가 떠오르기 때문이다. 죽기 전에 내 눈앞에서 꼬리를 흔들던 렉스가.

5

어린아이가 지닌 시선은 길가의 낡은 것조차도 새것으로 보이게 한다. 로라와 함께하면서 아들이 어렸을 적에 주었던 기쁨을 되찾을 수 있었다. 우리는 종종 숲 속의 물가로 배를 타러 갔고, 에펠탑에 오르기도 했으며, 트론 광장에서 열리는 향신 빵 축제를 둘러보곤 했다. 그녀와 함께 있으면 파리는 처음 같았다. 매우 불편한 마음으로 사업상 점심 식사를 하러 오래전부터 자주 다니던 레스토랑에 그녀를 데려갔다. 그런데 우리가 거기에서 아주 행복한 시간을 보냈다는 게 놀라웠다. 로라를 따라서 안으로 들어갔을 때, 레지스탕스 시절의 힘겨운 일들을 겪으면서 되는대로 굳어진 표정과 얼굴선으로 보아 외인부대 모자만 있으면 손색이 없을 그런 내 얼굴 위로 많은 시선이 포개지는 것을 보았다. 내 머릿속을 꿰뚫어 보는 듯한 시선들이었다. 이런 고급 레스토랑에서 나이가 지긋한 남자가 아주 젊은 여자를 데리고 들어왔을 때 겪는 추측의 시험대를 아직은 잘 통과할 수 있다는 것을 안다. 이렇게 중얼거리는 소리가 들리기까지 했다. "그런데 말이야, 자크 레니에는 도대체 몇 살이나 됐대? 글쎄…… 삼십 대가 지난 아들이 있잖아……. 샤방델마스하고 같이 항독운동도 했잖아……. 술도 안 마신대. 아주 조심하고 있을 거야……." 나는 주의를 기울이지 않았다. 납작한 내 얼굴에는 흉터가 있다. 짧게 자른 금발 머리는 많이 희끗희끗해졌으며, 턱 선은 강인하다. 몸이 꽤 좋은 편이었다. 아주 각별히 관리하는 20년 묵은 옷을 입고 있었다. 나는 바꾸는 것을 굉장히 싫어한다. 외모는 봐줄 만했고, 10년 전부터 내 이미지는 거의 바뀌지 않았다. 나는 거기에 익숙해졌고, 그런 모습에 자부심을 품고 있었다.

백조들이 얼키설키 푸덕이듯 그녀가 이불과 베개를 젖히고 몸을 드러냈다. 그러고는 강가에 다다르기 위해서 나뭇가지 하나를 찾기라도 하듯 손을 내밀었다. 신음하는 순간 그녀는 부끄러운 양 얼굴을 감추고 소리가 밖으로 새어나가지 않게 자신의 손을 깨문다. 나는 그것이 하늘에 대한 자비심이 부족해서며, 그래서 내 마음이 아프다고 말한다.

"난 수녀님들 손에서 컸어요." 그녀는 이렇게 설명했고, 나는 브라질 수녀님들이 그처럼 침묵의 기도를 한다는 것을 알고 적잖이 놀랐다.

"오늘 저녁에 엄마가 리우에서 전화를 했어요. 당신 얘길 해줬죠. 이제 엄마가 다 알게 됐네요."

"엄마가 지구 반대편에 있을 때에는 언제나 다 말해줘야 하는 거야. 어떻게 받아들이셨어?"

"아주 잘요. 내가 행복하면 아무것도 중요하지 않다고 말했어요."

"아무래도 난 브라질식 문장에 익숙해지지 않네…… 행복한 게 중요하지 않다고?"

그녀의 시선이 내 얼굴에 와 닿았고, 약간 밝은 표정이 되었다.

"두려워하지 마요, 자크……."

나는 재빨리 고개를 들었다.

"왜 그런 소리를 하는 거야? 뭘 두려워해?"

"나를요. 당신은 썰물이 몰아가듯이 온전히 사랑받는 데 익숙하지 않잖아요. 당신한테는 자유가 중요하다는 것, 나도 잘 알아요……."

"바보 같은 소리 마. 당신하고 있으면 자유 따윈 중요하지 않아. 자, 이거 받아. 당신한테 줄게. 그걸로 커튼이나 만들라고. 로라, 자유는 없어. 생리적으로 사람은 모두 억제되어 있지. 자연은, 우리가 그토록 보호하려는 자연은 우리에게 복종을 강요해. 바다를, 공기를, 나무를 구해야겠지. 그렇지만 인간은 억제와 영구적인 강탈 속에서 살고 있다니…… 난 그 전에 죽고 싶어, 자……."

"뭐 하기 전에요?"

나는 다시 침착해졌어. 침대에 앉아서 당신의 손을 잡고, 손바닥을 내 뺨에 대고 눈을 감고서 오랫동안 그렇게 있었지. 당신 손은 어린아이 손 같아. 내게도 딸이 있으면 좋았을걸.

"뭐 하기 전에 죽는다고요?"

"바다가 오염되기 전에, 삶이 제 아름다운 깃털을 잃기 전에, 모든 장미가 회색이 되기 전에."

"회색 장미라, 그거 아주 예쁘겠는데요."

……내게 딸이 있었다면 아마 더 잘 극복했겠지.

"로라······."

그녀가 나를 품에 안는다. 갑자기 밤이 달라 보인다. 마치 다른 종류의 밤이 있었던 것처럼, 너무 늙어버린 육체 안에 자리 잡은 너무나도 젊은 마음들을 진정시키는 밤이 온다. 나는 당신이 내 눈꺼풀 위로 손가락을 얹도록 눈을 감아. 목구멍으로 눈물이 흐르는 것을 느낀다. 생식선의 퇴화에도 한계라는 것이 있으니까. 로라, 45년 전에 나는 첫사랑과 결혼하는 꿈을 꾸었지. 시골 교회에서, 시장님과 초대 손님, 결혼반지, 아주 순수하게 결혼을 승낙하는 '예'. 하느님 맙소사, 그러니까 내가 새 출발을 해야 하다니! 나는 좀 서투를 거야, 정말이지 로라, 그런 건 처음일 거야, 비가 와서 밖에 안 나가도 되도록, 브르타뉴 어딘가에서, 도처에 봄이겠지, 가을의 밤들이 자기들끼리 속삭이는 저 잃어버린 조국 같은, 당신에게 아주 잘 어울리는 봄. 나는 잠과 싸우는 중이다. 감성이 약해지고 사람들이 거의 행복해질 수 있는 시간, 반 정도 밤샘을 한다.

잠을 좀 잤는지 모르겠다. 통증이 서서히 묵직하게 올라왔다가 끝내 긴 칼로 내려치는 듯하다. 로라의 팔은 여전히 나를 감싸 안고, 그녀의 입술이 내 입술 가에서 숨을 내쉰다. 조용히 그녀의 품 밖으로 나오자 그녀는 내 이름을 중얼거린다. 마치 내가 여전히 그 사람인 듯이. 타짜꾼이 밤중에 일어나서 제 카드에 표시를 하러 간다. 나는 비데에 물을 채우고 냉수로 좌욕을 한다. 트리약 박사 말이 옳았다. 통증이 가라앉는다. 사정을 하지 않고, 정자관을 비우지 않고 발기된 채 오래 시간을 끄는 것이 전립선과 정자관에는 가장 나쁜 영향을 준다. 모세혈관의 충혈은 끔찍하다. 이제는 두 번째 사정에 성공한 적이 거의 없다. 첫 번째 사정조차 잘 안 될 때가 있다. 하지만 거의 무한정 지속할 수는 있다. 말하자면, 이상적인 애인이다. "오! 당신, 당신! 당신!" 끝을 볼 수 없는 원기 왕성한 육십 대 남자를 고르시오, 분명 당신에게 만족을 줄 것입니다. "자크 레니에 저 사람은…… 아직 힘 좋은 사람인가 보군." 나는 냉수를 갈아가며 비데에 한동안 앉아 있다. 성기 아래 칼날 같은 통증이 약해지면서 사라진다. 항문에서 음경 아래까지 여전히 돌 같은 육중함이 남아 있다. 시계를 보지는 않았지만 로라가 지체하는 것을 보니 족히 20분은 된 것 같았다. 덜어낼 수만 있다면 충혈이 완화될 텐데. 요도 끝을 눌러본다. 피가 난 흔적은 없다. 하지만 접촉 때문에 음경 표피가 상당히 빨개졌다. 다시 시작되었군. 지독하게 아프다. 항문 안쪽 어딘가부터 왼쪽 사타구니 쪽으로 내 몸이 크게 고장 난 모양이다. 예전보다 분비물이 적고, 전립선액의 양이 줄어들었다. 충분히 기름을 칠 수도 없고, 바짝 마른 상태로 작업을 한다. 트리악이 준 처방전을 버린 것은 잘못이었다. 내일 아침 집사에게 전화를 걸어 휴지통에 버린 처방전을 찾아 약국에 갔다오라고 해야지. 모든 수단을 동원해야 한다.

나는 일어나서 몸을 닦는다. 그러고 나서 내가 웃음 같은 것을 흘리지 않았나 생각해본다.

6

"당신과 의논을 좀 하고 싶었어요……."

나는 미소를 지었다. 내 머릿속 어딘가 잘 감춰진 구석에 여전히 뱅뱅 도는 소소한 일이 있을지 모른다. 냉소 짓기. 혼란스럽거나 불안하거나 실패감이나 나약함을 느낄 때 그것을 길들이기만 하면 된다. 그러면 품질이 최상급인 완제품이 만들어진다. 어느 날인가 먼지 한 점도 용납하지 않는 집사 모리스가 내 미소를 살포시 들어서 깃털질을 몇 번 할 것이고, 욕실 선반 위에 다른 위생 용품과 함께 올려놓을 것이다.

로라는 창가에서 푸른색 가운을 입고 소파 팔걸이에 맨다리를 올려놓고 앉아 가르시아 마르케스의 『백 년 동안의 고독』을 읽고 있다. 그녀는 내 쪽으로 서글픈 눈길을 돌린다.

"이제야 대중적인 위대한 신화가 어떻게 생겨났는지 알게 되었어요. 삶과 빈곤의 부재에서 생겨난 거예요. 그 저자들은 아무런 힘도 없었어요. 그래서 하늘과 땅을 뒤흔들어댔죠. 그들에게는 아무것도 없었기 때문에 상상 속으로 몸을 숨길 수밖에 없었어요. 당신 아들한테 얘기했어요?"

"응. 어제 같이 점심을 먹었어……."

장피에르는 자기가 주문한 다이키리를 쳐다보았다. 눈부시게 아름다운 커프스, 푸른색의 블레이저코트, 랑방 넥타이. 서른두 살이지만 이미 오래전부터, 국립행정학교에 들어갈 때부터 나무랄 데가 없었다. 뿔테 안경에 정성 들여 딱 붙인 머리카락, 얼굴은 날카로운 선을 지녔지만 중성적인 표정으로 매우 뛰어나게 그 칼날을 숨기고 있어 보기에도 상당히 유쾌한 사람이다. 상대방이 누구인지에 따라, 얻고자 하는 결과물에 따라서 유쾌함의 수위를 조절할 뿐이다. 내 생각에, 이런 능력을 지킬 수만 있다면 미래의 수상감이다. 그는 꽤 무서울 정도로 사람 심리를 잘 파악하고, 개인적인 사정을 전혀 소홀히 하지 않는 빠른 판단력을 지녔다. 어느 날 보네가 이렇게 말했다. "당신 회사와 사인을 했소. 당신 아들과 일하는 게 좋아서요. 아무것도 배울 것이 없다며 잘난 생각에 단계를 무작정 뛰어넘으려고 하는 국립행정학교 출신들 하고는 다릅니다." 바로 그것이 단계를 뛰어넘으려는 장피에르의 방식이라는 것은 보네는 전혀 몰랐다. 그는 젊은 사람이 나이 든 사람에 대해서 종종 행사하는 매력, 예순이 다 되어서 다시 시작할 수 있다면, 다시 '되돌아갈' 수 있다면, 자기 자신의 이미지로 택하게 될 그런 사람, 무의식적으로 '대체자'를 찾는 데서 비롯되는 일종의 매력을 능숙하게 다룰 줄 알았다. 나이 많은 기업 사장들과 이야기를 나누며, 나는 그들의 시선에서 적게나마 적의가 있으면서도 동시에 우정이 깃든, 어느 정도 꿈꾸는 듯한 표정을 읽는다. 그렇게 그들은 삶을 만끽하기 위해서 태어난 듯이 보이는 서른 살이나 젊은 상대방이 하는 말을 경청하고, 다시금 자기 자신에 투자하고 싶어 한다. 호감이 반감이나 원한과 뒤섞이는 묘한 시간이며, 우연히 정신이 모호하게 뒤틀리면서 한 젊은이를 뭉개버리기보다는 그에게 도움을 주는 시간이다. 나는 장피에르에게서 이런 외양과 유혹의 기술을 어렵지 않게 발견할 수 있었다. 내가 1950~1955년 뉴욕의 큰 광고 회사에서 일했을 때는 판매 기술이 상품의 질과 완전히 무관해지고 고객을 유혹하기 위해서 무엇보다도 겉 포장에 주력하던 시점이었다. 상품의 품질이 정말 중요하게 간주되기 시작한 것은 1963년경 랠프 네이더가 제너럴모터스에 맞서 외로운 십자군 원정을 성공리에 이끈 후, 소비자 보호 단체들이 처음으로 만들어지고 나서였다. 유혹하기, 환심 사기 기술 방면에서 가장 큰 투자가치가 있는 것은 젊음, 육체적 풍채가 되었다. 지속 시간이나 성숙도, 견고함이나 신뢰도 같은 전통적 가치는 점점 더 힘을 잃어갔다. 그 결과 우선 미국에서, 10여 년 뒤에는 유럽에서, 늙어가는 사람들은 자신들의 품격과 가치를 잃어가며 가치 절하, 손실, 평가절하 받는 느낌을 갖게 되었다.

로라의 시선이 책 너머 나에게 향한다.

"자크, 당신 아들 생각 많이 하지요?"

"점점 더 많이. 큰 착각이야, 계속된다는 것은. 끝이 없음……."

장피에르의 얼굴은 31년 전에 결혼해서 15년 전에 헤어진 아내와 조금 닮았다. 아들과 마주하며 이미 깨진 것들의 시선과 대면하는 자신을 발견하는 것은 고통스럽다. 그는 나에게 언제나 지극한 존경심을 보여왔지만 우리 둘 사이에는 뭐라고 정의하기 어려운 장벽 같은 것이 있었다. 서로 공통된다는 점, 서로 닮았다는 점, 정말 아버지와 아들 사이라는 것을 알려주는 점은 사실 나에게도 그에게도 마음에 들지 않는다. 혹여나 우리 둘이 너무나 솔직하게 속마음을 나누는 사이가 된다면 돌연 이어지는 고백과 발가벗음, 신랄함, 우선은 성주城主 쪽에서 그리고 이어서 소작지에서 착취한 농부의 흔적들, 우리 중 어느 누구도 너무 가까이에서 그 흔적을 보려 하지 않을 것이다. 우리 조상님들에게는 씨뿌리기와 수확이 근심이었다면, 우리에게는 투자와 수익이 근심이 되어버렸다. 나는 은근히 장피에르가 예술적 자질을 지니기를 희망했으나, 아들의 등 뒤에서 자신의 꿈을 다시금 펴보려는 것은 너무도 쉬운 일이다. 그는 거의 웃는 일이 없다. 아마도 나를 많이 관찰한 결과일 것이고, 거기엔 호의도 없지 않다. 그는 여자 문제에 있어서는 나보다 더 '일시적'이고 속도가 빠르다. 가히 풍요의 사회다. 내가 알기로 아들은 두 여자와 심각하게 연애를 했다. 한 명은 이탈리아 여자였는데, 그는 "아버지 때문에 그녀와 결혼하지 않았어요"라고 말해주었다. 내가 그 애 엄마에게 이 말을 되풀이했을 때, 그녀에게는 도저히 이해하기 어려운 설명이었다. 하지만 장피에르는 이렇게 말하면서 스무 해 동안 부부로 지내다가 마흔이 된 아내를 버리는 것보다는 짧은 기간 관계를 맺고서 스무 살 된 여자를 버리는 것이 상처를 덜 준다는 사실을 얘기하고 싶었을지도 모른다. 그가 북부 지방의 한 대기업 외동딸에게 매우 관심이 있다는 소리가 들렸지만, 수월함을 거절하는 편을 들었다. 1974년 선거 후에 장관 사무실에서 온 취직 제의를 거절했을 때에도 나는 그다지 놀라지 않았다. 마치 세상을 바꾸려는 비밀스러운 야망이라도 마음속에 있는 것처럼, 그는 프랑스 정치에 발을 들여놓기를 꺼렸기 때문이다. 분명 그에게 물려주었던 것은 내 젊었을 적의 꿈에 다름 아니었다. '세상을 바꾸기…….' 그처럼 거창한 야망을 품기 위해서는 자신과의 관계에서 대단히 겸손해야 한다. 그가 진정성을 지닌 한 그런 종류의 야심은 우선 포기를 요구한다…….

"로라는 잘 있어요?"

"아주 잘 지내. 너에게 안부 전하란다. 베네치아에는 처음 가보는 거라, 어땠는지 짐작이 가지?"

레스토랑 지배인이 눈에 안 띄면서도 고집스러운 표정으로 우리 곁에 서 있었다. 손님의 대화를 중단해 유감스러워하는 한편 자신에게는 기다릴 시간이 없음을 알리는, 직업 정신이 투철한 사람의 모양새였다. 나는 안경을 끼고 메뉴판을 쳐다보았다. 아스파라거스가 4000프랑, 포르토를 곁들인 멜론이 3000프랑이었다. 나는 지배인에게 말했다.

"가격에 익숙해지게 시간을 좀 주시오."

그는 고개를 숙이고 한 발을 빙 돌려 멀어져갔다. 나는 주위를 돌아보았다. 계산서밖에는 아무것도 보이지 않았다.

"여기로 데려와서 미안하다, 장피에르. 너한테 뒤집어씌우려는 것 같구나."

"저 혼자서 가끔 여기 와서 점심을 먹을 때도 있어요."

"왜?"

"익숙해지려고요. 연습할 필요가 있거든요. 저는 천성적으로 이런 장소에는 어울리지 않아서, 완벽해지려고 하는 거예요. 고객들을 다루려면 제가 먼저 이런 자리에서 편해져야 하니까요."

아들은 사회 게임에서 사기꾼이 되지 않으려 한다. 그것이야말로 사회 게임의 일부인 셈이다. 난 그것을 아주 잘 알고 있다. 자신의 됨됨이에 대해서, 자신이 행동하는 바에 대해서 거리를 두려고 하는 모양새는 그 됨됨이, 행동거지와의 관계를 매우 순조롭게 한다.

"그러니까 장피에르, 거의 결심을 했단다."

"클라인딘스트 말인가요?"

"적절한 제의야."

"⋯⋯'유일한' 제의를 말씀하시는 거겠죠⋯⋯."

그는 손가락으로 조심스럽게 잔 받침을 들어서 돌렸다. 가느다랗고 긴 손가락, 살랑살랑 서류를 넘기기 위해서, 식탁에 차려진 크리스털 잔을 들기 위해서 만들어진 손가락이다. 내 손은 옛날식이다. 대충 아무렇게나 다듬어지고, 육중하며, 뼈마디가 굵어서 도끼와 쟁기질에 어울리는 손이다.

"깊이 생각했단다. 네 큰아버지가 생각하는 것처럼, 아마 너한테 얘기했을 테지, 절대로 개인적인 이유 때문에, 사적인 생활 때문에, 뭐 네 생각처럼 단순히 내 삶 때문에 그러는 것은 아니야. 물론 더 많은 시간을 행복에 할애하고 싶지만 말이다."

"누가 뭐라고 하겠어요?"

"하지만 난 우리 상황을 있는 그대로 파악하고 있어. 아무 해결책도 없단다. 푸르카드는 도매시장에서 끝장을 보고 있어. 기업합병, 거대 기업, 세계적 규모의 경쟁과 경합에 맞서기 위해서 말이지. 그러니까 원하든 원하지 않든 국영화로 가기 마련인 거야.

강자가 너무 강해지면 엄격한 정부는 박탈할 거리를 찾기 마련이지. 봐라, 어떤 미국 사람이 캐딜락을 몰면 또 다른 미국 사람은 그걸 보고 이렇게 말하지. '언젠가는 나도 캐딜락을 몰아야지.' 그런데 프랑스 사람은 큰 차를 모는 사람한테 놀림을 당하면 '저 망할 녀석은 다른 사람들처럼 2마력 차를 탈 수는 없는 거야?'라고 투덜거린단다. 우리는 5년 전부터 1년에 20퍼센트나 매상을 올렸지만 그러기 위해선 시설 투자를 해야만 했고, 그러다 보니 전부 은행에 잡혀버렸다……. 네가 나보다 더 잘 알 게다. 우리는 너무 작아. 3만 명의 실업자를 안고 있는 정부를 위협할 수는 없지 않니. 어찌할 수가 없다. 물론 시간을 벌 수는 있겠지. 버티는 것처럼 내비칠 수는 있을 게다. 한 1년, 아니면 1년 반 정도. 쓰러져서 밖으로 내쳐지기 전에 난 이 원형경기장을 떠나고 싶다. 피할 수 없는 것이라면 받아들일 줄 알아야 한다……."

나는 일어서서 5월의 창문을 열고 다시 돌아와 로라의 목에 머리를 기댔다. 그녀에게서 머리칼의 물결만이 보인다. 나는 눈을 감고 내 입술을 맞이하는 이 봄 안에서 길을 잃는다.

"그렇구나, 애야. 난 종종 발레리의 이런 문장을 떠올린단다. '끝장난 세계의 시대가 시작되다…….'"

장피에르는 잔 속을 집요하게 쳐다본다. 우리 옆 테이블에는 CEKA의 상티에, 코른펠트의 IOS와 함께 재계에서 사라진 줄 알았던 미리악이 있었다.

"여느 때 같은 위기가 아니야. 구조란 구조는 죄다 낡아버렸어. 경제라고도 말할 수 없단다. 우리는 기술에 뒤처져 있지. 경제는 멈춰버렸어. 테크놀로지에 발이 묶여버린 거야. 너무나도 빠른 속도로 발전하는 바람에 시대착오적인 게 되어버렸어. 세상은 소생하고자 하는 갈망으로 죽어간다. 우리 사회는 과거의 꿈들을 실현하려다가 녹초가 되어버렸지. 미국인들이 달에 도착했을 때 우리는 새로운 시대가 시작된다고 크게 떠들어댔잖니. 그런데 아니다. 그건 한 시대가 끝나는 거였어. 쥘 베른이 구상한 것을 실현한 거야. 19세기 것을 말이다……. 20세기는 21세기를 준비하지 않았어. 19세기를 충족하려다 진이 빠져버렸다. 문명에는 석유가 없어서는 안 되지. 알겠니? 우리의 모든 에너지원이 다른 나라에 있다니…… 고갈이야 고갈…….”

로라가 조금 움직여대고, 그러면 나는 머리칼에 잠기는 옆모습을 감지하려고 애를 써본다. 그녀가 다시금 팔을 벌려 내 어깨를 감싸 안는다. 어떠한 몸짓도 방해하지 않는 정지된 순간의 행복 속에서 느끼는 이 고요하고 움직임 없는 부드러움이 좋다. 가장 차분하고 가장 안심이 되는 나만의 순간이다…….

“그리고 내가 고갈된 문명사회라고 말할 때, 단순히 물질적 에너지만을 얘기하는 게 아니다…….”

나는 장피에르의 얼굴에서 내가 익히 잘 아는 표정과 맞부딪쳤다. 그는 눈을 내리깔고 나를 보지 않으려 애쓰는 중이다. 나는 미소를 짓는다.

“자, 말해보렴.”

“아, 아무것도 아니에요.”

“내가 그렇게 예민해 보이니?”

“좋아요, 나도 한번 유머로 넘겨볼까요? ……세상의 종말은 증권 폭락을 야기할 겁니다. 분명해요. 그러니까 종말의 시간이 오면 금을 사야 해요……. 미안하지만요, 한 인간이, 한 사회가, 한 문명 전체가 끝났다고 판단했을 때, 거기서 얻을 수 있는 유일한 결론이 주식을 팔기로 결심하는 거라면…… 정말 웃기는 일이에요."

"고맙구나. 그러면 내가 어떻게 했으면 좋겠니? 다른 일로 전향해볼까? 뭘로? 새로운 에너지원으로? 마오쩌둥 혁명으로? 아니면 하늘에 계신 우리 아버지로? 우리의 현재 정치든 뭐든 모든 '진보'는 대체 부품의 문제야. 섹스숍의 물건 같은 거지……."

나는 파리에서 단 한 번도 섹스숍에 가본 적이 없다. 자신을 패자로 인정하기 두려워하는 이 라틴민족다운 측면, 종업원의 시선에서 보이는 '성 무능력자'의 모습……. 하지만 마지막으로 뉴욕에 갔을 때에는 호기심에 한 번 가본 적이 있다. 미국인들은 문제에 해답이 없다는 생각을 견디지 못한다. 그들은 그들 주위에서, 그들 내부에서 해결할 수 없는 것과 평화롭게 공존하기 힘든 민족이다. 돌이킬 수 없는 것, 실패의 의미라는 '인간의 조건' 때문에 그들은 정신과에서 진찰을 받으며 힘이나 돈, 세계신기록의 대체물 쪽으로 미친 듯이 몰고 간다. 세상에서 가장 큰 위험은 미국의 무능력일지도 모른다. 인조 남근은 어느 시대에나 있었다. 하지만 미국에서 그것은 핵폭탄같이 되어버렸다. 그들은 배관공 가게에 들어가듯이 정당방어 자세로 인간의 존엄성을 지키며 섹스숍으로 들어간다. 미국인들은 아직 실패에 익숙하지 않다. 그들은 한계 앞에서 고개 숙이기를 거부한다. 섹스숍 안에는 온갖 연령대의 남자들이 있었다. 몇 명은 상당히 젊은 사람들이었다. 조기 발정이겠지. 한 진열대를 전부 채워놓은 마취성 포마

드는 끝을 지연시킨다. 한쪽 벽은 온통 인조 남근으로 채워져 있다. 살색, 검은색, 심지어 붉은색과 초록색도 있다. 여기에는 각자의 주머니 사정과 생활수준에 따라 살 수 있는 저가 상품과 고급 상품이 있다. 어떤 이들은 마구馬具를 들고 탈의실로 가서 착용해본다. 여자 직원은 물건에 몰두한 한 손님에게 하루 종일 차고 있어도 불편하지 않은 마구도 있다고 설명해준다. 그것들은 '항시 준비' 진열대에 있다. 그 직원은 인조 남근을 손에 들고서 그것이 얼마나 유연한지 자랑을 해댔다. 그 상품은 매우 견고하면서 동시에 매우 부드럽단다. 버튼을 누르자 액체가 뿜어 나오고 정액 같은 것이 채워진다. 가짜 정액도 판매한다. 이 액체는 작은 배터리에 끼워 전기로 덥힌다. 고환도 선택의 폭이 넓다. 또 다른 진열대에는 여자들을 위한 진동기가 채워져 있다. 한 손님이 내 눈에 들어왔는데 그는 자기의 기억과 일치하는지 보려고 인조 남근을 손으로 만지며 이리저리 살피고 있었다. 결국 『일리아드』의 전설적인 전사들도 검을 허리에 차고 태어난 것이 아니라 업적을 수행하기 위해서 무장했던 것이라는 생각이 들었다.

"우리를 완전히 쇄신해야 해. 우리 자원을 다시 찾아야 하고, 정말이지 새 가죽을 입혀야 한다고……. 네 주위를 봐라. 더 이상 진짜가 없다. 인조물이야. 아직 겉으로만 말이지, 멋지게 치장한 것, 포장하는 기술, 향기를 내는 기술만 있을 뿐이다. 하지만 안으로는 미래에 대한 두려움, 고갈, 임시방편, 대체물 같은 걸 찾으려고 하지. 아! 단언컨대 오늘날 스무 살로 살고 싶진 않구나."

이러한 고백 앞에서 어안이 벙벙했던 적이 있다. 스스로도 얼마나 놀랐는지 할 말을 잊었던 적이 있다. 대신 웃는 것으로 상황을 모면했다.

"어쨌든, 너도 알아챘겠지만 아들아, 나는 이전처럼 계단을 빨리 오르지 못한단다. 테니스를 칠 때도 숨이 가빠. 나머지도 마찬가지지."

장피에르는 잔에 남은 다이키리를 둥글게 돌렸다.

"내가 참 너한테 별소릴 다 한다."

"아니에요."

"하지만 문제가 생길 때마다 나처럼 실리적인 해결책을 찾는 습관이 든 사람에게는……."

나는 귀를 기울이고 있던 지배인 쪽으로 불쑥 몸을 돌렸다.

"나한테 뭐 추천해줄 게 있습니까?"

그는 비밀이라도 되는 듯 고개를 숙였다.

"생선을 좋아하신다면 에스트라마두르식 대합 관자와 올리브를 넣은 보니파스 가자미 요리가 있습니다."

"오믈렛 하나 주시오."

"두 개요. 아버지가 클라인딘스트의 제의를 받아들일 수밖에 없는 이유를 저는 완벽하게 이해하고 있어요. 하지만 클라인딘스트가 왜 아버지한테 그런 제의를 하는지 그게 잘 이해가 안 가는 거예요. 우리한테 뭘 바라는지 모르겠어요."

"아마도 집어삼키는 것을 멈출 수가 없는 모양이지. 파리바은행을 봐라. 그들은 먹어도 먹어도 끝없이 단백질을 삼키는 조직이란다. 클라인딘스트는 일단 프랑스에 정착하겠지. 그러고 나선 일을 확장할 거다. 그런 거대 세력은 바로 앞에 있는 것을 다 삼키고 나면 게처럼 옆을 먹어치우지. 그것을 다양화라고 하겠지……."

나는 3주 전에 클라인딘스트를 만났다. 프랑크푸르트에 와서
자길 만나줄 수 있는지 물었지만 거절했다. 소환이라도 되는 것
같았다. 우리는 중간 지점인 취리히의 보로락에서 만나기로 합의
했다. 그는 변호사 두 명과 비서 한 명, 전문 회계사 한 명을 데리
고 왔는데, 그 회계사는 내가 양복을 얼마 주고 샀는지 알아보려
는 듯한 인상을 주었다. 클라인딘스트는 독일식의 엄격한 공정성
과 분별력을 지닌 사람이었다. 그러한 성격이 모든 시험에서 강인
한 정신력을 보여주는지 아니면 내면의 혼동을 감추는 데 쓰이
는지 전혀 알 수가 없었다. 그가 문 시가 끝에서 2센티미터나 되
는 재가 균형을 유지하며 달려 있었다. 우리가 이야기를 나누는
내내 재를 떨어뜨리지 않으려고 안간힘을 쓰는 것처럼 보였다. 별
로 중요하지 않은 담소를 좀 나누면서 준비운동을 한다. 그가 종
종 호기심에 차서, 찬찬히 호의의 눈길로 나를 쳐다본다는 생각
이 들었다.

"우리 전에 만난 적이 있지요……."

"그래요? 저는 잘……."

"파리 전투에 참가하셨지요?" 그는 파리 '해방'이 아니라 '전투'
라는 말을 썼다.

우리는 영어로 이야기했다.

"당신 파일에서 봤어요."

"그렇군요."

그는 안경 너머로 재미있어 하는 눈치였다.

"항복하던 때 난 숄티츠 장군의 참모부에 있었소."

"나도 거기 있었습니다. 롤탕기 장군, 샤방델마스 장군 등과 함께요⋯⋯."

"나도 그런 줄로 생각했습니다. 물론 당신을 알아봤다고 말할 수는 없지만요. 오랜 시간이 흘렀고, 많은 변화가 있었으니까요."

"서로 보고 싶었다고나 할까요." 내가 말했다.

모두가 웃음을 터뜨렸고, 이어서 사업 이야기로 넘어갔다. 재정부에 허가를 얻어야 하는 수고를 피하려면 매입을 두고 구두로 해결해야 할 사안이 있었다. 또한 세금에 관한 중요한 의논거리도 있었다. 독일인들은 공식적으로 내 지주회사의 24퍼센트와 세 군데 계열회사에서 각각 24퍼센트씩 매입했다. 그들은 세 회사에서 공동으로 승인받아 내 생명보험을 부담하기로 했다. 실제 매입 가격의 75퍼센트는 독일 증권거래소에 상장된 주식의 형식으로 은밀히 결제된 다음 스위스 신탁은행에 넘겨질 것이었다. 흔한 처리 방식이었다. 독일인들은 그렇게 해서 프랑스 쪽에 내야 할 세금을 17.5퍼센트 절약할 수 있었고, 나는 국세청의 출혈을 거의 전적으로 피할 수 있었다. 나는 또한 클라인딘스트의 SOPAR로부터 8000주의 주식을 받았다.

그는 시가 끝에 매달린 재를 조심스럽게 살피고 있었다.

"레니에 씨, 매우 중요한 문제가 한 가지 있습니다. 바로 그 점 때문에 직접 뵙자고 했습니다. 저는 당신이 프랑스 사업에서 사장직을 계속 맡아주셨으면 합니다⋯⋯."

그는 자기 밑에서 일하기를 제안했다.

나는 그의 시선을 좇았다. 진지함과 호의 말고는 아무것도 보이지 않았다. 냉소의 흔적은 없다. 우리 둘 중 한 명은 기억력이 너무나 좋았다…….

"유감스럽지만 그렇게는 할 수 없을 것 같습니다."

"참 난처한 일입니다, 레니에 씨. 아주요. 독일 사업가들은 프랑스에 자리 잡은 다국적기업의 경영권을 놓고 망설이는 경향이 있더군요."

"그럴 리가요. 이제는 그렇지 않을 것이라고 생각했는데요."

"엄연한 사실입니다."

"당신의 제의에 대단히 솔깃한 것이 사실이지만 저로서는 어떤 이유를 들더라도 받아들일 수는 없겠습니다……."

"레니에 씨, 부탁드립니다. 우리 회사에 당신을 모시는 조건이야말로 우리 측 제안에서 중요한 요인이라는 사실을 굳이 감추지 않겠습니다."

"유감입니다만, 못하겠습니다."

"좀 더 생각해보시지요……."

나는 고개를 숙이고 어둑해지는 가운데 눈을 감았다. 피로와 불면증이 기억의 날을 세워 흩뜨려놓았다. 클라인딘스트는 우정 어린 친절한 표정으로 나를 바라보고 있었다. 르클레르의 탱크 무리가 승리의 유령들과 함께 내 눈꺼풀 아래로 지나고 있었다. 아들의 얼굴은 세심하고 약간 거리를 두는 분위기다……. 옆에는 쉬제트 크레프에 플랑베식탁에서 럼주 등을 부어 불을 붙이는 방식가 번쩍 하고 피어올랐다.

소믈리에가 공격이라도 할 태세다.

"에비앙이오." 내가 말을 내뱉자 그는 '가엾은 프랑스!'라 하는 모양새로 멀어져갔다.

"언젠가는 말이다, 장피에르, 즐기면서 죽음을 맞이할 수 있는 온갖 종류의 다양한 호화판 안락사 기관이 생길 게다. 그러면 여기서와 같은 얼굴들을 하고 있겠지. 내가 무슨 얘길 하고 있었더라?"

"그러니까 문제가 생길 때마다 실리적인 해결책을 찾는 습관이……."

내 목을 둘러싼 로라의 팔이 느껴진다.

"이리 와요. 당신 그런 온갖 일을 생각하다 지쳐버리겠어요……."

"석양의 불안감이라……."

"뭐라고요? 석양? 지금 새벽 4시인데요?"

"로라……."

나는 더 멀리 가지 못했다. 내가 너무 과거에, 남자가 여자와는 절대로 동지애를 나눌 수 없는 그런 시대에 집착하고 있었을지도 모른다.

"사업은…… 내가 더 잡고 있을 수가 없구나. 독일 회사에 넘겨주든지 아니면 미국 회사에 넘겨주든지 하는 선택이 있다. 너도 알다시피 전형적인 프랑스의 상황이다. 심지어 늙은 동물이라 하더라도 다른 녀석에게 몸을 굽히고 제 영역을 넘겨주기란 힘든 일이지. 매우…… 비남성적이니까."

"그럼 저는요? 저도 아버지의 영역에 속한 무엇일 뿐인가요?"

"아니. 넌 말이다, 내 미래다."

7

나는 8시에 한 손에 신문을 들고 좀 늦게 식당으로 내려왔다. 8시 반, 내가 35년 전 프롭 포지션을 맡았던 프랑스 럭비팀의 활약을 읽고 있을 때, 홀에 낯익은 얼굴이 나타났다. 형이 당찬 걸음으로 실내를 가로지르고 있었다. 제라르 형은 손에 모자를 들고 내게로 곧장 다가왔다. 자기가 무엇을 원하는지, 35년 동안 판단 오류, 우유부단, 실패를 겪으며 살아남은 자가 어떤 조처를 취해야 하는지 잘 알고 있다는 그런 평소의 표정으로……. 그는 내 두 형제 중에서 맏이였다. 동생 앙투안은 열아홉 살에 발레리앙 산에서 총살당했다. 형은 에너지가 넘치고 결단력이 있어 보이는 인상을 주었기 때문에 사업상 회의에서 나에게 아주 유익한 존재였다. 물론 형이 잠자코 있기만 한다면……. 언제나 모자를 쓰고 혼자서 자기 시트로엥 자동차를 타고 가는 그런 프랑스 사람이었다. 생김새가 옹골차고 땅딸막하니, 어깨가 넓은 체구에 흙이나 포도주와 잘 어울리며, 가업인 농작을 계속 이어나가기에 적합한 그런 사람이었다. 하지만 그는 나의 '사회적 성공'을 질투심에 찬 눈으로 노리고 있었으며, 사업이 확장되던 초기인 1950년 대에 부동산 사업이 100퍼센트 면세 혜택을 받았을 때 중저가 임대주택인 HLM 쪽에 쏜살같이 뛰어들어 5년 만에 억만장자가 되었다. 1968년 뇌물과 가짜 영수증 발급 사건에 연루되어서 허위 소득 신고와 탈세 혐의로 30억 프랑의 벌금을 물어야 했고, 명예 훈장 레지옹도뇌르를 받으려는 찰나에 6개월 집행유예 선고를 받았다. 그는 명예를 지키려고 뇌졸중을 자처했다. 자기 명성과 관련해서는 일절 인정사정이 없는 사람, 평판이 나빠지는 것을 용납하지 못하는 사람이었다. 근본이 정직한 사람이지만, 주변에서 쉽게 돈을 모으는 것을 보고 그 역시 따라가게 되었다. 껑충껑충 뛰어오르는 금리를 이용해서 대규모 사업에 뛰어들었고, 그가 조작하는 엄청난 수치의 액수가 자기 권세에 안도감을 부여했다고 해도 역설이 아니다. 그때는 급격히 팽창하던 시기였다. 처음에 수상쩍게 시작한 회사들 가운데 30퍼센트는 나중에 성공만 하면 정직한 회사로 둔갑했다. 그런 일이 언론에 폭로되었지만 해결하는 데엔 부족했다. 일이 아주 잘, 아주 빠른 속도로 진행되었기 때문에 제라르 형은 자기에게 천부적 재능이 있다고 착각하게 되었다. 자본주의 역사상 가장 큰 번영에, 쉽게 가는 물결에 그저 흔들리는 대로 몸을 실었을 뿐이었다. 그가 바보라고 말하려는 것이 아니다. 단지 다른 회사에서 낸 돈과 관련된 스캔들에 좌지우지되는 법률, 결산, 어음, 은행 대출 등을 다룰 때 반드시 필요한 온갖 기교를 부리며 기업들을 조종하는 데 천부적인 소질이 있는 사람은 아니라는 뜻이다. 그렇게 그는 벼락부자의 세계로 들어가기 위해서 대를 이어 내려오는 본성을 버리고 '조금

씩 조금씩' '제 손으로' '인내심을 품고 오랜 시간을 두는' 방식과
인연을 끊었고, 얼마나 많은 사인을 해주었던지 사인이 의미하는
바도 망각했으며, 그러는 동안 엄청난 액수는 그 자체로 규모만
큼이나 안전성을 보장하는 것처럼 보이게 되었다. 막대한 피해를
입고 나서 그를 우리 회사로 거두었는데, 처음에는 가족이기 때
문에 그랬으나 이후에는 내 눈앞에 그런 본보기를 두는 것이 나
에게 유익했기 때문이다. 그는 모든 일에 참견하면서도 아무 일
도 하지 않았다. 아들과 회사 사람들은 그가 회사에서 중요한 인
물이라 여기도록 일을 알아서 처리해주었다. 그의 봉급은 판매
실적에 따라서 배가되었고, 많은 것을 소유한 자로서 책임을 이
행하는 한편, 경제적 지주 노릇까지 한다고 말할 수 있었다. 중부
지방에 있는 저택, 여러 대의 자동차, 크리스크래프트 모터 요트
만 하더라도 그런 생활이 잘 굴러가도록 보장하려면 수천 가지가
필요함을 의미한다. 그는 한 손을 주머니에 넣고 내 앞에 와서 멈
춰 섰다. 연장자들이 짓는 엄한 표정을 지었다.

"장피에르가 그러던데 다 처분한다며?"

"매각하려고요."

"독일 회사에?"

"네, 클라인딘스트한테요. 커피 드실래요?"

그가 자리에 앉았다.

"아니, 괜찮아. 제일 나쁜 시기를 골랐구나."

"네. 지스카르 데스탱에게 표를 던졌지만 결국 우리가 미테랑
대통령의 유령을 선출했다는 것을 알았잖아요. 1년 반 전에 팔았
어야 했어요. 네덜란드 회사가 4억을 제의했었죠. 그중 1억은 스

위스에서요."

"클라인딘스트를 만났어?"

"첫 만남이 있었죠, 네……."

그는 병적일 정도로 마음을 다치기 쉬운 성향이었는데 실패를 겪으면서 더 심해졌다. 자신의 에너지와 결단력을, 겉으로 아무런 영향력을 행사하지 않기 때문에 결국 혈압으로 나타나고야 마는 내적 압박감의 표시를 아주 작은 몸짓에까지도 드러내는 그 나름대로의 방식 때문에 나는 짜증이 나면서도 짠한 마음이 들었다.

"프랑스에 신용 대출을 강요한 것은 독일인들이었어요. 지금은 사방에서 가치가 폭락하고, 결국 그들이 수익을 챙기지요……."

"과장하지는 말자. 신용 긴축으로 말하자면 때가 되었지. 안정기에 있거나 확장기에 있는 모든 기업은 은행 이자를 갚기 위해서만 일을 할 뿐이야……."

그는 모자를 만지작거렸다.

"당연히 나한테는 아무것도 얘기해주지 않지. 난 없는 사람이야. 너는 어마어마한 돈을 들여서 장비를 현대화하고, 여기저기서 돈을 빌려 투자를 했지만 섬유 가격이 그렇게 치솟으리라고는 예상하지 못했지. 종이 가격이 다시 40퍼센트나 오르지 않았니. 네가 내 말을 듣고 네 개인 계정으로 회사 밖에다가 여분을 좀 마련해두었더라면……."

"이런, 나한테 그런 얘기를 했다고요?"

"물론이지. 네가 딴생각을 하고 있었던 게지. 너는 돈을 빌리고 어음도 20퍼센트나 깎아주어야 했으니 이제 진짜 전쟁이 시작될 텐데, 그냥 다 놔버리겠다고?"

"놔버리는 게 아니에요. 적절한 제의가 있기에 파는 거죠. 그뿐이에요."

"그럴 때가 아니래도 그러는구나. 다시 좋아질 게다."

"나도 다 이유가 있어요."

나는 화가 치밀어 그렇게 내뱉었다.

"그래. 나도 안다. 파리 사람 누구나 다 알고 있지, 네가 말하는 이유……."

내가 열네 살, 형이 열여덟 살이었을 때처럼 나는 부드럽게 말했다.

"형, 말도 안 되는 소리 하지 말아요. 그만하세요."

"네가 망하지 않게 도움을 주려는 거야. 그뿐이다."

"내가 망한다고요? 그게 무슨 말이에요?"

나는 즐기기 시작했다.

"네가 망하지 않게 도움을 주려는 거야"라는 말은 어떻게 보면 나를 치켜세우는 것이었다. 기운이 솟아나게 한다. 무슨 의미냐, 잘 따져 생각해보면, 인생은 60년 동안 애를 쓰고도 나를 망하게 할 수 없었다. 그러니까 도움이 필요하다는 말이다.

"자크, 내가 얘기해주지. 아무도 너한테 그 얘길 해주진 않을 거야……."

나는 손을 들었다.

"그럴 필요 없어요. 나 스스로 충분히 얘기하고 있으니까. 아침마다 욕실에서 그걸로 노래를 한다니까요……."

그는 다시 침착해졌다.

"내가 너보다 네 살이나 더 먹었지 않니. 그런데 6년 전부터 난 거의 발기가 되지 않아."

나는 잠자코 있었다. 죽음에 대해선 언제나 존경심 같은 걸 느낀다.

"물론, 난 당뇨가 있지. 하지만 너도 알다시피 누구나 다 그런 거란다."

"어떻게 되는지 형한테 나중에 알려드릴게요."

"그럼 그렇지, 냉소를 부리겠다? 네가 빠져나가려고 할 때 으레 하는 방법이지. 너는 지금 거짓말을 해서는 안 되는 데에서 네 자신에게 거짓말을 하고 있다. 그 여자는 뭐, 서른다섯이나 너보다 어리다고? 잘 생각해. 결국 나는 네 형이니……."

나는 웃음이 나기 시작했다.

"미안해요. 지극히 프랑스식 표현 '남동생le petit frère'이라는 말 때문이에요. 조만간 그 동생 녀석여기서는 남근을 비유함이 형에게 했던 것처럼 나에게도 똑같이 할 테니. 좋아요. 난 아직 그럴 지경까지 가진 않았어요. 모든 사람은 자기 뒤에 남은 것을 결정할 권리가 있다고요."

"너한테 훈계할 거리가 없다. 너는 나보다 더 똑똑하잖니. 그리고 교양도 훨씬 많고. 넌 모든 책을 섭렵했지. 좋다. 그러니까 네가 어떤 상태인지, 네가 무엇을 원하는지도 잘 알겠지. 그런데 아주 똑똑하고 아주 교양 있는 사람들 가운데 자살을 하는 이들도 있단다……."

"말도 안 되는 소리 하지 말아요."

"훌륭한 처자인 것 같더구나. 그러니까 내 말은 네가 그 아가씨를 가지고 놀면 안 된다는 말이야. 그 아가씨가 네 수준에 잘 어울린다고 다들 얘기하더라. 그럼 너한테 책임 문제가 생길 것 같은데, 안 그러냐? 너는 지금 그 아가씨에게 한 뭉치나 되는 의미를 안겨주고 있어. 몇 년 지나면 아무 가치도 없을 것이지. 너 말이다, 너는 지금 쇠퇴하고 있잖니. 하향길이라고. 너도 잘 알 테고. 내리막길이야. 다시 올라가지 못하는 길이야. 내가 무슨 말을 하는지 안다. 난 이제 여자에게는 아무 쓸모가 없어. 이 나이에 돈을 지불하지 않고 여자와 관계를 한다면, 그건 그 여자를 착취하는 거야. 그래, 안다고, 내 얘기를 하는 거야. 너는 아직 그 지경은 아니지. 좋다. 하지만 나는 말이다, 적어도 내가 아가씨와 함께하고 싶으면, 보상해주지. 나도 겪어봤다. 사랑의 밤이 뭔지 알고 있단다. 그러니까, 네가 착취한다는 거야. 미래가 없잖니. 진정으로 사랑한다면 그녀에게서 떠나라고 말해주고 싶구나. 너는 그 애 아버지뻘이고, 그녀가 뭘 얻게 될지 깊이 생각해봐야 할 거다……."

내 입에서 짤막하게 감탄의 휘파람이 나왔다.

"오호, 형, 대단하구려. 형이야말로 새로운 프랑스를 건설할 수 있는 사람이야. 자본과 판로와 투자, 수익성 등 전적으로 우리 선구자들이 주장한 것들을 정당화하고 있군요. 미국이 경쟁이나 도전을 해오더라도 프랑스는 아무것도, 아무도 걱정할 게 없을 거요……. 그러니까 내 여자 친구에게 얘기해서 물어봐야겠어요. 그녀가 이 작은 사업에서 어떻게 미래를 관망하는지, 매일매일 혹은 매주 생산성 측면에서는 무엇을 기대하는지 말이에요."

그는 자리에서 일어섰다.

"그래그래, 실없이 굴어라. 너는 나한테 매번 이런 식이지만, 난 유머 감각이 없다. 유머는 우리 집안에서는 익숙하지 않은 것이었어. 하지만 회사 청산이 나에게 어떤 의미인지 잘 알기 때문에 너한테 거리낌 없이 얘기하는 거야. 넌 나한테 1억 프랑을 안겨주겠지, 그걸로 나더러 알아서 하라고. 요즘 그 1억으로 뭘 할 거라고 생각하니? 30년 전에 네가 미국에서 돌아왔을 때, 프랑스에서는 네가 처음으로 포장의 중요성을 강조했고 그래서 거기에 모든 것을 걸었지. 업계에서는 네 포장지가 최고였고 또 제일 멋있었다. 오늘날에는 네가 가진 모든 것, 네가 판매한 모든 것은 그저 포장지일 뿐이다. 내면에는 이제 아무것도 없어. 구덩이일 뿐이지. 바로 그게 네 유머다. 텅 빈 것을 포장하기."

그는 나에게 등을 돌렸다. 우리는 우리가 너무나도 잘 알고 있는 사람들을 항상 과소평가한다. 형은 놀랄 정도의 통찰력을 보일 수 있는 인물이었다. 나는 잠시 동안 아무 생각도 하지 않고, 호흡에만 신경을 썼다. 가장 소박한 쾌락 몇 가지를 재발견할 줄 알아야 하는 법이다. 나는 〈르 피가로〉를 다시 집어 들었다. 우연히 내 시선이 요리법란에 멈추었다.

산장식 송아지 고기 절임

요리 시간 : 20분(절이는 데 6시간 소요)

재료 :

송아지 안심살 600g

레몬즙(레몬 2개 분량)

생크림 6T

양송이버섯 500g

소금, 후추

크래커 혹은 호밀빵

곱게 다진 파슬리류의 허브

송아지 고기의 기름기를 완전히 제거하여 준비한다.

고기를 아주 얇게 저미서 방망이로 납작하게 두드린다.

유리그릇에 고기를 한 겹 펴놓고, 그 위에 얇게 저민 버섯을 올린다. 소금과 후추, 레몬즙을 뿌린다.

남은 고기를 동일한 방식으로 고기, 버섯의 순으로 펴서 깔아놓는다.

그 위에 생크림을 올리고 냉장고에서 6시간 동안 재운다.

먹기 전에 섞어서 크래커나 호밀 빵 토스트에 얹고 파슬리 다진 것을 올려 낸다.

먹을 준비가 다 된 느낌이었다.

8

나는 아파트로 올라왔다. 문이 잠겨 있었다. 두드려보았지만 대답이 없었다. 나는 가정부를 불러 문을 열어달라고 했다. 침대는 아직 정리가 되어 있지 않았다. 베개 위에 종이가 한 장 놓여 있다.

"행복한 삶으로 채워진 순간과 시간이 있어요. 그 뒤에는 아무도 살아남을 수 없겠지요. 로맨틱하고 꽤 브라질다운 성향이지만 당신이 내게 주시는 것은 지난 시대의 눈물로만, 앙시앵레짐구체제라는 의미. 16세기부터 프랑스대혁명이 일어난 1789년까지의 프랑스 왕정 체제의 언어로만 표현될 수 있을 겁니다. 아직 궁정시인이 있던 그 시대를 이야기하는 거지요. 이제 삶이 군림하기를 멈추고 어느 누구도 행복한 어조로 그 이야기를 하려 하지 않아요. 삶은 악사들을, 궁정의 시인들을, 사제들을, 낭송자들을, 미사 집전 사제들을 잃었습니다. 삶의 유행이 지났기 때문입니다. 우리는 삶이 거칠고, 무관심하고, 모순투성이이며, 불공평하고, 봉건적이라고 비난합니다. 그런데 삶이 나에게 하루에 500프랑이나 하는 플라자호텔 방에서 가장 행복한 순간을 주었다고 생각한다면, 그게 옳은 말이었을까요? 사랑하는 당신, 나는 조금 전에 당신이 나가는 것을 보았습니다. 당신은 근엄해 보이는 한 남자분과 함께 있었어요. 그래서 혼자 생각했지요. 저 사람은 자크에게 해명을 요구하러, 행복해지려고 어떻게 부정을 저지르는지 심문하기 위해서 현실이 자크에게 보낸 공무원이다. 사실 우리 사랑에는 모욕적인, 파렴치한, 특권을 부여받은 뭔가가 있어요. 한 커플의 사랑은 언제나 세상에 등을 돌리기 마련이기 때문이지요. 그래서 난 두렵습니다. 나는 다시 방으로 올라와서 이렇게 몇 줄을 적어봅니다. 이렇게 시간을 끌면서 정리되지 않은 침대를, 내리쳐진 커튼을, 이 방을 바라봅니다. 이 방에서는 절대 아무것도 건드려서는 안 되고, 나처럼 행복한 여인이 마침내 천년이 지난 뒤에 '이제 흔적들을 지우고 정리를 해도 됩니다. 됐습니다⋯⋯'라고 말할 수 있을 때까지 있는 그대로 두어야 합니다⋯⋯. 로라가.”

　나는 편지를 쥐고 침묵의 노래를 듣고 있었다. 한참 후에, 지나가는 시간들이 그들의 메시지를 잃어버렸을 때, 나는 마치 50년 전부터 그랬던 것처럼 종이를 내 입술에 가져다 대었다. 누군가 나에게 (웃자고 하는 소리로) 꽃병에 꽂아놓은 꽃에 매일 아침 입맞춤을 하면 아주 오랫동안 시들지 않는다는 말을 한 적이 있다. 나는 침대에 미동도 않고 똑바로 누워 있었다. 경솔하게 몸을 뒤척여서 내 본연의 모습으로 돌아가지 않도록 조심하면서 경험, 조롱, 하찮은 말, 이성의 힘으로 온갖 것을 가정해본다. 그다음에 온 것은 모든 늙어가는 남자들이 분명 청소년 시절 첫사랑을 겪었을 때 느꼈던 고통스럽고 찌르는 듯이 가슴 아픈 혼란 상태였다. 게다가 난 이제 그다지 살고 싶은 마음이 없었다. 행복을 망치는 것이 무슨 소용이 있을까 하는 생각 때문이었다. 프랑스 화가 피에르 보나르가 말했듯이, 이 순간은 다른 어떤 순간들보다도 힘든 시간이다. 계속하고는 싶지만 캔버스에 한 번 더 손을 대면 모두 망칠 것이라는 사실을 화가라는 직업이 조곤조곤 알려주기 때문이다. 제때 멈출 줄 알아야 한다.

나는 일어나서 편지를 주머니에 넣었다. 거울에는 회색 크로스 양복에 푸른색 넥타이를 매고 흰색 셔츠를 입은 사내가 남성적인 용모 안에 아무런 고백의 흔적도 없는 얼굴을 하고서 주머니에 편지를 넣는다. 그는 나에게 순전히 옷매무새를 보는 시선을 멍하게 던지고 있다.

내 마음은 진정되었고, 다시 뜨개질을 하기 시작했다.

나는 정리되지 않은 침대에 누웠다. 이 방에 있으면 피난처에 와 있는 느낌이다. 다들 나를 찾고 있겠지. 영업부장, 판매부장, 홍보부장, 생산부장, 대외관계부장 등등…… "사장이 정리한대. 팔아버린대. 다 놔버린대. 지금 어디 있는지도 몰라. 성 기능 감퇴 같은 거지 뭐. 쉰여덟까지는 어떻게 버텼지만, 이제는 망가진 거야……. 나이가 된 거지. 스무 살 먹은 여자애한테 홀딱 반해 있대. 내 장담하는데, 그러다가 심근경색이라도 일으키고 말지……. 아직 발기가 된다고 생각해? 글쎄……. 아시다시피 그는 꾀가 말짱한 사람이야. 한 번도 일이 잘못된 적이 없다고. 아마 클리토리스형 여자겠지……. 그러니까 그녀에게 뭐를 쓸 거고, 그 여자도 뭣들을 쓰겠지……. 브라질 여자래……. 아주 부자라지 아마? 부자래? 말도 안 돼……. 스무 살에 돈까지 많은 여자가 그렇게 나이 많은 남자랑 놀아난대? 부친 콤플렉스구먼. 완전 금방망인데. 진짜 광맥 같은 거……. 사장이 사업을 정리할 거라고는 꿈에도 생각 못했어. 자기가 물었던 것은 절대 놓지 못하는 그런 부류의 사람이라고 생각했거든……. 정확히 말하면, 자기가 문 것을 놓지 않으려는 게지……. 하지만 물고 있는 덩어리가 틀렸어. 사실 그걸 내려놓아야 하거든……. 아들이 묘한 얼굴을 하겠군…….”

나는 주머니에 넣어둔 로라의 편지를 꺼내서 열두어 번 정도 다시 읽었다. 나 자신을 되찾기 위해서.

9

미냐르 교수가 그다음 날 바로 나를 맞아주었다. 내가 전화를 걸어 좀 이상한 말을 했다. 매우 위급한 일이라고 했다. 우리는 서로 잘 아는 사이는 아니다. 3년 전 내가 학술 총서를 기획했을 때 교수의 저서를 출간한 적이 있는데 그때 그가 한두 번 나를 찾아왔다. 세계적으로 권위를 인정받은 내분비학과 노인학 전문의였다. 하지만 그는 학자를 넘어선 영향력을 지닌 사람, 문명인이었다. 영속성을 지닌 사람이라고까지 말할 수 있을까. 전에 짧게 얘기를 나눌 적에, 그는 문명사회에서는 동일한 발견을 정기적으로 하는 것이 중요하다고, 그래서 자기는 있는 힘을 다해서 그것에 전념하고 있다고 말했다. "나는 지금 톨레랑스 문제를 다루고 있습니다." 그는 약간 죄스러운 듯 미소를 지으며 털어놓았다. "그것이 내게 과거의 발굴과 복원에 대한 아주 중대한 문제를 제기합니다. 박물관장으로 오해를 살 위험까지 감수하면서요. 매우 어렵습니다. 놀랄 만한 변화를 꿈꾸면서 그와 동시에 영원히 변하지 않는다는 것이요. 하지만 어쩌겠습니까. 나는 별문제를 일으키지 않는 확실성을 추구하는 취향을 가진 사람이고 내 평생 그것을 키워온걸요." 미냐르 교수는 여든네 살이었다. 그를 보면 어린아이의 웃음과 잠자리채가 생각난다. 그에게서 퍼져 나오는 선한 인상, 그리고 그 나이에 노화와 죽음을 요정 세계 여행쯤으로 보이게 하는 그런 유쾌함 때문인 것 같다. 뼈마디가 굵은 긴 얼굴에 코는 상당히 자리를 차지했으며, 주름은 나이 때문이 아니라 유쾌한 기분 때문에, 부드러움에서 웃음까지 이어지는 골을 만들기에 충분한 표정 때문에 생긴 것 같았다. 피부는 이미 지워진 연필 자국처럼 희미한 색을 띠었지만 꼭 나이 때문인 것 같지는 않았다. 행복한 부부 생활을 하면서 나이가 든 것처럼 보이는 노인 부류였다. 나는 그의 아내도 그와 비슷할 것이고, 그들의 60년 부부 생활은 비밀 같은 것이어서 부부끼리 공유하고, 모든 것에 해답을 알고 있는 그런 비밀일 것이라고 상상했다.

나는 그의 책상 앞에 놓인 의자에 앉았다. 그를 찾아온 것이 벌써 후회되었다. 도움을 청하기 시작했다는 느낌이 들었다. 1차로 의사의 선고가 내려졌고 이제 항고심의 선고 차례. 나는 법을 알았다. 법이 때때로 정지 효력을 발휘하여 집행유예를 선고하면 자연의 섭리에 맞서 상고하는 일은 상급법원에 호소하는 것만큼이나 헛되다.

그는 아주 작은 글씨체로 빠르게 기록했다. 흰색 나뭇가지 위에서 아라베스크 동작을 하는 미키마우스가 생각났다. 그의 뒤편 책장에는 푸른색의 작고 뚱뚱한, 끔찍한 모양의 불상이 있었는데 그 지복의 표정은 결국 비곗덩이에 불과하다. 내 시선이 향하는 곳을 알아채고 그는 몸을 돌려 연필로 불상의 배꼽을 건드렸다. 그러고는 웃기 시작했다.

"일본 것입니다. 정말 흉측하지요. 내가 아끼는 겁니다. 일종의 트로피 같은 거지요……."

더는 설명해주지 않았기 때문에 나로서는 그것이 자신의 금욕적인 면을 지적하는 것인지, 아니면 그가 평생 배꼽에 맞서 신비의 전투를 했다고 말하는 것인지 도무지 알 수가 없었다.

"어려운 점이 있습니까?"

"네. 말하자면…… 아직은 버티고 있습니다. 좀 알아보고 싶어서 왔어요. 나를 기다리는 것이 무엇인지요……."

"근심 같은 것인가요?"

"뭐, 그런 거라고 할 수 있죠."

그는 동의한다는 고갯짓을 했다.

"석양의 불안감이라……. 가장 아름다운 석양이 우리 심장을 조이기도 하지요. 올해 나이가 어떻게 되십니까?"

"두 달 반 뒤면 예순이 됩니다."

그는 안경 너머로 나를 친구처럼 쳐다보았다.

"그럼 당신이 이미 알고 있는 것 말고 무엇을 더 알고 싶으십니까?"

"나에게…… 무엇이 남아 있나요?"

"현재 어디까지 줄 수 있습니까?"

약간 당혹스러웠다. 안데르센 동화의 삽화에 나오는 듯 내게 비현실적인 느낌을 주는 이 작은 체구의 노인에게 어울리지 않는 질문이었다. 마치 우리가 서로 다른 작가에게서 나온 두 명의 등장인물인 것처럼이탈리아 극작가 루이지 피란델로의 『작가를 찾는 6인의 등장인물』을 연상시킴, 우리의 만남은 의사와의 면담이 아니라 세상사의 사용법에 오류가 있어서 우리 둘이 문제를 해결하려고 노력하는 것 같았다.

"무슨 말씀을 하시려는지……?"

"현재 당신 능력이 어떤지 묻는 겁니다."

"일주일에 한 번 내지 두 번 정도…… 마음은 편하게요. 그 이상은……."

"그 이상은요?"

"아직 겪어보지 못했어요."

"이미 실패한 적이 있습니까?"

"아니요……. 엄밀히는 없습니다. 하지만 이제 예전 같지 않아요. 이렇게 말하는 편이 낫겠네요. 더 이상 저는 제 자신이 아닙니다. 무슨 감정이냐면…… 박탈감이요."

"세상이 당신에게서 멀어지는 느낌……?"

"정확히 그렇습니다."

"무슨 의미에서 '세상'이라고 말하는지, 또 박탈감이라고 했을 때, 당신이 어느 정도로…… 많이 지닌 사람인지 알아야 하겠지요."

"사랑하는 한 여인이요……."

"아하!"

그는 넌지시 동의하는 표시를 했고 만족한 듯, 거의 안심한 듯이 보였다. 그는 보기 좋은 온화한 얼굴을 지니고 있었고 그 안에는 쥘 베른 소설에 나오는 학자들을 떠올리게 하는 기억들이, 어떤 것도 흔들지 못하는 평화로운 내면의 확실함이 배어 있었다.

"사랑하는 여인이라…… 물론 그렇지요……. 하지만 때로 사람들은 여인을 사랑하면서 불쾌하게, 마치 세상의 소유물처럼 대하지요. 힘으로 바이올린 줄을 고르는…… 죄송해요, 난 나이가 많이 들었지만 힘 있게 관계를 한답니다……. 얄궂은 관계를요……. 당연히 당신 자신을 많이 관찰했겠지요?"

"항상 그렇습니다. 그게 강박관념이 되어버렸어요. 나를 잊어버리기가 점점 더 힘들어집니다. 이번 사랑이 마지막이라고 생각했을 때, 사실은 그게 처음이라는 걸 안 거죠……. 그게 성적인 포기에 대한 불안감인지조차 모르겠어요. 아니면 어떤 예감일지도요. 보다……"

"……보다 죽음에 관한 예감요?"

"말하자면요. 저는 세상의 종말 같은 불길한 예감을 품고 삽니다. 그런데 세상이 끝난다는 것을 믿지 않기 때문에……"

"그래요. 삶에 대한 집착은 사랑의 큰 피해지요."

"제가 죽음을 두려워한다는 것은 아닙니다……."

그는 미소를 지었다.

"자자, 레니에 씨. 당신은 너무나도 많은 것을 알기 때문에 당신이 몰두하는 소소한 놀이를 무시하는 척하기 어렵습니다. 당신이 '죽음에 대한' 예감을 느끼는 것은 바로 당신이 마음에 소원을 품기 때문입니다. 당신은 성적인 무력감에서 벗어나고 싶어 합니다. 간단히 무력감에서 말이에요. 그것을 모면하기 위해서 죽음을 청하는 것이고요. 남성 정력이 좋아하는 차림새 같은 거지요. '투우 경기.' 기진맥진해진 투우장의 황소는 투우사가 칼끝으로 자기를 찔러주기를 꿈꾸지요. 고개를 숙이고 자비의 한 방을 요청합니다. 완전 비열한 일이에요. 특별한 취향이라도 있으신가요?"

"어떤 의미로 말씀하시는지……?"

"섹스 파티라든지 뭐, 그런 거요, 동물성을 깨우기 위해서 하는……"

"절대로요. 혐오스러워합니다."

"상상력을 동원해서 크게 노력을 해야만 하나요?"

"그러니까 말씀하시려는 게…… 판타지인가요?"

"네. 때때로 현실이 굉장히 아름다워서 품 안에 아주 소중히 안고 있다가, 현실로는 충분치 않은 기진맥진한 순간이 오기도 합니다. 그러면 우리는 그때 상상력의 힘을 빌리지요. 눈을 감고서 도움을 요청합니다. 흑인이나 아랍인, 심지어 동물도 그렇게 합니다. 일반적으로 사람들이 생각하는 것보다 더 자주 그런 일이 일어나지요……."

"그건 정말이지 제 경우가 아닙니다."

"……그렇게 되면 때로는 와이즈카인드의 그 유명한 '서클' 이론에 사로잡힐 위험성이 있지요. 물론 알고 계시겠지요?"

"사실, 모릅니다."

"자, 와이즈카인드가 그것을 아주 잘 설명해놓았어요. 흥미로우니 읽어보시고요. 현실감이 무뎌지고 그것으로는 충분치가 않아서 더는 자극하지 못하게 되고, 상상이나 판타지에 호소하게 되고, 그러고 나면 이제는 상상력이 고갈되어서, 기대했던 바를 주지 못하고 오히려 현실로 돌아오기를 요구하는 겁니다……. 그렇게 해서 당신은 남자들의 비극에 이르지요. 아프리카 노동자들에게 다가가서 그들의 강인한 노동력을 필요로 하는 거지요…….

네, 그렇습니다. 이 경우에 내가 가장 감동적이라고 생각하는 것은 여성의 이해와 헌신과 희생정신입니다……."

나는 믿지 못하겠다는 시선으로 그를 바라보았다. 내가 조금 전만 해도 요정 나라의 버섯 아래에서 난쟁이 모자를 쓰고 앉아 있다고 상상했던 이 여든네 살의 명철한 노인이 유쾌해 보이는 표정으로 이런 비참함과 비정상적 상황 전체를 짚어주는 그 안에는 전적으로 비현실적이고 묘한 뭔가가 있었다.

"꽤 끔찍하군요." 내가 말했다.

"아, 아니요. 전혀 그렇지 않습니다. 단지, 모든 것이 교회 교육의 잘못이라고는 생각하지 않아요……. 당신이 알아챘겠지만 저작은 뚱보 부처가 잘못 가르친 것도 아니고요."

그는 몸을 돌려 펜 끝으로 부처의 배를 톡톡 쳤다.

"안심하세요, 당신에게 미래 얘기를 하는 것이 아니니까요. 물론 문제를 빙 돌아갈 생각도 없습니다. 말하자면 지평에는 경계가 없습니다. 이 세상에는 수많은 비참함이 있지만, 우리는 동시에 도처에 있을 수 없습니다……. 그러니까 그런 일에 어느 정도 초연해지려면, 정면에서 바라보는 게 좋겠다는 말입니다."

그는 서글픈 미소를 지었다.

"……알아요, 알아. 대개 자신과의 평화조약을 가장 체결하기 어렵다는 것을요. 게다가 당신은 명확한 이유도 없이 나를 만나러 오지 않았나요? 때로는 그게 바로 위급한 이유이긴 하지요. 당신은 전화로 '다급한 일'이라고까지 말했죠. 물론 이미 의사들을 만나봤겠죠?"

"한 명이요."

"좋아요. 아직 공황 상태는 아니군요. 나 다음에는 어디에 문의를 할 생각이었소?"

사실 내가 여기서 무엇을 하는지, 기독교 세계에서 즐기고 있는 그를 왜 귀찮게 하는지 의문이었다.

우리는 아무 말도 하지 않았다. 그의 책상 위에는 들꽃이 한 다발 있었고, 벽에는 똑딱똑딱 소리를 내는 구식 괘종시계가 걸려 있었다. 미냐르 교수는 안경 너머로 나를 다정하게 바라보았다. 그는 지오토의 성 프란시스코와 닮았다. 갈색 수도복을 입고 새 떼에 둘러싸인 모습이 그대로 연상되었다.

"경고해주셔서 감사합니다, 선생님. 그쪽으로는 위험할 게 없다고 생각합니다. 제 보존 본능은 매우 발달해 있거든요. 성욕은 단 한 번도 저한테 성과학의 문제로 생각거리를 제공한 적이 없습니다. 제 생각에는 성이 성과학으로 변해가더라도 성과학은 성에 대해 대단한 것을 보여주지 않습니다. 불행히도……."

"그럴 겁니다. 그렇겠지요……."

"저는 한 여인을 사랑하고, 제 생애 그렇게 사랑해본 적이 없습니다."

"그런데 그녀도 당신을 사랑합니까?"

"솔직히 그렇다고 생각합니다."

"그렇다면 그녀가 당신을 더욱더 많이 사랑할 수 있는 기회를 주세요. 그녀에게 솔직하게 털어놓으세요."

"그녀를 잃을까 두렵습니다. 그러고 나면, 박사님도 아시겠지만, 동정심이 나오겠죠……. 우리 불쌍한 당신 뭐, 그런 거요……."

"저는 당신이 사랑 이야기를 하는 줄 알았습니다. 하지만 결국 제 나이쯤 되면 육체 없이 살아가는 게 점점 더 쉬워진다는 사실을 인정하게 되지요. 좋아요. 그럼 당신의 육체적 자산을 얼마나 만끽하고 있는지 좀 봅시다……. 기능적인 면에서 어려운 점은 없나요?"

"그러니까 처음에 시작은 자연스럽지만, 그 뒤로는 꾸려가야 합니다……."

그는 내 사회보장 카드에 뭔가를 적었다.

"그러니까 발기되는 게 힘이 든다……."

"정확하지는 않지만……."

"굳이 변호할 필요 없습니다. 당신은 지금 법정에 있는 것이 아니니 아무도 당신을 비난하지 못합니다. 프랑스인으로서, 애국자로서, 레지스탕스로서 당신의 명예가 문제시되는 것이 아니에요. 그러니까 삽입할 때 문제가 없다. 일이 진행될 때 음경이 물렁물렁해져서 휘어지거나 단단하지 않거나 빠져나오거나 혹은 급격하게 기운이 약해지지도 않나요? 단지 바로 거기서 위험한 영역으로 들어가는 것입니다. 그 점에 대해서는 실버만이 여섯 권으로 된 『성性 백과사전』에서 언급했지요. 게다가 당신네 출판사에서 나왔네요……. 음경이 물렁해지면 입구를 찾기 위해서 더듬거리는 일이 급격히 증가하지만, 그래봐야 소용이 없는 이유는 이미 음경이 충분히 단단해지지 못하고, 여자의 음순을 열기에 필요한 제어력도 기운도 없기 때문입니다. 그렇게 음경은 입구를 열 수 있는 능력이 안 되니, 이를테면 그것을 못 찾은 것으로 생각하게 됩니다……. 하지만 기다려봐요! 그렇다고 모든 게 끝난 건 아니에요. 서방세계의 성적 번영을 이어가려고 엄청나게 노력한 실버만의 저서를 읽어보시면 거기서 적절한 기술을 발견할 수 있을 거요. 애인 위에 올라 눕고, 당신 오른손을 그녀의 허벅지 아래에 놓고, 음경의 안쪽과 아래쪽 3분의 1 부분, 아니면 중간 부분을 손가락 사이로 받치는데, 이것은 음경이 안으로 들어가 빠져나오지 않게 하려는 것입니다……. 실버만은 이 방법을 '목발' 테크닉이라 부르지요. 대충 이렇습니다……."

작은 체구의 교수는 일어나서, 탱고 댄서의 자세로 몸을 앞으로 숙였는데, 가상의 파트너를 생각하며 오른손을 그 아래쪽에 대고 손가락 두 개를 앞으로 내어 안으려는 자세였다. 그렇게 잠깐 있다가 그는 다시 자리에 앉았다. 나는 당혹스러움에서 벗어나려고 노력해야 했고, 열렬하면서도 자유주의 기독교인 인문주의자 버트런드 러셀, 모든 육체적 정신적 상실감의 원인을 찾아 몰두하는 데 넓은 식견을 지닌 세계적으로 유명한 사람 앞에 있다는 것을 떠올렸다.

나는 그를 좀 더 주의 깊게 쳐다보았고 그것이 그에게 좋은 인상을 주었다.

그의 눈에서 유쾌함이 반짝거리는 것을 보았는데, 쉽게 내뱉는 냉소라든가 라블레식으로 아무것에도 기대지 않는 유쾌함이었다. 또한 내가 갑자기 나 자신을 벗어버린 듯 느끼기에 충분한 선의와 슬픔을 지닌 그런 유쾌함이었다. 푸른색 땡땡이 무늬 때문에 좀 어울리지 않아 보이는 큰 나비넥타이 위로 늙음이 오로지 그 부드러움을 돋보이게 하려고 매만진 그의 얼굴에는, 육체의 온갖 무게와 정도가 지닌 무의미하고 하찮고 보잘것없는 것과 공모를 꾸미려는 모습이 있다.

"아시겠지요? 실버만은 그렇게 해서 자기 환자들 몇 명을 수년 간 연장해주었다고 자신합니다. 물론 태생이 투사여야 합니다. 프 랑스는 이 방면에서 매우 뒤처져 있습니다. 그렇게 삶의 즐거움을 누리지 못하고 흘려버립니다. 삶을 즐기지 못하는 것은 정말 용 납할 수 없는 일입니다. 미국에는 실용적인 소생술 강습이 있고, 포르노 영화도 만들고 외설 연구소도 설립하는 등 자기네가 원 하는 구실만 있으면 뭐든지 다 합니다. 미국 사람들은 삶의 질에, 그리고 자기네가 누릴 권리에 우리보다 민감하지요, 더 악착스럽 습니다. 세상에 남은 마지막 남성 우월 국가지요. 서양의 모든 비 중이 그들의…… 그들의 어깨에 달려 있습니다. 그렇다면 우리 나라는 어떤가요, 레니에 씨? 우리 나라는요? 쯧쯧……."

반짝이는 눈빛이 내게도 유쾌함을 청한다.

"가엾은 우리의 다정한 프랑스! 쉰이나 쉰다섯이 되면 당신은 젊디젊은 아가씨를 쉽게 구할 수 있는 처지가 됩니다.(사실 그렇기 때문에 성인이 되는 나이를 열여덟 살로 낮추었지요.) 그리고 당신은 있는 힘껏 노력을 하는데도 단단하게 발기가 되지 않습니다. 그 때부터 삶이 당신 옆으로 비켜나가거나 아니면 여자가 한 30분 동안 오럴 섹스를 해주어야 합니다. 그러니 그녀는 가히 성녀임에 틀림없어요. 처음 순간이 지나면 시적인 영감은 사라지고 그렇게 무한정 자비를 베풀 수는 없으니까요. 새로 생길 자동차나 스키 를 타고 휴가 보낼 생각을 한다 하더라도 말이지요……."

그는 짐짓 걱정하는 척 말을 멈추었다.

"무슨 일이세요? 선생님, 어디 불편하신가요?"

"아니요, 아닙니다. 괜찮습니다. 원래 식은땀이 잘 납니다. 계속 하십시오."

그는 나에게 은단 상자를 내밀었고 자기도 하나 집어 들었다. 그의 얼굴에 더는 장난기가 없었다. 그리고 서글픔이 퍼졌다.

"다른 한편으로, 환상을 갖지 마세요. 파트너를 속이거나 삽입에 성공하더라도 일단 안으로 들어가게 되면 확대되지도 단단해지지도 않을 겁니다. 원기 왕성한 오십 대 남성들은 일단 안으로 들어가면 착상의 모든 문제가 다 해결되었다고 생각합니다. 문제는 이제 시작되었을 뿐인데 말이에요. 단단해지지 못하는데 유지해야 하고, 여자의 오르가슴을 끌어내야 하는 것 말이죠.(그래요, 때로는 꼭 그래야 하지요.) 반면에 당신은 증권에서 30퍼센트 손해를 볼 수도 있습니다.(바로 거기에 우리 기업주들의 잘 알려지지 않은 중대한 비극이 있는 것이겠지요.) 왜냐하면, 당신이 젊을 때는 여자가 첫 관계의 수익자건 아니건 별로 중요하지 않습니다. 당신은 20분 후에 아무렇지도 않게, 여전히 이전과 비슷한 갈망을 품고 다시 시작할 준비가 되어 있거든요. 젊은 사람들한테는 굉장한 회복력이 있습니다. 그들이 아직 사회에 아무런 공헌을 하지 못했다는 점, 심지어 그런 명칭에 적합한 어떤 상황도 만들지 못했다는 점에서 상당히 터무니없기도 합니다. 샘, 격류, 자연 발생적으로 뿜어진 용솟음……. 그래요, 분개하거나 격하게 부당한 감정을 느끼는 것도 무리는 아닙니다. 다른 얘길 해보지요. 신문마다 넘쳐나는 요리 항목을 읽기 시작합니다. 사실 그런 목적으로 거기에 실린 것들이지요. 선생님도 우리의 사랑스러운 어머니, 위안을 해주는 프랑스를 자세히 소개하는 많은 안내서를 가지고 계실 겁니다. 그런 책들은 우리에게 좀 더 넓은 폭의 기쁨을 열어 주고, 또 당신을…… 다양하게 바꾸어줍니다. 다양화, 레니에 씨, 모든 게 바로 거기에 있습니다. 레노 씨를 보세요……."

그는 교수 같은 몸짓으로 검지를 들었다. 처음으로 내 웃음은 방어를 하느라 난처하게 반응한 것이 아닌 태평함과 공조의 의미를 띠었다.

"그러므로 삶의 질이 진정으로 위기를…… 자연이 알고 있는 이 정력의 위기에 위협을 받고 있는 것이 아닙니다. 그렇다고 고상한 문화와 교양을 지닌 남자가 이처럼 가난한 자의 위안이 되는 아주 말초적인 만족들을 부러워만 할 수는 없지 않습니까. 이미 오래전부터 성性의 최저 보수를 훌쩍 넘었던 사람들에게, 온갖 증권을 다 주물러온 사람들에게 운명은 아프리카 노동자와 행복의 기회를 균등하게 나눌 수 있는 다양한 쾌락거리를 제공합니다. 그러고 나면, 사람들이 흔히 말하듯이 '절호의 찬스'가 오기도 하지요. 아주 냉담한 멋진 아가씨들 말입니다. 하지만 오십 대의 정력 좋은 남자에게 그런 다이아몬드 같은 기회가 항상 주어지는 것은 아니지요. 나를 찾아오는 사람들의 대부분은 자기 아내나 파트너가 너무도 왕성한 기질이라서 한 달에 두 번을 요구하기까지 한다고 씁쓸해하며 불평을 털어놓습니다. 그리고 알아요 알아, 진짜 거북스러운 여자들도 있지요. 몇 분 만에 당신을 풀어줄 수도 있는데 쾌락을 지연하는 여자들 말입니다.(이런 것은 법으로 금지해야만 할 거예요.) 그러면 당신은 시간을 끌면서 한 15분 정도는 여러 번에 걸쳐 고생을 해야 하지요.(범죄예요, 범죄!) 혈압이 떨어져도 당신 이마에는 땀이 솟아오르지요. 당신은 이미 인플레이션이니 대출 제한, 원자재 가격 상승 때문에 근심 걱정이 많은데 말입니다. 당연히 당신의 위신이 문제가 됩니다.(아! 그놈의 위신!) 발기가 되지 않으면 체면을 잃고, 정력의 왕이라는 명성은 이제 끝인 셈이지요. '가치 저하', '가치의 저하'라고요. 그러면 당신은 꼼짝없이 고백을 해야 하고 당신의 성 기능 파산 선고를 해야 합니다. 그때 그녀는 당신 이마를 쓰다듬으며 부드럽게 말하겠지요. '괜찮아요, 여보.' 그건 한마디로 증오, 증오입니다. 다른 말이 필요 없어요. 당신이 레지옹도뇌르 훈장을 받은 기사가 아니라면 물론 무릎을 꿇고 그녀를 핥을지도 모릅니다. 하지만 패배자로서 핥는다는 것, 발기가 되지 않아 핥는다는 것은 전면전이 실패해서 당신 군사들과 포병대가 어디 있는 지조차 모르는 것을 의미하고, 도구들을 사용하게 되겠지요. 그녀는 이제는 예전의 당신이 아니라는 것을 알게 되며, 마무리 완성점이 안쪽에서 이루어지기라도 한다면, 그리고 그녀가 얼쩡거리고 마는 것에 썩 관심을 보이지 않는다고 한다면 기어이 파트너가 당신 머리를 가볍게 밀쳐내는 어느 때보다도 힘겨운 순간이 오기 마련입니다. 그리고 당신네 커플 사이에는 바람 빠진 공처럼 침묵이 자리 잡을 것이고, 서로 이해심이 가득하여 초연하고 세련된 태도로 자기의 불편하고 언짢은 마음을 억누르려고 애쓸 겁니다. 별반 큰일이 아니었다고 생각하면서 담배를 물고 위스키를 마시며 음반을 돌리고 손에 손을 맞잡고 '정말로' 중요한 다른 일 이야기를 나누면서 우리는 그것을 초월해 있다고, 극복해야 한다고 생각하지요. 하지만 당신에게는 기회가 한 번 더 있습니다. 그녀의 감정이 진실하기만 하다면, 혹은 그녀의 성격이 겸손해서(실로 하늘이 내린 성격이지요!) 쉽게 자신의 잘못으로 돌리는 사람이라면 이렇게 말하겠지요. '이젠 내가 그의 마음에 차지 않는 거야' 혹은 '이제 그는 나를 사랑하지 않아'라고요. 바로 그겁니다, 선생님. 서로 다른 성 사이의 이해심이라는 게!(그러면 당신은 당신의 실패를 그녀에게 돌릴 수 있겠지요……)"

미냐르 교수는 말을 멈추었다. 해가 졌는지 아니면 더 짙은 그림자가 드리웠는지 잘 알 수 없었다…….

"아! 남자의 일이란……." 교수는 부드러운 어조로 말을 이었다. "남자가 자기 명예를 어디에 두는지 참 굉장합니다……. 거시기가 머리끝에 달려야 한다니까요, 왕관처럼 말이에요……."

그는 일어섰다. 마호가니와 가죽으로 만든 책상의 어슴푸레한 빛 사이에서 회색조를 띠는 그의 모습이 선명하게 보였다. 얇은 입술과 젊은이 같은 눈은 평소의 서글픔과 유쾌함을 주고받고 있었다. 아파트 어딘가 안쪽에서 프랑스의 오래된 시골길 먼지 사이로 떨어지는 맑은 빗방울 같은 라모의 곡이 흘러나왔다.

"시간을 빼앗아 죄송합니다, 레니에 씨." 그는 내게로 와서 손을 내밀었다. "똑같은 말을 되풀이했군요. 진찰받으러 오셨다는 걸 깜빡했습니다……. 물론 스위스에는 니만, 독일에는 호르쉬트가 있지요. 이 모든 것은 '사랑'이라는 말을 당신이 어떻게 이해하느냐에 따라 달라집니다."

"이보다 더 도움이 된 적은 없습니다." 내가 말했다.

그는 고개를 한쪽으로 기울이고는 음악을 들었다.

"내 아내는 라모와 륄리를 좋아합니다. 나도 점점 좋아하게 되었지요. 그 곡을 들을 때마다 아내 생각을 하게 되기 때문에요……. 우리는 결혼한 지 50년이 지났는데, 늘 같은 클라브생을 듣습니다."

그는 서둘러 나를 문까지 배웅해주었다. 그가 아내와 단둘이 있고 싶어 하는구나 하는 생각이 들었다.

나는 밖으로 나왔다.

카페에 자리를 잡고 '결심décision'을 주문했다. 주저주저하는 상태였기 때문에 종업원이 다가왔을 때 나는 이렇게 말했다.

"결심 한 잔 주시오."

파리의 나이 지긋한 카페 종업원이 던지는 전적으로 무관심한 시선과 마주쳤을 때, 그리고 그 속에서 아무리 놀라운 것을 보더라도 경미하게 떠오르고 마는 경멸의 기미를 보았을 때 나는 비로소 다시 주문을 했다.

"차infusion 한 잔 말이요."

그는 우리 관계가 정상으로 돌아온 것을 유감스러워하듯 계산대 쪽으로 되돌아갔다. 나는 일어나 로라에게 전화를 걸어서 라탱 구역의 이 작은 카페로 와달라고 할 참이었다. 이 동네는 내가 학생이었던 시절부터 거의 변한 것이 없었다. 수많은 맹세를 들었고 수많은 이별의 눈물을 보았다. 여기에서 나가더라도 아무것도 끝나지 않았고 "우린 다시 보지 않을 거야"라는 말이 사랑의 약속이 되는 그런 동네였다. 나는 그녀를 너무도 진심으로 사랑했기에 앞으로 그녀 없이는 살 수 없었다. 당신 삶이 카운트다운 되고 있을 때엔 "언제나"라고 말할 수 없다. 내 몸은 나이 많은 거짓말쟁이의 몸이 되었고, 가장 진심 어린 열정은 가능성과 배달 기한을 계산하다가 끝나버리게 되었다. 더 이상 자존심이나 자부심의 문제가 아니었고, 비참한 실패를 피하기 위해서 결별을 생각조차 하지 않았다. 이제는 진정성의 문제였다. 사랑했다는 이유로 목발을 짚고 다니기에는 나는 로라를 너무도 마음 깊이 사랑했다. 나는 바로 오늘 아침 로라에게서 받은 편지를 주머니에서 꺼내 들었다. 그녀는 자기가 지나는 곳 여기저기에 편지를 흘리거나 직접 내 손에 쥐여주기도 한다. 옆에 누워 있으면, 그녀는 일어나 편지를 쓴다. 편지는 내 주머니에서 나타나기도 하고 우편으로 도착하기도 하고 책갈피 사이에서 떨어지기도 하며(몇 마디 갈겨쓴 것이기도 하고 몇 장에 걸쳐 꽉 채워 쓴 것이기도 하다), 마치 파스텔색에 가까운 보다 온화한 풍토의 식물이라기보다는 소란스럽고 기운이 넘쳐흐르는 마음속 계절에 풍성하게 자라난 식물의 일부라도 되는 듯하다.

"당신이 사무실에 있는 동안 난 아침 내내 당신과 함께 센 강변을 거닐었어요. 고서 가판대에서 브라질 시인 아르튀르 랭보의 시집을 샀어요. 당신도 알죠. 처음으로 그가 아마존의 기원을 발견했지요. 차마 함부로 말할 수 없는 비극적인 실수 때문에 프랑스인으로 태어난 사람 말이에요."

나는 전화 부스가 있는 곳으로 갔다.

"왜 내가 거기 가야 하죠, 자크? 밖에는 사람이 많잖아요……."

"이리로 와줘. 내가 스무 살 적에는 이 카페에 자주 드나들었거든. 그땐 당신이 끔찍이도 보고 싶었지, 아주 잘 기억하고 있어. 당신을 기다리면서 몇 시간이고 앉아 있었다고. 문을 마주 보고 앉아서 당신이 오나 안 오나 힐끗거리면서. 하지만 드나드는 것은 다른 여자들뿐이었고 당신은 결코 나타나지 않았어. 나는 예전에 앉았던 그 자리에 있어. 이번엔 당신이 들어오겠지. 나는 용기를 내서 일어나 당신에게 말을 걸어보겠어. 당신에게 얼마 전 미국의 대통령이 된 프랭클린 루스벨트 이야기를, 또 얼마 전에 윔블던 대회에서 우승을 한 빌 틸덴 이야기를 할 거야. 당신은 나를 알아볼 테고, 난 여기에서 유일하게 예순을 바라보는 남자일 테지. 짧게 자른 희끗희끗한 머리지만 얼굴만은 당신에게 열여덟 살로 보이겠지. 그 시절의 나는 당신이 방금 보낸 편지를 손에 들고 있을 거야⋯⋯."

"나는 현재의 당신에게 편지를 쓴 거였어요. 당신은 다른 여자를 찾을 시간이 이제 없다고요. 당신은 얼마 안 있으면 늙을 거예요. 이젠 자리가 많지 않아요. 내 자리만 겨우 있을 뿐이라고요. 내가 느끼는 것은⋯⋯ 불안하다(insecure)라는 말을 프랑스어로 뭐라고 하지요?"

"그냥 불안하다(insecure)라고 해. 프랑스어엔 그 단어만 없어⋯⋯. 이리로 와줘, 로라. 당신한테 중요하게 얘기할 게 있어."

나는 테이블로 돌아와서 종업원을 불렀다.

"당신은 어디 출신이오?"

"오베르뉴요." 이런 질문이 서비스에 포함되었을 리 없으니 그는 좀 거만하게 대답했다.

"예순이 다 된 남자가 자기가 사랑하는, 그리고 자신을 사랑하는 젊은 여자와의 관계를 청산할 결심을 한다면 당신 생각에는 어떻게 표현해야겠소?"

"바보 같은 짓이라고 하겠죠, 손님."

그는 멸시하는 듯 눈썹을 들썩거렸다.

"그거면 되겠습니까, 아니면 결심 하나 더 드릴까요?"

"그래요, 바보 같은 짓을 한다, 말하자면 좋은 의미로……. 그러면 코냑 한 잔하고 필기할 만한 것을 주시오."

나는 생전 처음으로 결별의 편지를 썼다. 지금까지는 상대방에게 만족감을 남겨주기 위해서 교묘하게 상황을 처리했다. 천한 인간들이 멋을 부리는 것이거나 신사가 되기 위한 기술이거나……. 나는 이렇게 썼다.

"자크 레니에, 당신은 나를 심히 실망시켰소. 나는 당신이 보잘것없는 구두쇠에 결산, 예측, 회계, 이윤에 밝은 사람이라는 것을 깨달았소. 젊은 시절 내가 알았던 바람둥이는 잃는 걸 두려워하는 프티부르주아가 되었지. 당신은 현재의 시간 속에서 살지 못하는 사람이 되어버렸고 내일에 대한 근심이 당신의 곁을 떠나지 못하오. 성 기능이 쇠하자 당신은 지불 기일을 맞이할 수 없음이 두려워서 사업에서 손을 떼려는 회사 사장처럼 행동하고 있소. 하지만 당신에게는 아직 여러 달이, 아마도 1년이나 2년이 남아 있을 것이고, 운이 따르면 최악의 위기가 오기 '전'에 죽을지도 모르오. 아니지. 지평과 전망, 10여 헥타르의 미래가 필요하오. 예전엔 매일매일 생명의 위험을 무릅쓰던 당신, 당신에게는 진정한 마음 대신에 예측 한 상자만 있소. 그러니 나는 당신과 결별하기로 결심했소. 나는 당신의 생각을, 당신의 보잘것없는 허영심을, 당신의 측은하기 그지없는 자존심 걱정을, 잃어버리기보다 차라리 거부하려는 당신의 방식을 공유할 마음이 이젠 없소. 나는 당신을 떠날 것이고, 금본위에 악착같이 매달리는 사람의 생각과 결별하여 내가 할 수 있는 한, 내 힘이 닿는 대로 로라를 사랑할 거요. 그리고 모든 사람이 마지막에 그래야 하는 대로, 때가 되면 그때 실패를 인정할 것이오. 내 자존심 때문에 로라를 떠나진 않을 것이오. 그런 것을 걱정한다는 것 자체가 바로 사랑이 부족하다는 증거이기 때문이오. 안녕."

나는 나 자신에게 편지를 쓰고 계산대로 가서 우표를 한 장 사서 봉투에 붙인 뒤 우체통에 넣었다. 마음이 가벼워져서 자리로 돌아왔다. 자기 자신에 대해서 의지를 나타내 보인다는 것, 어려운 결정을 내릴 줄 알고, 그것을 끝까지 지키는 일보다 더 위안이 되는 것도 없다.

그녀는 머리칼을 휘날리며 몸을 되는대로 움직이며 들어왔는데, 그 모습이 나에게는 언제나 아직 날아가는 법을 모르는 새같이 보인다. 그녀는 손을 모으고 내 맞은편에 앉았고, 그녀를 너무도 사랑했기 때문에 내 미소에 그녀가 속아 넘어갈 수는 없었다.

"무슨 일이에요, 자크? 당신 혹시…… 나를 떠나려고 하나요? 카페에서 만나자고 하고, 전화로 '당신한테 중요하게 할 얘기가 있다'라고 하는 것은 서로 머리를 맞대고 있을 때 일어날 만한 일을 피하기 위해서가 아닌가요?"

"처량한 한 인간을 떨쳐버리기가 참 어려웠어. 그래서 당신을 서둘러 보고 싶었던 거야. 그뿐이야. 스무 살 때 이 카페에서 난 자주 불행해했거든. 그리고 이제 상황이 뒤바뀔 중요한 순간이 되었단 말이지."

우리는 둘 다 탁자에 팔꿈치를 괴고 손을 잡았다. 그녀의 눈에는 눈물이 가득했다.

"자크, 완전히 행복할 때에는 어떻게 해야 해요? 머리를 쫘 터뜨려버려야 할까요? 내가 도둑년이 된 것 같은 느낌이 들어요. 세상은 그러자고 생긴 게 아닐 텐데도요."

"보통은 원만히 해결되지. 행복을 두려워해서는 안 될 것 같은데. 단지 좋은 순간이 지나가고 있을 뿐이야."

그녀는 내 손을 자기 입술에 댔다. 종업원이 우리에게 와서는 주문서를 찢고 받침 접시를 뒤집고 기다렸다가 대리석을 행주로 한 번 쓱 닦고는 주문받기를 거부하는 것이 제 운명이기라도 하듯 획 가버렸다.

"로라, 회사를 닫을 거야. 내 말은, 사업을 모조리 정리한다는 뜻이야. 난 살아오면서 너무 많이 치었어. 이제 그게 일상이 되어버렸지. 종이 울리고, 경기장에 불려나가고. 얼마 안 남은 좋은 시절을 이제는 마음껏 즐기고 싶어. 떠나고 싶어. 떠난다고, 이해하겠어?"

나는 목소리를 높였다. 로라는 아무 말 없이 나를 조심스럽게 바라보았다.

"여기서는, 한시도 빠지지 않고 계속 누군가가 그리고 무엇인가가 늘 내 꽁무니를 따라다니는 느낌이야. 나를 잡으려는 덫이 항상 있는 느낌인걸. 당신하고 같이 꺼져버리겠다고. 멀리. 라오스, 발리, 카불. 나도 모르겠어. 하지만 여기서는 내가 위협받는다는 걸 몸으로 느끼지. 피할 수 없는 것으로부터……."

"어떤 걸 피할 수 없다는 거예요?"

"슈펭글러의 서구의 몰락. 동로마제국의 멸망. 내가 뭔들 알겠어? 몰락은 역겨운 냄새가 난다고. 여기 말이야."

"내가 원하는 모든 것은 당신의 품에 있는 것이에요. 그것 때문에 비행기 표를 사지는 않겠어요."

"잘 들어봐, 독일 점령기에 영국 라디오는 '개인 메시지'라는 것을 내보냈어. '로사 이모가 선반 위에 빵을 두었다. 아이들이 일요일을 재미없게 보낸다. 쥘 씨가 오늘 저녁에 올 것이다.' 레지스탕스에게 보내는 코드화한 비밀 메시지였어. 전쟁 얘기를 해서 미안⋯⋯."

"당신 나이에 대해 얘기하려는 것은 아니겠죠?"

"아니. 나이 이야기 같은 것은 시골뜨기들이나 하라고 해. 쥐꼬리 월급쟁이들 말이야. 나는 인색하게 굴지도 않고, 부담도 없고, 절도도 없이, 게걸스럽게 먹어대고, 소리소리 지르는 사람이야. 보라고, 우리 아버지는 여든다섯인데 아직도 카드놀이를 하신다고."

그녀의 눈에 두려움이 스친다.

"자크, 도대체 무슨 일이에요?"

"아무 일도, 절대 아무 일도 없어. 심전도 이상 무, 혈압 15에 8. 단지 개인적인 메시지를 하나 받았을 뿐이야."

"누구한테요?"

"지스카르 데스탱. 지난번에 라디오에서 이렇게 말하던걸. '상황은 예전과 같지 않을 것입니다.' 모든 프랑스인이 이해했지. 재단용 자 이야길 하는 거라고."

"새난용 자요?"

"재단용 자."

"대체 무슨 얘긴지⋯⋯."

"맙소사, 난 지금 당신한테 솔직히 얘기하려고 이렇게 안간힘을 쓰는데! 완전히 솔직하게! 재단용 자라고, 자!"

"지스카르 데스탱에게 재단용 자가 있어요?"

"내 말은, 스스로를 존중하고…… 스스로를 감찰하는 프랑스 사람은 모두 하나씩 가지고 있지. 내 말인즉, 조만간에 내가 당신을 어쩔 수 없이 거부해야만 할 것이라고. '결코' 예전의 상황처럼 될 수 없는 그런 상황들 때문에, '그 재단용 자' 때문에……. 그건 개인적 메시지야, 로라……. 나는 지금 이곳에서 온통 진심을 담아 당신에게 말하는 거야. 그런데 당신은 내 말을 들으려고 하지 않아……. 그 병을 보아도 소용없어, 조금 마셨으니까. 하지만 남자가 이런 고백을 하는 것은 정말 어려운 일이야……. 이렇게 노골적으로 숨김없이! 휴, 이제 됐네. 한결 기분이 좋아!"

당신 알겠지, 내가 당신에게 모든 걸 다 얘기했어. 사랑하는 당신에게, 크게 용기를 내서.

10

새벽 2시나 되었을까. 로라는 이미 잠에 빠져 있다. 그녀의 코 끝이 겨우 내 뺨에 닿아 있지만, 입맞춤은 도중에 길을 잃고 잠 들기 전에 자기 몸을 추스르지 못한 어린아이의 자세처럼 미동도 않는다. 야간 미등에서 흘러나오는 장밋빛 아래 나는 혼자였다. 내가 방금 겪은 절반의 실패, 특히 내 안에 자리를 차지해버리고 는 쓰임을 거부한 낡아빠진 육체에 가해진 끈질긴 싸움, 그것은 엄청나게 신경을 소모시켰고, 무기력함 때문에 절망적인 생각은 면했음에도, 슬픔마저도 그 강렬함을 잃어버리는 저녁나절의 상 태가 되게 했다. 팔과 어깨와 허벅지는 그 무거움으로 메마름과 본질적인 부재와 공허함을 둘러싼다. 주변을 기웃거리는 죽음이 어느 때라도 갑자기 들이닥칠 것만 같다.

가볍게 긁는 소리가 들린다. 카펫이 슬쩍 밀리는 소리……. 그 러고 나서는 아무런 소리도 없다. 어둠의 덩어리가 움직이듯 보 이는 그곳에는, 깜깜한 어둠 속에 미동하는 검은 물체가 있다. 내 눈에는 그 두께의 차이가 보인다…….

스위치를 찾아 더듬거리다가 불을 켰다.

순간의 일이었다. 뭔가가 튀어 오르더니 남자가 칼끝을 이미 내 목에 들이대고 있었다.

그는 운전기사 유니폼에 모자를 쓰고 있었다. 오른쪽 어깨 견장에 찔러 넣은 검은 장갑은 손가락 끝을 구부려 먹이를 노리는 것처럼 보였다. 윗도리 단추가 풀려 있었고 쭉 뻗은 팔 너머로 흰색 속옷이 보였다.

나는 그렇게 동물적인 아름다움을 지닌 얼굴을 단 한 번도 본 적이 없었다. 검은 눈썹은 가운데에서 말려 있었고, 입술에 뾰로통 힘을 준 것이, 표정에는 전혀 주저하는 기색이 없다. 그는 죽일 준비가 된 자였다. 내가 조금만 잘못 움직일라치면 모든 게 끝장이 날 판이었고, 비겁해지거나 동의하거나 친숙해지면 목숨을 부지할 수 있었다. 하지만 나는 움직이지 않았다. 이 순간을 지연하고, 이 해방의 가능성을 지속하고 싶었으며, 모든 무게의 갑작스러운 부재, 가벼움의 감정, 오래되어 낡아빠진 도구의 스프링을 펼칠 때의 그 강한 생명감을 더 맛보고 싶었다.

내가 미소를 짓자 그의 얼굴에 불안의 기미가 보였다. 아주 오랜만에 아마 처음으로 내 미소가 진실을 말하고, 나를 감추지 않고 나 자신의 이름을 걸고 진짜 이야기를 하는 중이었다. 칼날의 끝이 조금 더 세게 내 목을 눌렀다. 그는 칼날로 목 가운데가 아닌 경동맥을 눌렀다. 찔러야 할 곳을 정확히 알고 있었다.

냉소로 도피해버린 뒤 다시 나 자신이 된 것 같은 그런 느낌을 맛보았던 적이 있었는지 잘 기억나지 않는다. 나는 숨을 골랐다. 어떤 감정의 흔적도 보이면 안 된다. 요컨대 나는 별로 변하지 않았다. 본질적인 면에서는 독일 점령기 때와 같은 사람이다. 아랍, 나는 생각했다. 급소를 정확히 노린 칼끝이 내 기억 속에서 반짝 빛나더니 안달루시아의 하늘, 후안 벨몬테의 검 아래 쓰러졌던 황소의 죽음이 떠올랐다. 내가 투우장에서 그 황소의 죽음을 지켜본 지 얼마 지나지 않아 나이 든 그 투우사는 단 한 발의 총알로 자신의 무력감에 종지부를 찍었다.

나는 괜찮았다. 내 집에 있었다.

나는 어깨에 기대어 잠이 든 로라의 고른 숨소리를 느꼈다. 처음으로 나는 불안에 사로잡혔다. 로라가 잠에서 깰까 봐 걱정되었다. 그녀에게 두려움을 전해주고 싶지 않았다. 나의 이 달콤한 추억을 끝내야만 했다. 내 목을 조이는 칼은 우리 진영 뒤쪽에서 작전을 수행하던 독일 낙하산 군인의 칼이 아니었고, 나를 죽이지도 그냥 도망가지도 못하던 호텔에 든 도둑의 칼도 아니었다. 내 손이 닿는 곳에 벨이 있었고 단 한 순간에 호텔 직원들을 불러 모을 수도 있기 때문이다. 그의 얼굴이 땀으로 번들거리기 시작했다. 그는 아마추어였다. 좀도둑이 의심받지 않고 호텔 입구를 통과하기 위해 운전기사 복장을 한 것이다. 그는 이제 어떻게 해야 할지 모르고 있었다.

나는 손을 들어 칼날을 움켜쥐었고 내 목에서 칼을 뗐다. 그의 얼굴에서 당황한 기색과 심리적 갈등과 두려움의 표정이 나타났다. 두려움이 공포까지 간다면 아마 나를 죽여버릴지도 모를 일이다.

나는 칼을 놓고 벨 쪽으로 손을 뻗었다. 이제 그는 내 목을 조르거나 아니면 그가 도모한 스케일을 포기하고서 형편없는 좀도둑 차원의 계획을 자백할지도 모른다. 그리고 그는 정말 그렇게 했다. 공갈 위협이라도 하려는 듯이 공중에 칼을 휘두르고 침대 옆 탁자 위에 놓인 금시계를 집어 들더니 문 쪽으로 뒷걸음질 치기 시작했다.

"직원용 계단으로 가시오. 나가면서 왼편이오." 내 말에 보인 그의 반응이 꽤 웃겼다. 그가 쉰 목소리로 더듬거리며 말했다.

"시, 세뇨르…… Sí, señor, "예, 선생님"이라는 의미다." 그는 한달음에 밖으로 나갔다.

나는 전화기를 들어 도둑이 네 개의 층을 재빨리 내려가버리기 전에 잡히도록 조처할 수 있었다. 하지만 나는 언제나 야생동물에게 애정 같은 걸 품고 있다. 그 동물을 위해서 피할 곳을 배려해주거나 그런 부류의 인간이 고급 호텔에서 모험을 펼칠 때 경찰을 부르는 것은 너무도 쉬운 일이다. 나는 내 눈 속에 그 젊은 야생의 얼굴이 주는 이미지, 신경 마디마디가 긴장되어 전적으로 아무 미동도 하지 않는 가운데 일시적으로 활기를 띤 그 육체가 주는 이미지를 간직했다. 내가 스무 살이더라도 그와 닮지는 않았을 것이다. 노르망디의 피가 흐르는 나에게는 어느 정도 프러시아계다운 금발이 있기 때문이다. 하지만 다시 해야 한다면, 다시 선택할 수 있다면 내 젊음에 다른 인종의 유연함을, 다른 태양 아래서 그을린 얼굴을 주는 것도 나쁘지 않을 것이다. '시, 세뇨르……' 그라나다 아니면 코르도바…… 안달루시아.

야간 미등의 장밋빛에 뭔가 이상한 것이 있었다. 살짝 열린 문을 통해서 복도에서 비치는 불빛이 거실로 새어 들어오고 있었다. 문을 닫고 돌아오면서 침대맡에 잠시 서 있다가, 고요히 숨을 내쉬며 잠들어 있는 로라 쪽으로 몸을 굽혔다. 그녀는 똑바로 누워 있었다. 한 팔은 베개 위에 올라와 있고, 손바닥은 내 입맞춤에 펼쳐진 채로, 다른 팔은 우리 둘이 만들어놓은 이불의 굴곡 속 어딘가에 있었다. 로라는 입을 반쯤 벌린 채였고, 바로 거기에서 밤공기를 가르고 목동의 과일을 훔치러 가는 사람처럼 나는 행복한 순간을 얻었다. 나는 그녀가 잠에서 깨지 않도록, 그리고 밝은 달빛 아래 인적 없이 잠이 든 오솔길, 꿈꾸는 자가 없는 오솔길에서처럼 모든 것이 그대로 머물 수 있도록, 그녀의 입술에 가볍게 입을 맞추었다. 그 평화로운 확실함이, 그 고요함, 초월의 느낌, 막다른 골목에서 빠져나온 느낌이 도대체 어디에서 오는지 알 수 없었지만, 마치 야생의 삶이 나에게 다가와 미래의 약속, 새로운 삶을 약속하는 것만 같았다.

나는 잠을 이룰 수가 없었다. 그가 딱 달라붙는 가죽 바지를 입고, 내 앞에 다리를 쩍 벌리고 손은 허리에 댄 채 도전하듯이 나를 바라본다. 그의 얼굴에 냉소의 기미가 있는지, 그렇게 해서 내가 지닌 냉소를 그에게 빌려주는 것인지 모르겠다. 부풀어 오른 가죽이 배까지 올라와 완전히 수컷 모양새를 내며 나를 비웃는다. 내 기억력이 이토록 형편없는지 몰랐다. 젊음으로 윤기가 흐르는 긴 머리, 검은 새가 날아가는 듯한 눈썹, 몽골인처럼 광대뼈 아래 움푹 팬 볼, 원초적인 힘과 황제의 식욕을 아직껏 지닌 얼굴들에서 보이는 탐욕…….

"루이스, 자네 이름은 앞으로 루이스일세." 내가 중얼거렸다.

11

며칠이 지나서 그가 처음으로 나를 구해주었다.

나는 로라를 시골로 데려갔다. 5월이 우리의 공모자였다. 날이 조금씩 더워지고 있었다. 하루가 끝나갈 무렵이었다. 그림자와 빛이 이미 약간 노란색으로 변한 레이스로 덮여갈 무렵, 풀숲의 봄은 무당벌레와 흰나비들을 산책시키고 있었다. 루아르 강물이 성으로 돌아가기 전에 저녁나절의 산책을 즐기고 있었다. 강물은 아주 부드럽게 흘렀지만, 이미 나이를 많이 먹은 탓에 이곳에서는 조금 힘겨운 흐름이다. 강가의 수많은 연인들에게서 피어오른 작은 흰색 원피스들이 하늘에 떠 있었다. 반대편 강가에는 반듯한 경작지와 아담한 언덕이 있었다. 이곳은 라퐁텐의 우화를 읽는 것 같은 프랑스의 전형적인 구석진 장소다. 분명히 어미 잉어와 목이 기다란 왜가리만 있으면 되는 곳이지만, 프랑스의 풍경도 마찬가지로 기억력에 구멍이 생기는 것은 당연하다. 지평선에는 '유적지로 채워진' 엽서의 흔적도, 성당도, 성채도 없다. 강은 이곳에서 되는대로, 제 명성 따위에 거의 신경 쓰지 않는 듯 산보를 한다. 우리 가까이에서 숲이 이따금씩 젊은 여인의 날카로운 목소리로 웃음을 흘린다. 그러고는 긴 침묵이 흐른다. 입맞춤이거나 그보다 더한 것이 있었으리라고 의심해보는 것도 어렵지 않다. 그렇지만 이 숲은 심지어 꽤 이름값을 하는 멋있는 숲이며, 여러 귀족 동네가 자리 잡은 곳이기도 하다.

나는 로라의 손을 잡고 있었다.

강의 반대편에는 1인용 스키프 배들이 빈 채로 있다. 나는 스키프를, 영원히 고독의 형벌을 받은 그 모양새를 좋아하지 않는다. 통통한 나막신을 신은 벌 떼가 특유의 서툰 모양으로 자신 있게 일을 해내고 있었고, 잠자리들도 언제나 그렇듯이(이들의 매력이기도 하다) 저녁이 다가오면 제정신이 아니었다. 침묵이 더 지속될 수가 없었다. 내 몸이 그랬던 것처럼 한층 더 무거운 고백들로 가득했다. 이 상태를 벗어나야 한다, 초연하게 말해야 한다, 한 번 더, 최소화해야 한다, 아니면 뭔가 예쁜 것, 고상한 표현으로, 숨을 내쉴 때마다 또 입맞춤이 있다는 식으로 말해야 한다. 로라, 당신 머리칼을 천천히, 안정된 자세로 쓰다듬는 건, 우리의 사랑 같은 것이 육체의 결함에 좌우되지 않는다는 것을 서로에게 말할 필요가 있기 때문일까? 그리고 당신 입술에 내 입술을, 마멸되는 법을 모르는 입술을 부드럽게, 기분 좋게 포개는 건, 다른 곳에서는 모든 것이 내게서 사라져가지만 그럼에도 내게도 여전히 당신에게 줄 것이 있음을, 그리고 내가 한 가지 일에 모든 희망을 거는 것이 아님을 보여주기 위함이다. 그녀는 눈을 들었다.

"그런 웃음은 어째서죠?"

"웃기니까, 그냥."

"뭐가 웃기는데요?"

"에너지 위기."

"당신네 프랑스인들은 아랍인들을 더 이상 생각하지 않아요."

⋯⋯쉰 목소리로 재빠르게 "시, 세뇨르"라고 말하는 목소리가 떠올랐다. 모르족의 피가 스페인에 얼마나 영향을 남겼는지 보려면 그라나다에서 구두닦이에게 신발을 닦게 해보면 된다.

그녀는 내 귀에 입술을 가까이 대고 알파벳 첫 글자들을 소곤거렸다.

"왜 에이, 비, 시, 디야?"

"당신은 단순할 필요가 있어요."

"그건 아주 힘들겠는데, 로라, 나 정도의 이력이 있는 사람한테는 말이야. 교양 면에서 금세기 최고의 공적은, 마르크스건 프로이트건, 의식 문제로 돌려야 해. 우리는 스스로를 알아야 한다는 말이야. 행복을 희생해가면서까지. 그런데 그 행복은 많은 부분을 마음의 평화에 할애하지만, 타조처럼 늘 비겁하게 숨어버리지. 자아를 연구하는 심리학적 지식은 모두 하찮은 것이라고 굳이 얘기하지 않아도 말이야⋯⋯."

우리의 대화는 침묵이라고 하기에는 잘 알려지지 않은 그런 모양새였다.

"자크, 당신은 자신을 너무나 들여다본다고요. 드러내지 않고 항상 자신을 원망하며, 자신에게 실망하는 것 같아요⋯⋯. 아이, 난 프랑스어를 잘 모르겠어요. 당신은 자기 자신에 대한 우정이 없어요. 바로 그거예요. 관대해야 한다고요. 당신은 자신에게 관대하지 않아요."

그녀는 한 손에 풀잎을 들고 내게로 몸을 숙였다. 잔가지를 들고 평소처럼 내 얼굴을 간질이기를 기다렸다. 하지만 브라질에는 아직도 처녀림이 있다. 그녀의 눈에는 호박색 그림자가 비쳤고, 머리를 뒤로 틀어 올려 마지막 줄기의 햇빛이 그녀에게 줄 수 있는 모든 것에 자리를 마련해준다. 거기에는 빛 한 조각과 행복 한 조각이 있다. 그녀는 자기가 더 멋지게 보이도록 눈을 돌린다. 누군가 자신을 경탄의 눈으로 바라보고 있음을 스스로 잘 알고 있을 때처럼 다소 사심이 들어간, 다소 위선적인 미소를 짓는다. 수많은 시선이 그녀에게 애정을 쏟았겠지만 그녀는 나의 시선만을 좋아했고 나의 시선에서 보다 뛰어난 능력을 찾았다. 시력이 나빠지면 사람들은 안경을 쓰지만, 쓸모없는 노릇이라고 생각했다. 게다가 루이스는 거기 없었고, 나에게는 아무런 위험도 없었다.

모기가 간혹 우리에게 달려들었고, 그럴 때면 귀찮게 달라붙지 않도록 손으로 내쫓았지만 허사였다. 목표물을 놓친 것은 모기들도 마찬가지였다. 이처럼 야외에서 위험을 감수하지 말았어야 했다. 게다가 여기까지 오느라 노를 너무 많이 저었다. 힘을 조절해야 했다. 내 동물적 본능에 되는대로 나를 맡기지 말았어야 했다. 어느 정도 그녀의 잘못이기도 했다. 너무도 좁고 너무도 길고 너무도 꽉 끼는 치마, 허리 부분까지 끌어올리려면 그것만으로도 엄청난 일이라, 내 자발성이나 혈기가 사그라들고 만다. 인상파 화가들이 어떻게 했는지 의문이 든다. 그래서 그녀는 좀 유치하긴 하지만 애정이 속삭이는 대로 했고 사실 운이 좀 나빴다고밖에 할 수 없었다. 전날 별자리 점이라도 보았어야 했다. 자기가 어쩔 수 없다는 것을 인정하고 그녀는 내 배 위에 머리를 기대고 성

관계 기술, 테크닉, 노하우에 대해 늘 되풀이하는 말, 정력에 대한 친절한 묘비명과도 같은 이런 말을 중얼거렸다.

"난 참 서툴러요……."

나는 아무 말도 하지 않았다. 자존심에 조금이라도 이득 볼 것이 없기 때문이었다. 무력함이 초기로 접어들었다고 해서 세상이 끝난 것이 아니며, 나는 아직 성숙하고 사랑스러운 다른 여인을 만날 수 있었다. 함께하기로 결심하기 전, 우리 둘 모두 다른 건 전혀 필요하지 않음을 확신하기 위해서 아마 한두 번 정도 잠자리를 갖겠지. 웃음이 인간 고유의 것임을 난 알고 있다. 하지만 인간 고유의 것은 동시에 여러 곳에 있을 수 없어 보인다. 그녀는 소매에 레이스가 달린 흰 블라우스 아래 19세기식 카메오를 입었는데, 벼룩시장에서 산 것이다. 그리고 콜레트 소설 속 여학생들이 입는 밤색 치마를 입었다. 그녀는 다른 시대를 사는 다른 풍속의 여자들처럼 옷을 입는다. 오늘 저녁 우리는 요즘 유행하는 젊은 작가 헨리 번스타인의 초연을 보러 갈 것이다. 게다가 우리는 나흘 전에 사랑을 나누었고 아무 문제 없이 훌륭했다.

로라의 모자가 풀밭 위에 놓여 있다. 넓은 챙 주위로 아름다운 노란색 밴드 스카프를 두른 멋있는 흰색 모자, 철새가 상쾌한 비행을 끝내고 거기 내려앉은 듯하다. 밤색 치마 아래, 거기 붙들려 있는 것이 지루한 듯이 로라의 무릎이 움직인다. 내 손이 그리로 찾아가고 손가락 끝에 스친다. 부드럽게 쓰다듬을수록 그 느낌이 내 손에 더 생생하게 다가온다. 그러다 그녀는 갑자기 눈물을 흘리고 흐느끼면서 내 품 안으로 뛰어든다.

"자크, 난 두려워요. 난 항상 두렵다고요……. 당신이 나에게서 멀어질 것 같은 느낌이 들어서…….”

나는 아무 말도 않는다. 내 손은 공허하게 애무를 계속 이어간
다.

“당신은 많이 살았고, 많이 사랑 받았어요……. 당신은 다 해봤
죠. 어쩔 때 나는 당신에게서 권태감을 느껴요……. 당신은 세상
도, 삶도, 사랑도 새 출발 하고 싶어 하지도, 기운을 되찾고 싶어
하지도 않아요. 그리고 늘 냉소 같은 게 있지요. 이미 대홍수를,
사바의 여왕을, 다른 모든 것을 다 경험한 사람처럼 말이에요. 당
신을 사랑하는 한 여자가 거기 있기 때문에, 단순히 그 이유만으
로 다시 시작하려고 하지는 않을 것이었다고요.”

“난 곧 예순이 될 거야.”

“잘됐어요. 그렇게 운이 좀 따르면, 어떤 계집애들도 나에게서
당신을 낚아채지 못할 테니까……. 나도 내가 다른 여자들에 못
미친다는 것을 잘 알아요…….”

“그러지 마, 로라. 아무도 없었다고, 아무도.”

“제가 아까는 아주 서툴렀어요……. 성에 관해서는 때때로 아
주 바보 같을 때가 있어요…….”

“성 문제에서 한 사람이 바보 같다고 느끼면 그 파트너는 더 바
보 같다는 소린데…….”

그녀는 보호자 같은 내 품 안에서 조금씩 진정되었다. 하지만
풀밭 위의 모자는 더 이상 친구로 보이지 않았다.

“당신이 나와 함께 브라질로 갔으면 좋겠어요. 온갖 근심 걱정
이 있는 곳에서 멀어지도록…….”

“내 근심 걱정이라, 그래. 지스카르, 시라크, 푸르카드 같은 이

들이 우리 문제를 해결해주겠지. 분명 그럴 거야. 지금으로서는 분명히 실업, 주문량 하락, 대출 제한 등의 문제가 있지만 그건 재정립에 필요한 단계일 뿐이야. 나는 로마의 세습 귀족들이 비밀리에 야만인을 꿈꾸지 않았을까 의문을 품기도 해……. 자기네의 쇠락을 한 문명의 데카당스로 치부하는 사람들도 있지. 루아르 강변에 성채를 지을 때 이미 아프리카 노동자를 꿈꾸었을지도 모른다, 이렇게 생각하는 것조차 그들을 수치스러울 정도로 착취하는 게 아닐까. 그들에게 추가 수당도 지불하지 않고서 말이야."

그는 클래식 무용수 누레예프를 약간 닮았다. 특히 광대뼈와 입술, 시선에서 느껴지는 그 아시아인의 흔적이 그렇다. 하지만 훨씬 젊고 야생의 냄새가 나며 아주 결연하다. 의심의 여지 없이 옛날 우리 정복자 모습이다. 샤를 마르텔이 푸아티에에서 몰아낸 이들과 폴란드 왕 장 3세 소비에스키가 비엔나에서 물리쳤던 이들이 그 사람 안에 뒤섞여 있는 것만 같다. 사실 내 판타지 속에 그런 승리의 집착이 있었는지 나도 모르고 있었다. 이런 환영이 루아르 강변에서 가능하다는 것이 나로서는 견디기 힘겨웠다. 나 자신이 만들어낸 것이고 그러니까 내가 그 주인이었다 할지라도 일종의 군주 같은, 게다가 짐승의 욕정을 지닌 고귀한 분위기가 배어 있고, 내 기억의 파편에서가 아니라 어느 미술 서적에서 가져왔을지도 모를 일이기 때문이다. 여기에서는 아름다움이 나에게 그런 조건을 강요해 유감스러웠다. 무시할 수 있었다면 내가 사용하기에 훨씬 쉬웠을 것이기 때문이다. 나는 그를 지워버렸고, 그에게 운전기사 복장과 건달패의 모습을 되찾은 후에 다시 오라고 말했다.

"자크, 무슨 꿈을 꾸나요?"

"불가능한 것. 이리 와, 이제 돌아가야겠어. 시간이 꽤 지났군."

배로 되돌아와 노 저을 준비를 했다. 앙증맞은 뱃머리가 내 앞 아주 연한 푸른빛 가운데서, 모자를 올려놓고, 구름 속으로 미끄러져 나갔다. 이 모자는 정말이지 아름다운 생명력을 지녔다.

"자크, 당신은 왜 항상 그렇게 똑같이, 모자 같은 것도 약간 험프리 보가트처럼, 옷도 꼭 30년 전에 찍은 사진처럼 입어요?"

"모르겠는걸. 충실함 뭐, 그런 거겠지. 아니면 항상 나 자신과 비슷해 보이려고 하는 환상. 아니면 좀 영리하게 말하면, 구식 같은 건지는 모르지만 그런 걸 연구하면 새로운 유행을 만들 수 있을까 해서. 또 물어볼 거 있어?(Any more question?)"

그녀는 나를 비난하는 눈초리로 쳐다보았다.

"당신이 서른 살이었으면, 그래도 내가 당신을 사랑하게 됐을지 모르겠어요……. 당신 앞에 놓인 그 미래가 나를 무섭게 했을 거예요……. 이렇게 말하면 내가 너무 못됐나요?"

"아니. 사실인즉, 우리에게는 시간이 얼마 안 남았다는 거지……."

나는 침착하게 말했다.

"좀 더 속도를 내야겠어."

내 시선은 그녀 건너편, 지평선 위로 정처 없이 떠돌았다. 나는 성을 찾았다. 강굽이를 지나면 어디에서고 하나쯤 성을 만나게 된다. 왜 그런지 모르지만 엄숙한 석조 건물이 필요하다는 느낌이 들었다. 거기에는 물 밖으로 나온 물고기들의 불룩해진 배 모양 모래 더미 말고 아무것도 보이지 않았다. 때때로 언덕 너머

보이는 종탑이 매우 겸손하게 해가 지고 있음을 알린다. 나는 좀 더 멀리 보려고 일어섰으나 아무것도 없었다. 나는 그렇게 서서, 계속 뒷걸음질 치는 로라를 향해 노를 저었다. 희미한 빛은 로라와 투명할 정도로 잘 어울리고, 여자로서의 공감대, 부드러움, 흰 색조를 공유한다. 강물은 기꺼이 배의 움직임에 길을 내어주며, 물길은 우리 뒤편에서 커튼처럼 닫힌다. 거기엔 자취가 남지 않겠지. 조금 뒤에 굽이를 지나면 여인숙이 나온다. 여행 온 사람들이 묵는 숙소. 한쪽 강변에는 온통 회색인 말이 홀로 있는데, 길게 늘어진 말총이 질주를 꿈꾸는가 보다.

"아직 멀었어요?"

"모르겠어."

"피곤하지 않아요?"

"절대 피곤을 모르는 체질이야."

"뭘 보고 있어요?"

"성."

로라는 하늘이 닿은 곳으로 몸을 돌린다.

"성은 안 보이는데요."

"언제나 하나쯤은 있어. 루아르 강에서는 성이 없을 수가 없다고. 하지만 결국 이게 루아르 강이 아닐 수도 있지……. 우리가 길을 잃었을 수도 있고, 어딘가 다른 곳에 와 있을 수도……. 어딘지 모르겠어……."

그녀는 웃지 않았다. 아마도 오래된 구식 양복을 입고, 시카고식 모자를 쓴 내 얼굴이 너무 창백했거나, 내가 너무 이를 악물고, 그것도 서서 노를 저었기 때문일지도 모른다.

"자크, 무슨 일이에요?"

"아무 일도 아냐. 오랜 저택과 성채가 보고 싶어. 당신도 잘 알잖아. 루아르 강변에 있는 내 성채들을 난 한 번도 본 적이 없다는걸. 다시 여기 오지는 못할 거니까, 너무 가까이에 있으니……."

나는 시를 암송했다.

> "오 계절이여, 오 성들이여,
>
> 어떤 영혼에 결함이 없으리
>
> 오 계절이여, 오 성들이여,
>
> 나는 마법과도 같은 공부를 했으니,
>
> 행복의, 다른 어떤 공부도……."

노가 떨어지자, 나는 머리를 손으로 움켜쥐며 자리에 앉았다.

"역류야. 노를 저어야 할 때 항상 역류가 있다니까. 열일곱 살에 당신을 만났어야 했어. 그러면 콩트르스카르프 광장에서 아이스크림을 사줄 수 있었을 텐데……."

그녀는 일어나서 내 곁으로 와 앉았다. 노는 바닥에 뒹굴고 공허한 느낌이 들었다. 배는 물결을 따라 흐르다가 천천히 제자리에서 한 바퀴를 돌았다. 물결치는 대로 흘러가는 쪽배들의 오래된 왈츠처럼.

"로라, 힘들게 죽는 게 아니라 잘 죽고 싶어."

"피카소……."

"피카소나 카살스 같은 작자들은 다 집어치우라고. 그들은 다 나보다 서른 살이나 많아. 그 나이면 늙어서 죽는 게 훨씬 쉬운 법이야. 그리고, 누가 죽음에 대해 말했나? 나는 죽는 방식에 대해 얘기하는 거야. 죽음하고는 정말이지 아무런 관계가 없다고!"

이마에 식은땀이 송골송골 맺힌 느낌이었다. 그녀는 아무 노력도 할 필요가 없었다. 나는 나를 서서히 잡아끄는 물결을 느끼고 있었고 또 어느 방향으로 가야 할지도 알고 있었지만, 그건 루아르 강의 문제가 아니었다.

나는 그 남자가 다가오는 것을 보지 못했다. 어느 순간 소리 없이, 안달루시아의 투우장을 자주 드나드는 사람이라면 누구나 알고 있을 그런 힘으로, 아주 쉽게 훌쩍 배에 올라탔을지도 모른다. 그는 노를 젓는 곳에 앉는다. 그의 동작은 크면서도 능숙하다. 그는 나에게서 눈을 떼지 않고서 내 명령을 기다린다. 거만함의 흔적도 없고 공범자의 눈길은 더더구나 없다. 나는 그를 용납하지 않았을 것이고 곧장 명부冥府로 보내버렸을 것이다. 아니다. 항시 대기하기, 친절하기, 복종하기 말고는 아무것도 하지 않는다. 오랜 역사를 지닌 유럽이 이젠 해낼 수 없는 비천한 일을 우리 대신 해주러 멀리서 온 사람들 가운데 한 명. 나는 그 사람을 똑똑히 본다. 그리고 이번에도 우리는 그에게 얼마나 이방인인가. 동양의 눈, 아시아의 그림자가 드리워진 광대뼈 아래 움푹 팬 뺨에서부터 원초적인 탐욕과 황제 같은 욕망으로 청춘이 파르르 떨리는 도드라진 입술에까지…… 나는 그에게 신호를 보낸다. 노를 한번 젓더니 그가 배를 모래톱으로 밀어낸다. 로라가 일어선다. 그녀는 그에게 단 한 번의 눈길도 허용하지 않았다. 나는 손을 내밀어 그녀가 배에서 내려오도록 도와준다. 루이스는 먼저 내려 우리를 기다린다. 그는 내가 아까 실패한 것을, 내 정력과

도약하는 힘이 모자랐음을 알고 나를 도와주고자 한다. 그는 흰색 속옷과 가죽 바지를 입고 있다. 단 한 번의 동작으로 그는 거칠게, 짐승처럼 솔직하게 준비를 한다. 그러는 동안 로라는 그의 앞에 무릎을 꿇는다. 이 쓰레기 같은 배설을 보고 혐오와 증오로 달구어진 내 피는 나를 자극하고 살인적인 격정으로 채운다. 나는 그 둘을 더 잘 보기 위해서 눈을 감는다. 그리고 다정하게 로라를 내 품에 안고 내 입술을 그녀의 입술에 포갠다. 내가 눈을 내리깔고 있는 동안, 루이스는 어떠한 것도 더럽히거나 세속화할 수 없는 사람처럼 미친 듯이, 그리고 무의미한 복수심에 불타 그녀를 물고 늘어진다.

나는 내 목에 기댄 채 로라가 내뱉는 긴 푸념을 듣는다.

난파한 배는 물결을 따라 속삭인다. 석양은 회색조의 느린 호선을 그리며 미끄러져간다. 갈대밭 사이로 무엇인가 갉는 소리가 난다. 이번에도 마지막 잠자리. 안개. 심장이 추억마냥 천천히 뛴다. 어린 시절 보았던 야생 거위들의 비상이 눈에 들어온다. 크게 나쁜 것은 없다. 연기 냄새, 어딘가 마을이 있나 보다. 배는 팔을 벌리고 있다. 나는 로라의 손을 잡고 그녀가 다시 일어나도록 돕는다. 우리에게는 아직 함께할 미래가 있다.

 가장 어려운 것은 나 자신을 잊는 일이다. 나의 상상력이 시험에 드는 까닭은 바로 그것을 두려워하기 때문이다. 모든 것이 아직 가능하다는 것을 나 자신에게 증명해 보이려고 나는 불안감을 통해 스스로를 극복하려고 노력했다. 그리고 '의무감'을 느끼지 않고는, 곧바로 내 몸이 깨어나도록 스스로 자극하지 않고는 로라의 곁에 누울 수가 없었다. 그렇게 해서 우리 둘 다 함정에 빠지게 되었다. 나에게는 너무 오랫동안 관계를 못할지 모른다는 명백한 두려움이 있었고 로라에게는 애정이 있었는데, 그 두 가지가 뒤섞여버리는 것이 바로 우리의 함정이었다. 나는 한두 번 '석양의 불안감'에 대해 이야기를 꺼낸 적이 있다. 물론 매번 가볍게 조롱조로 말을 꺼내서 고백의 성격이 없어졌을지는 몰라도 내가 불안에 사로잡혀 있다는 것을 로라가 모를 리 없었고, 행여나 그것이 기정사실이 되어버릴까 하는 두려움 때문에 그녀도 나도 감히 솔직하게 이야기를 나눌 수가 없었다. 하지만 로라가 이해하지 못하는 것은 그 나이의 젊은 여자에게는 당연한 것이어서, 식물과 햇빛의 관계처럼 대지에서 자생적으로 솟아나는 노래 같았고, 실제로 내 육체적 한계에 대항해 벌이는 투쟁으로 로라를 몰아갔다. 그녀는 매우 다정하게 내 정력이 전혀 소진되지 않았음을 증명하고, 또한 그렇게 자기 스스로 안심하려고 했다. 하지만 분명히, 나도 모르는 사이에 내가 그녀에게 불어넣은 것은 '나 자신이 안전하지 않다, 내 잘못이다, 나는 쓸모가 없다'라는 느낌이었고, 넘치는 정력을 타고난 남자조차도 흥분시키지 못한다는 두려움이었다. 그렇게 실패의 책임 소재를 뒤바꾸고 남자의 명예를 구하는 일이 되고 만다. 시간의 작품을 기어코 부정하려는 내 생각이 로라의 강렬한 공모 의지와 만났다……

트리약 박사를 다시 찾아가기로 마음을 돌려야 했다. 노령의 전직 군의관은 무거운 나를 침묵으로 맞았다. 자신이 애호하는 보야르 마이스 담배를 자근자근 씹으면서 악수를 하고는 마치 '정신적으로 응원'이라도 하는 양 내 어깨를 가볍게 쳤다. 예전에 항독 지하운동을 하던 의사들이 성병에 걸린 동지들을 맞이할 때 그런 식으로 인사를 했다는 이야기가 떠올랐다.

"그래서, 여전히 통증이 있나요?"

"아니요, 그다지……. 선생님이 주사를 여러 번 맞으라고 하셔서요……. 근래 들어 기억력이 나빠졌다고 지난번 말씀드린 것 같은데요……."

"기억력이죠, 그렇습니다." 자신이 내 기억력 문제를 짚어주기라도 하는 모양으로 확신에 차 내 말을 되풀이했다.

"얼마 전부터 더 심해지고 있습니다. 지금은 제가 모든 수완을 다 발휘해야 하는 터라…… 사업이 아주 힘들어지고 있거든요."

그는 고개를 힘껏 끄덕이며 동의를 표시했다.

"그렇죠, 절름발이 오리주변에서 따돌림을 당하거나 적응하지 못하는 사람 혹은 재정적인 어려움에 처한 기업을 비유하는 표현는 제거되고…….."

"임파선 추출물에 대해서 말씀하셔서요……."

"경과가 좋아지기도 합니다. 그렇다고 기적을 바라지는 마십시오."

"제가 이름과 날짜 등을 잘 잊어버립니다."

"도와주는 사람은 물론 있겠지요?"

나는 어리둥절한 표정으로 그를 쳐다보았다.

"뭐라고요?"

"선생님, 일을 넘기세요, 위임하시라고요. 사장들은 늘 잘 까먹기 마련입니다. 자신만을 믿는 습관은 심근경색을 초래합니다. 쉰이 지나면 보통 큰 기업의 사장이 되지만 일을 위임하고 싶어 하지 않습니다. 모든 문제는 바로 거기 있어요. 유럽의 모든 경쟁사를 다 집어삼킨 헨더만을 아시지요? 제가 동석했던 한 저녁 식사 자리에서 어떤 사람이 그에게 젊은 보좌관 무다르가 세운 공을 잊은 게 아니냐고 물었습니다. '무다르가 실제로 모든 일을 다 처리했다는 사실을 인정하시지요'라고 말입니다. 그러자 헨더만이 침착하게 이렇게 대답했어요. '그렇지요, 하지만 무다르를 찾아낸 것은 바로 납니다.' 그러니 누군가의 보조를 받을 필요가 있다는 말입니다……. 자, 이리 오세요. 첫 번째 주사를 놔드리지요."

그가 일어섰고, 나는 그를 따라갔다.

"세 번을 맞아야 합니다. 팔이 딱딱하게 뭉치고 좀 부을 겁니다. 며칠 동안 생선과 새우 종류는 먹지 마십시오."

그가 주사를 놓았다.

"효과가 얼마 동안이나 갑니까?"

"글쎄요, 아시겠지만……. 사람마다 좀 다릅니다. 완전히 비워진 사람들은……"

그는 어깨를 으쓱하고는 주사기를 흔들었다.

"말하자면 능력이 아주 저하되지 않은 이들에게는 두세 달 정도. 너무 자주 맞을 수는 없습니다. 그러면 효과가 나타나지 않게 됩니다……."

그는 자기 책상으로 돌아와 앉아서 처방전을 끼적였다.

"노인학은 생긴 지 얼마 안 된 학문입니다." 이렇게 말하고는, 하루에도 몇 번씩 뱉어낼 이 멋있는 말에 미소를 지었다.

내 경우에 '노인학'이라는 말을 들은 것은 이번이 처음이었다.

그는 처방전을 내밀었다.

"헤르마톡스는 정자의 생성을 촉진해주는 약이고, 그라티드는 모세혈관에 혈액을 채워주는 약입니다……. 일정 나이가 지나면, 이유는 알 수 없지만 혈액이 혈관을 충분히 채우지 못합니다……. 음경도 예전처럼 단단해지지 않고요. 그것을 군대 용어로 '물렁물렁하게 발기되다'라고 하지요."

"저는 아직 그쪽으로는 별문제가 없습니다." 내가 처방전을 주머니에 넣으면서 말했다.

"브라보. 그럼, 레니에 씨, 당신이 가진 것을 잘 관리하세요……. 안녕히 가세요. 목요일에 다시 오시고요."

나는 그곳에 다시 가지 않았다. 은혜를 입는 기간이 세 달, 여섯 달이라니…… 말도 안 되는 소리다. 나는 그것을 받아들일 수도, 고려할 수도 없었다. 세고 있을 수도 없다. 게다가 정력이라는 것은, 그것이 아무리 쇠퇴해간다 할지라도 회복할 수 없을 지경으로, 꾸준히, 계속해서 낮아지지는 않는다. 진정 상태가 있기 마련이다. 어쨌건 간에 아직 그럭저럭 일을 처리할 수 있다. 중요한 것은, 전립선 기능의 속도가 느려지는 것에 덕을 입은 쪽은 점점 다다르기 어려워지는 내 쾌락이 아니라 로라의 쾌락이었다. 그 다정하게 "오, 당신, 당신" 하는 로라의 목소리를 듣고 내 정력의 성과에 안도하는 한, 아직은 필요한 만큼 시간을 끌 수 있었다.

거의 매번 루이스를 불렀다. 내 몸을 가동하려면 완전한 경멸의 이미지들이 바로 내 눈앞에 필요했다. 루이스가 사정을 할 때 로라에게 부각했던 그 원초적인 동물성은 그에 대한 공포만큼이나 나의 피를 불타오르게 했다. 절대로 그에게 일말의 다정함이나 부드러움을 허용하지 않을 것이다. 전부 외설적일 게다. 그와 로라 사이에 갑작스러운 공모의 기미라든가 내가 용납할 수 없는 어떤 것이 있으면 절대 안 되기 때문이다. 상황을 통제하는 건 나여야 한다. 이 점이 나에게는 매우 중요하다. 처음부터 루이스를 단호하지만 거칠게 천한 일을 처리하는 해결사로 다루려고 신경 쓴 것은 그와 가까워지거나 아니면 그에게 주도권이 넘어가게 될 가능성을 전적으로 배제하기 위해서였다. 또한 그는 곧 내 요구에 순응했다. 조금이라도 거만하게 굴거나 독립적이 되기라도 한다면 즉시 모든 존재 이유를 잃어버리고 언제든지 추방될지도 모르는 불법체류 이민자로 격리될 것이기 때문이다. 그에게 도움을 청할 때마다 나는 로라에게 혹은 심지어 나에게 상처가 될 만한 어떤 표정이라도 그의 얼굴에 스치지는 않는지, 특히 그가 나를 두고 용납하기 힘든 판단이라도 내리진 않을지 확인했다. 그는 단지 예식을 집전하는 사제에 지나지 않는다. 그는 우리가 육체의 종속에서 벗어나, 마침내 신체 기관의 봉사에서 완전히 해방된 사랑 속에서 육체의 한계 저 너머에 이르도록 도움을 주는 사람이다. 로라가 나의 이런 판타지를 전혀 모른다고 굳이 말할 필요가 있을까? 결과에 별다른 지장이 없는 선에서, 많은 남녀가 일부러 상대방의 비밀을 눈감아줄 때의 그 편리함이 문제가 될 뿐이다. 나는 단지 미래를 보장받으려고 할 뿐이고, 내 정신 속에서 순전히 이론상으로만 머물 뿐인 이 최후 조력자는 나를 심히 안정시키는 존재였다. 그는 나 자신에 대한 믿음을 다시금 불어넣어주고, 나의 두려움이나 걱정을 완화해준다. 하지만 뭔가 이상한 일이 일어났다. 루이스가 모습을 감춰버리거나 현실성이 없어지기 시작한 것이다. 충분히 마력을 가진, 존재감이 있는 그의 모습을 떠올리기가 힘들었다. 그는 여러 번이나 내 앞에 나타나기를 거부했다. 더 큰 대가를 바라는 전문가라는 생각이 들었다. 돈으로 매수하기 너무도 쉬운 사람이었기에 얼마간 음흉한 정신의 힘을 빌려 내 판타지 속으로 아무 대가 없이 들어오는 것에 대해 투덜거리는지도 몰랐다. 그의 존재가 희미해지기 시작했다. 그를 기억해내기 위해서 안간힘을 써야만 했다. 나는 물론 일이 명백해지는 것을 거부한 상태였다. 잠재의식이 경계를 서고 우리에게 명령을 내리는 이 미로 한가운데에서 나는 루이스를 기억에서 의식적으로 서서히 지우고 있었는데, 이제 현실성만으로는 충분하지 않았고 '현실'이 필요하기 때문이었다. 나는 그 사실을 인정할 수가 없었다. 예전의 나라면 그처럼 뼛속까지 변할 수 없었다. 웃음거리가 될 위험을 무릅쓰고 지금이 1975년이니까, 내가 지금의 프랑스에 대해서 품는 생각이 1940년 때의 생각과 같다는 사실을 지금 여기에서 감히 말해도 될까? 노쇠해지고, 성적으로 무력하며, 내 정력과 체력이 마지막에 다다랐다는 사실과 타협을 하기 위해서 어떤 흥정이라도 저자세로 받아들임으로써 내 품격을 포기해야 한다는 생각이 머릿속에 스칠 수밖에 없었다고 감히 말해도 될까? 그럼에도 루이스가 나에게서 뭔가를 바라고 있다는 것, 반대로 내가 그에게서 뭔가를 바라는 것일지도 모르는데, 결국 똑같은 이야기다. 어쨌든 이제 우리 관계를 청산하거나 돈독히 할 시점이 되었다는 것은 분명하다. 내 상상력의 배터리를 충전해야 했다. 그렇게 해서 난 구트도르파리 18구, 몽마르트르 언덕 동쪽에 위치, 아랍인과 아프리카 이주민이 많이 거주하는 동네를 자주 드나들기 시작했다. 루이스를 대신할 사람이 없을 테니까 파리의 일꾼 가운데 아프리카인이거나 흑인이거나 아니면 아랍인 얼굴 모두를 뒤져도 나의 상상력은(오로지 내 상상력만은) 그 사람의 꼴을 찾을 수가 없었다. 말리, 세네갈, 북아프리카 사람들 사이를 걸으면서 나는 우리 경제가 그들에게 빚진 부분을 생각하며 미소를 지었다. 어떻든 내가 위험에 처해 있다고 느낀 적은 한 번도 없었다. 물론 외부에서 가해진 공격을 말하는 것이 아니라 나 자신을 허물어 뜨릴지도 모를 유혹을 얘기하는 것이다…….

가끔 제의를 받는다. 젊은 여자, 남자…… 드물게. 나는 키가 185센티미터고 한 치의 모자람도 없이 자신감 있는 미소를 지녔다. 언젠가 한번은 한 남자가 내 어깨에 손을 얹었다.

"당신 무기 사고 싶소? 필요한 건 다 가지고 있소. 기관총까지."

나는 아니, 지금으로서는 괜찮다고 말했다. 다시 그런 얼굴을 보게 되어 꽤 기분이 좋았다.

나는 로라와 멀리 여행을 떠날 생각을 했다. 멀리, 우리가 늘 가던 것보다, 늘 생각하던 곳에서 최대한 멀리, 사람들이 추천해주는 도로나 여정을 완전히 벗어날 수 있는 세상 어느 지역으로라도 떠난다. 비행기를 타고 도망치려는 유혹은 오래전부터 우리 마음속에 신경 써서 세워놓은 희망의 목록 가운데 한 항목이지만 그것이 내 경우가 되리라고는 생각도 못 했다. 아니, 차라리 어떤 문제냐 하면…… 시선의 문제다. 내가 완전히 이방인이 되는, 다시 말하면 전혀 이해하지 못하는 그런 시선들이 내 주위에 필요하다는 말이다. 말리의 목동이나 안데스산맥의 인디언이 나를 바라보겠지, 내가 무엇을 어떻게 하건 요상한 동물을 바라보듯이. 나에 대해서 무슨 생각을 하든지, 확신에 차서 경멸할 수 있는 것보다 이해하지 못하는 것이 훨씬 더 많겠지…….

하지만 내 사업을 정리하기 전에는 프랑스를 떠난다는 생각을 할 수가 없었고, 그렇게 먼 여행에 로라를 데리고 다닐 날을 기다리며 어느 날 로라를 파리의 그 동네로 데려갔다.

우리는 랑주 가에 차를 세우고 대로까지 걸어서 갔다. 5월 말이었다. 로라는 호박색 블라우스와 흰색 바지를 입고 루아르 강변에서 썼던 그 모자를 쓰고 있었다. 가슴과 허리는 파리의 봄에 꼭 맞아떨어지게 고운 선을 그려주었다. 함께 구트도르에 들를 것이기 때문에 다른 옷을 입으라고 얘기해야 했다. 그 동네에 사는 외국인 노동자들은 대부분 이슬람 신자였고 여성의 육체 문제

에 있어서는 너무도 철저한 전통주의자들이었기에 로라의 매력
적인 차림이 도발이나 유혹처럼 보일 수도 있었다. 그렇지만 내가
용납할 수 없었던 것은 아랍인이나 흑인이 로라를 바라보는 방식
이 아니라, 나를 향한 시선이었다. 잘 모르긴 해도 그들은 오래전
부터 뭔가를 알고 있는 듯, 비웃음이 가득한 사람들이었다. 무엇
인가 '알고 있는', 반박할 수 없는 시선이었다.

　나는 로라의 팔을 잡았다.

　"빨리 가자."

　"무슨 일이에요?"

　"모욕이야……."

　"뭐가요?"

　나는 다시 고쳐 말했다.

　"……저 사람들에게 모욕이라고. 인종주의자 같잖아. 우리가
여기서 엿보기라도 하는 듯한 게……."

　"자크, 그러면 여긴 왜 오자고 했어요?"

　"실은 저 사람들이 평소 어떤지 잘 몰랐기 때문에……."

　"이해를 못하겠어요."

　"저 사람들이 당신을 어떻게 쳐다보는지 안 보여?"

　"아뇨. 게다가 저들은 오히려 당신을 쳐다보잖아요……."

　"바로 그거야. 저들은 늘 그래."

　"늘 뭐요? 도대체 무슨 일인지 설명해주겠어요? 당신 왜 그래
요?"

　나는 발걸음을 멈추었다.

　"인종차별, 당신 그게 뭔지 알아?"

"그건……"

"인종차별은 말이야, 별 의미가 없을 때 생기는 거야. 저들이 전혀 중요하지 않을 때 생긴다고. 우리가 저들하고 무엇을 하든 저들은 중요하지 않아. '우리'와 다르기 때문이지. 알아듣겠어? 저들은 우리 '편'이 아니라고. 다만 손상되지 않게 저들을 이용할 수는 있지. 품위와 명예를 잃지 않아. 저들은 우리하고 너무나 다르기 때문에 불편해할 필요도 없고…… '판단'할 필요도 없어, 그뿐이야. 저들에겐 무엇이든 천한 일을 시켜도 돼. 왜냐하면 저들이 우리에게 품는 생각, 그런 건 존재하지 않아, 더럽혀질 수가 없기 때문이야……. 바로 그게 인종차별이라는 거야."

그녀는 이야기를 듣다가 내 어깨 너머를 바라보았다. 나는 주먹을 불끈 쥐고 주변을 둘러보았다. 북아메리카 남자다. 우리가 구트도르에 발을 들였을 때부터 뒤를 쫓아오고 있었다. 차라리 '나를' 쫓아왔다고 하는 편이 옳다. 그는 단 한순간도 나에게서 시선을 떼지 않았다. 미소도 거두지 않았다. 우리의 시중을 들었다. '나, 당신이 원하면 당신 여자 사랑해줄 수 있다. 나 그거 크다. 당신 쳐다볼 수 있다. 당신이 원하면 내가 당신 대신 한다. 당신 여자 사랑해줄 사람 찾는 거 나 안다, 알고 있다.' 그는 아무 말도 하지 않았다. 그렇게 고약한 냄새가 나는 사람은 자크 레니에, 바로 나였다. 그 사람이 아니었다. 그는 서른 살 남짓 돼 보였고, 몸이 가늘며 엉덩이가 꽉 끼는 청바지를 입고 있었다. 빨간색과 노란색이 들어간 빵모자를 썼다. 그는 거기 자기 영역에 있었다. 적어도 **내 마음속**에선 자기 영역에 있다는 말이다. 아마 그런 짓을 하며 살지도 모른다. 여자들이 아니라 남편들을 상대하며 살기. 외국 노동자계급의 착취는 착취당하는 이들의 입장에서 보면 때로 꽤 흥미로운 모양새를 띤다. 착취당하는 데 익숙해진 바로 그 순간 착취 행위에서 이득을 취하기에 이른다. 착취 행위를 착취하는 것이다.

나는 어깨 위에 다정한 손길이 닿는 것을 느낀다.

"자자, 선생님······."

100킬로그램 정도 됨직한 양의 삶을 축적한 듯이 보이는 흑인 남자 한 명이 친근하게 끼어든다. 그는 식당에서 막 나와서 모든 일이 그지없이 잘 이루어지고 있다는 그런 얼굴을 하고 있다.

"자, 어서 택시에 타세요······. 부인 앞에서 주먹을 휘두르지 않으려면요······."

나는 로라를 택시에 태우고 뒤를 돌아보았다. 북아프리카 남자는 태평하게 벽에 기대서서 계속 나에게 미소를 지어 보였다.

"아시겠지만, 저들을 원망하지 마세요······. 여기서 교육을 제대로 못 받은 사람들입니다······. 그리고 아랍인들은 여자를 존중할 줄 모르지요······. 여행객이십니까?"

"예스." 내가 말했다.

"우리 나라에, 마르티니크에 한번 와보세요. 거기선 대접을 잘 받으실 겁니다. 우리 나라에서는 아직 올바른 방식들이 남아 있지요. 거기는 아직 아주 옛날 프랑스식입니다. '옛날 프랑스식'이라는 말 아시지요?"

"아니요. 우리는 외국인입니다. 스칸디나비아요." 내가 대답했다.

"옛날 프랑스란 말은 예전과 같다는 뜻입니다. 좀 구식이라는 말이죠. 마르티니크에서는 아직도 18세기 노래를 부르지요. 우리 나라는 놀기 좋아요. 어디로 모실까요?"

로라는 잠자코 있었다. 화가 나서 눈물이 곧 쏟아질 것만 같았다. 이해하지 못하는 상황, 내 잔인함, 부당함. 나 자신에 대해서 내가 느끼는 분노와 앙심의 표시는 아주 엄격한 원칙들이 틀어진 것같이 보이는 거만한 품격의 표시였다.

"요즘 마르티니크에는 아주 좋은 호텔들이 있지요. 손님이 여행을 즐기시는 분 같으니까 우리 나라에 꼭 한번 오세요. 거긴 아직 삶의 즐거움이 있습죠……."

택시에서 내리면서 나는 그에게 팁을 넉넉히 주었고 운전사 쪽으로 몸을 굽히며 이렇게 노래했다.

"아듀 마드라스, 아듀 스카프여……"

내 뒤로 얼뜨기 같은 기사를 두고 내려서 한결 기분이 좋았다.

폭발해버리고 말 것임을 잘 알았지만 엘리베이터까지는 잘 참을 것이라 생각했다. 하지만 이미 몇 주 전부터 매일매일 나 스스로가 이방인처럼 느껴지고, 스스로는 전혀 안 그러면서 상대방에게 인내심과 관용을 요구하는 일이 연인 사이에서는 어떤 일보다도 비인간적이다.(아니면 그보다 인간적이지 않은 것도 없는 것이, 불행히도 때로는 똑같은 일이 되고 말기 때문이다.) 내가 열쇠 쪽으로 손을 내밀었을 때, 경비의 얼굴이 무표정으로 돌변하는 걸 읽을 수 있었다. 호텔 직원의 감정은 늘 무표정으로 드러나는 법이다.

로라는 울고 있었다. 우리 주위에는 두툼한 시가를 문 사람들,

다이아몬드 반지를 낀 사람들, 스위스에 비밀 금고를 지니고 머릿속이 평안한 사람들이 있었는데, 그들은 호텔 측에 이 호화 호텔이 제대로 경비를 서지 않는다고, 눈물을 흘리는 로라 당신이 종업원들 전용 계단으로 올라가야 할 것이라고 눈총을 주듯이 불만스럽게 우리를 흘겨보았다.

"내가 당신한테 도대체 뭘 어떻게 했다고 그래요, 자크? 당신 왜 그랬어요?"

"이봐, 로라……"

당신은 내 품에서 흐느꼈지. 사람들은 우리를 애써 쳐다보지 않으려고 했어. 그것도 일종의 처세술이겠지…….

"이리 와, 로라, 여기서 울지 마. 내 앞에서만 그랬으면 좋겠어."

"자크, 얘기해줘요. '정말이지' 말해달라고요! 나하고 있을 때 당신은 예전 같지 않아요! 내가 당신을 겁주는 것 같단 말이에요. 아니면 당신이 나를 원망하든가……."

"물론 당신을 원망하지. 내가 당신을 사랑하지 않으면, 당신하고 얼마나 행복하겠어!"

"내가 원하는 건, 당신이 나에게 말해주었으면 하는 건……."

"……당신을 사랑해, 사랑해, 그래서…… 끝나고 싶지 않아!"

"당신 금방 죽지 않는다고요!"

"죽는다고 말하지 않았어, 끝난다고 했지……. 사람들이 죽고 나면 어떻게 해서든지 계속 살아가야 하는 이들도 있어……."

"예, 선생님, 그렇게 하겠습니다." 내가 30년 전부터 알고 있던 호텔 경비가 다른 사람에게 대답하고 있었다.

"당신 내가 너무 어려서, 당신을 짜증나게 해서 날 원망하는 거지요? 그래요?"

"로라, 어서 갑시다. 일본 사람들도 있는데, 아마 카메라를 꺼내 들 거요. 지진이 나면 항상 그런다니까……. 장, 미안하네……."

"저도 유감입니다, 레니에 씨. 그러나 뭐 어쩌겠습니까. 셰익스피어가 말했지요. '받아들이는 수밖에.'"

로라가 코를 닦았다.

"셰익스피어가 정말 그런 말을 했어요?"

"저도 잘 모릅니다, 아가씨. 하지만 우리는 지금 유럽 제일의 고급 호텔에 있지 않습니까. 그러니 당연하지요!"

그녀는 내 품으로 조금 몸을 움츠렸다. 사로잡힌 이 새의 심장 소리를 더는 내 가슴으로 느끼지 못했다. 멀어진다는 느낌을 줄 것 같아서 감히 그녀를 밀쳐낼 수도 없었다. 그녀의 눈이 내 눈을 찾고 있었지만, 너무도 많이 당황한 터라 늘 있던 유머도 사라지고, 그녀에게 어떤 도움도 주지 못했다.

"자크, 당신 나한테 아직 대답하지 않았어요. 무슨 일이에요?"

"물에 빠지고 있는 중이야."

"나 때문이에요?"

"물론 아니지. 바보 같은 소리 하지 마……. 다음 달에 내가 대출 기한을 넘길 수 있을지 어떨지조차 모르겠다고……."

"난 당신이 다 팔려고 하는 줄 알고……."

"그렇지. 하지만 그렇게 쉬운 일이 아니야……. 그리고 나도 다른 사람들이랑 똑같다고. 다시 시작할 수 있을 것 같다는 생각이 들어. 조금 더 끈기가 있으면, 조금 더 상상력이 있으면……. 결국 정부가 우리에게 늘 하는 소리랑 같지만……."

해보라고. 나는 생각했다. 속여봐. 끝까지 거짓말을 해보시지.
게다가 진실만큼 거짓말을 하도록 도와주는 것도 없으니까.

"그 빌어먹을 위기가 최악의 순간에 찾아왔어. 이미 우리는 숨
을 헐떡거리고 있는데 말이야…… 모든 것을 다 망쳐버리고 있
어……. 나만 그런 건 아니라는 것도 잘 알아. 알고 있다고…….
세상이 다시금 균형을 찾는 가운데 변화하는 것이지. 하지만 힘
이 드네. 거기에 종속되는 것을 거부하기도 받아들이기도 힘
들어. 자기 이야기, 자기의 과거에 작별 인사를 하는 게 힘들다
고……. 마치 내가 더 이상 당신에게 걸맞지 않아서 떠나야만 하
는 것과 같다고……."

"그만해요! 그만하라고요!"

"소리 지르지 마. 빈민들이랑 있는 게 아니라고. 장, 열쇠를 주시
게."

"레니에 씨, 열쇠는 벌써 드렸는데요."

"장하고 나는 30년 전부터 알고 지내는 사이야. 정확하게는 파
리가 해방되던 해부터."

"당시에는 서로를 더 잘 알고 지냈습니다, 아가씨. 둘 다 젊었거
든요. 알 수 없고 이해할 수 없는 부분은 해가 갈수록 더 많이 늘
어나는 법입니다……."

"괴테인가?"

"괴테입니다, 선생님. 3성급이니까요."

"난 단지 위기가 내 목을 조르지만 패배자라고 인정하지 못한
다는 것을 이 수자 양에게 이야기하던 참일세. 그리고 내 이름은
선생님이 아니야."

"잘 알겠습니다, 대령님. 아랍 쪽도 알아보셨는지요?"

나는 그를 뚫어져라 쳐다보았다.

"무슨 뜻인가?"

"아랍 사람들과 연락을 해보셨는가 말입니다."

"내가 왜 그럴 거라고……"

"요즘 그들에게는 수완이 있습니다."

"아니, 난 차라리 독일이나 미국을 생각하고 있네……. 하지만 좀 더 붙잡고 있을까 하네. 경기가 좀 달라질지도 모르고. 이란에 3억 이상 배송을 하고 있으니 그들도 우리 출판사에서 나온 몽테뉴나 라블레를 사겠지. 나이 든 유럽은 아마도 숨을 헐떡이겠지만 우리는 천재로 남아 있네, 장. 우리에게는 천재적 재능이 있다고. 천연자원은 없을지언정, 우리에게 바닥나지 않은 자원은 정신적인 광휘라고나 할까……."

나는 열쇠를 로라에게 내밀었다.

"가서 옷을 갈아입을 건가? 윌리엄네에 가지. 여기서 기다릴게."

"자크, 당신과 얘기하고 싶어요. 하지만 여기서는 말고요. 당신하고 '진짜로' 얘기하고 싶어요……."

엘리베이터에는 사람이 많았다.

복도에는 긴 침묵이 흐른다.

거실에는 새로 온 꽃다발이 있다.

"걱정이 많다는 것 알아요."

"당신하고 함께 있을 땐 걱정 같은 거 하고 싶지 않아."

로라는 소파로 몸을 던졌다.

"자크, 당신은 너무 말을 잘해요. 그게 자신에게서 멀어지는 당신의 방식이고요."

그녀의 뒤에는 흰 장미가 놓여 있다. 아주 정성이 들어간, 그리고 백조의 차가움이 느껴지는 흰색. 그 꽃은 크리스틴 왕비라고 불린다. 분명 스웨덴의 크리스틴 왕비겠지. 그런데 왜지?

"당신 나를 떠나고 싶어요? 나한테 상처를 줄까 걱정하지 마요. 사랑이 없는 당신은 원치 않아요, 자크. 만일 끝이 난다면…… 그저 간단하게 '끝이다'라고 말하는 거예요."

침착한 목소리. 거의 미소까지. 눈에는 매우 부드러운 빛. 죽어버린다. 이번엔 정말 죽어버린다.

"아니, 울지 마요, 자크. 우리 나라에선 눈물은 지나갈 뿐이라고 말하죠."

"괜찮아. 그저 사춘기일 뿐이야. 사춘기의 위기를 지날 뿐이야. 예순 무렵엔 아주 빈번한 일이야."

"당신이 우는 것을 전에도 본 적이 있어요. 언젠가 밤에 당신이 자는 척하면서 눈물 흘리는 것을 보았어요, 게다가 웃고 있었죠……. 자크, 당신은 정말 유머가 많아요."

"그래. 웃으면서 울기도 하지. 눈을 감고서야 아마도 나 자신을 아주 분명하게 보았겠지. 언제나 그게 최고로 우스운 일이야. 명철함은 웃음의 주요 원천 중에서도 잘 알려져 있지 않은 것이라고. 의식하기, 그것은 재미있는 사람에게서 나오는 것일 테고. 왜 그런지도 모르고 좋은 향기가 나는 그런 꽃이 있을 뿐이라고……."

"몸을 굽혀서 당신 눈물을 닦았죠. 그러면 웃음만 남잖아요."

"당신이 그것도 마저 닦을 걸 그랬어……."

"그러고 나서 당신이 어떤 이름을 속삭였어요……. 스페인 이름이었는데…… 루이스? 아니면 루이?"

나는 끔찍한 공포에 사로잡혔다.

"당신한테 맹세하건대 그런 이름은 들어본 적도 없어."

"그리고 당신이 말했어요. '아니, 절대로, 나는 원하지 않아…….' 눈물을 흘리면서요. 왜 그랬어요?"

"몰라. 아마 나쁜 꿈을 꾸고 있었겠지. 아마 내가 어린아이가 되어 한밤중에 숲 속에서 길을 잃고 무서워하는 꿈이었을지도 몰라. 남자가 눈물을 흘릴 때는 언제나 어린애가 어디선가 길을 잃어서 그런 거라고 생각해……."

나는 당신을 껴안았어. 아주 꽉. 한 여인에게 도움을 청하며 보호해달라고 애원하는 남자처럼. 두려움에서 벗어나야 안심이 되는 늘 초조한 이 마음이란……. 당신이 내 손길을 만류하는군.

"아니에요, 아니요, 자크…… 그러지 말아요……. 그냥 이렇게 있어요."

"그래. 그냥 이렇게 있을게."

13

하루하루 지날수록 내가 '최후의 해결책'이라고 부른 적이 있
는 그 시간이 다가옴을 느꼈다. 여러 번 그 이야길 로라에게 할
뻔했다. 우리에게는 루이스가 필요했다. 나는 그를 구트도르의
북아프리카 남자로 바꾸려고 했지만 그는 너무 비참한 길거리 사
내 같았다. 안달루시아 남자는 전혀 다른 사람이었다. 내 목을 누
르던 그 칼끝의 기억이 너무 컸나 보다. 어두운 무의식 한가운데
에서 분명하게 방향을 잡을 수 있다면 무의식은 없을 것이다. 무
례하게 내 일을 대신하려 했던 그 키 작은 북아프리카 녀석이 왜
그렇게 혐오스럽게 내 기억에 남았는지 밝히고 싶지 않았는지도
모른다. 진정성이라기보다 의도적인 태도나 습관 때문에 나는 혼
자 판타지에 빠져 있을 때조차 아랍인이나 흑인은 찾지 않게 된
다. 식민지와 알제리 전쟁의 기억과 뒤섞인 이데올로기적인, 거
의 정치적인 수치심 때문인지도, 그렇듯 '성적인 짐승'에 도움을
청하는 행위가 내 눈에는 전형적인 인종차별로 보였기 때문인지
도 모른다. 나는 아직 그런 내면의 자유주의적인 멋에 노심초사

했다. 아니면 정반대로 과거 유럽이 정복했던 식민지 사람들에게 도움받기를 거부하는 마음이 있었을지도 모른다. 그들이 우리를 역사적 계승자로 여기지 않을까 하는 마음, 오래전에 정복당한 식민지가 힘을 얻어 유럽에서 부상하는 상황에서, 의식적으로건 무의식적으로건 내 선택에서 그들이 중요한 자리를 차지하지나 않을까 하는 마음이 내 정신 깊은 곳에 자리하기 때문이다. 루이스가 필요했다. 물론 그가 우리 사람이어서가 아니다. 그라나다, 코르도바 사람들과 더불어 이미 6세기 전부터 유럽은 자기의 정복자들을 만났기 때문이다. 그에게는 이미 모르족의 피가 흐르고 있었다. 내가 루이스를 선택한 이유에도 조금은 이상한 점이 있었다고 생각한다. 내가 한밤중에 야간 미등의 희미한 불빛 속에서 살짝 엿보았을 뿐인 환영을 두고 내 상상력이 계속해서 작업을 하고 있었는지, 아니면 내가 로라의 품에서 그를 보았던 것이 실제였는지 잘 모르겠다. 하지만 내 몸에 맞출 수가 없다는 게 그토록 안타깝게 느껴지는 얼굴과 몸을 지닌 남자는 결코 본 적이 없었다. 내가 누군가로 '다시 태어날 수 있다면' 나는 바로 그 물건을 고를 것이다. 그처럼 원초적인 야생미와 미묘한 섬세함을 동시에 가진 얼굴을 본 적이 없다. 얼굴의 선에는 동물적 힘과 감수성 사이에 마지막 균형을 잡으려 신경 쓰는 기색이 역력하다. 껑충 뛰어올라서 내 목에 칼을 들이댄 채 미동도 않고서 두려워할 때 그가 쉽게 상처받을 것임이 드러났고 그것은 아주 어린 나이 때문에 더 두드러지게 보였다. 단단하게 도드라진 입술도 검은 눈썹을 무섭게 찌푸리는 것도 숨기지 못했고, 마치 날아오를 준비라도 하듯이, 그는 정말이지 미래를 이끌어갈 아름다운 종족을 잉태하는 그런 사람이었다.

그래서 나는 종종 구트도르에 들러 그를 찾았다. 계속해서 한 생각은 나에게는 쇄신이, 심지어 낯선 곳의 느낌이 필요하다는 것, 하지만 나 자신에 대해서 너무 많은 것을 알아가기 시작했다는 것이었다. 나는 루이스를 찾았다. 도움을 받으려고 그에게 접근하려는 것이 아니라, 성행위로부터 사랑을 해방시키지 못하는 사회의 관행, 금기, 편견에 순응하는 아주 젊은 여인에게 내가 바랄 수 있는 보다 동물적인 바를 두고, 로라 쪽의 헌신과 이해, 육체 행위에 대한 경멸을 요구하기 때문이다. 나는 그러한 헌신과 사랑을 받을 자격이 없는 사람이었다. 그 당시 나는 (물론 우스갯소리로) 소진과 결핍 상태에서 벗어나기 위해서 내 상상력이 구트도르로 물자를 공급받으러 달려갔다는 것을, 그것이 결국 저녁 무렵에 '늙은 사자가 물을 마시러 가는 평화로운 시간'이었음을 믿고 있었다. 만에 하나 운이 좋아서 루이스를 다시 찾을 수 있다면, 바로 이 나이 든 대륙 유럽이 간절히 필요로 하는 알제리와 아프리카 출신의 이 많은 사람들 가운데 있을 것이라고 생각했기 때문이다.

나는 그를 찾지 못했다. 때로 길들여지지 않은 젊은 얼굴, 그런 몸매와 분위기, 매서운 눈빛을 가진 자들이 있었다. 그들이 내 목줄을 조이고, 뭔지 모를 공상과 향수, 도망치고 싶은 열망으로 나를 가득 채우기도 했지만 근사치에 가까운 것이라 금세 사라져버리고 말았다. 그럼에도 나에게 희망을 주었으니, 여기 이 수백만 명의 남자들, 우리에게 봉사하러, 우리가 하기 싫어하는 별 대가 없는 일을 도맡으러, 그리고 너무나도 원초적이고 구속적인 육체적 욕구로부터 우리 조상들을 해방시켜주기 위해 모인 이 사람들 가운데서는 안달루시아의 추억을 이 정력의 대양에 침수시킬 만한 이들이, 또 다른 사람들이 있을 여지가 아주 많았기 때문이다.

나는 자제하려고도 해보았다. 가끔 여러 가지 이유를 만들어서 미냐르 교수를 보러 가기도 했다. 전에 스테인의 『인종과 판타지』를 읽었기에, 그 책의 저작권을 사들여 미냐르 교수에게 서문을 부탁했다. 이 냉소적인 노인과 30분만 있으면 나는 언제나 평온해진다. 그는 시간과 평화적 공존이라는 매우 정중한 관계를 만들어낸다. 그는 서문에 대해 이렇게 말했다.

"스테인이 강조했듯이, 서구인이 성적 판타지를 원할 때 종종 흑인이나 아랍인을 끌어들인다는 점은 일리가 있습니다. 반대로, (거의 아는 바는 없지만) 흑인이나 아랍인이 상상 속에서 방황하는 백인에게 자기의 아내를 넘긴다고 생각하기는 힘들어 보입니다. 분명 뭔가 의미가 있다고 생각하지 않으십니까?"

나이가 들어 그토록 연약해지고 창백해진 이 노인, 영혼을 속속들이 다 꿰고 있는 그의 눈길에 나는 아무런 고백의 흔적도 비치지 않는 얼굴로 대처했다. 그가 나를 경계하고 있는지 아니면 세상을 소유하는 법에 대해서 그처럼 소리를 내며 생각을 다듬는 중인지 나로서는 의문이었다. 왜냐하면 관건은 바로 자신의 안녕을 고수하기 위해서 끝까지, 수단과 방법을 가리지 않고 투쟁하기, 쟁취한 것은 놓지 않기, 이미 지나간 것들의 운명을, 쇠퇴함을, 언제나 있는 힘을 다해 벗어나려고 했던 그 손아귀를 거부하기, 바로 그것이기 때문이다. 이 불경한 늙은 기독교인의 얼굴

에 보이는 경쾌한 기색은 '모든 것은 먼지에 불과하다'라는 너무
도 안이한 경구에서 비롯한 것인지 아니면 순응과 패배의 표시
로, 시작조차 하지 못한 일들에 대한 일종의 소박한 경의의 표시
로 세월이 거기에 남겨놓은 표현인지 나로서는 알 수 없는 노릇
이었다.

"사업은 어떻게 잘되어가고 있습니까?"

나는 어깨를 들썩여 보였다.

"아시겠지만, 전 이미 모든 것을 잃어본 적이 있습니다. 1956년
에 빈털터리가 되었지만, 외국 자본을 끌어와서 꿋꿋하게 다시
일어섰지요……."

나는 차츰 로라에게 짜증스러운 모습을 보이기 시작했고, 그녀
의 시선에서 간청의 기색, 무엇이 왜 나를 불행하게 하는지 묻는
무언의 태도를 읽어내곤 했다. 때로는 내가 알았던 수많은 여자
들처럼 능력이 쇠해버린 수컷이 다루기에 '적합하거나' '손쉬운'
상대가 아니라는 이유로, 외부 조건에 유독 민감한 감성을 지닌
로라를 원망하는 내 모습을 보고 깜짝 놀라기도 했다. 작아질 대
로 작아진 남성성의 가장 오래된 방어기제라고나 할까…….

루이스가 내 기억 속에서 거의 희미해지자 내 상상의 세계는
다시 여유를 되찾은 것처럼 보였다. 나에게는 다른 누구가 필요
했다. 그렇지만 내 목에 칼을 들이대던 그 사내 역시 나를 찾고
있을 것이며, 그가 애타게 나를 기다리고 있고 언젠가 다시 한 번
우리 둘이 꼭 만나고야 말 것이라는, 우리에게는 단지 다리를 놔
줄 무엇만 있으면 된다는 확신에 가까운 예감이 내 곁을 떠나지
않았다…….

나는 릴리 마를렌을 생각했다. 그렇게, 미소를 머금고서, 공중으로 피어올라 맴돌다가 추억마냥 천천히 사라지는 담배 연기를 좇으며 소파에 잠시 앉아 있었다.

14

주소와 전화번호 하나를 찾으려고 오래된 수첩을 한참 뒤적여야만 했다. 어느 결엔가 잃어버린 또 다른 친구. 벌써 30년이 넘었다…….

릴리는 독일 점령 당시 활동하던 최정예 요원이었다. 열여섯 살에 시뉴 가와 레알 지역에서 손님을 끌었고, 이어서 푸르시 가의 한 '업소', 한 번에 4프랑 50상팀, 수건과 비누까지 포함하면 50상팀을 더 받는 갈보집에 있었다. 어떤 때는 쉰 명 혹은 백 명에 이르는 실업자들이 자기 차례를 기다리며 길에서 줄을 서 있기도 했다. 그녀는 마침내 진급하는 데 성공했다. 1942년 프로방스 가 122번지의 도리안느 업소에서 50프랑을 받는 멋진 금발의 여인으로 일했다. 그녀는 곧 쿠쟁이라는 사람의 정부가 되었고, 그가 게슈타포에서 고문당해 죽고 난 다음 우리를 찾아왔다. 쿠쟁이 자기 사후를 위해 릴리를 선임한 셈이 되었다. 그녀의 본명은 릴리 피숑이었다. 그때는 죽음을 불사하고 러시아나 아프리카 사막에 간 독일군이 〈릴리 마를렌〉이라는 슬픈 로맨스를 담은 상송을 부르던 시기였고, 바로 그들이 그녀에게 이 별명을 붙여주었다. 그녀는 나이트클럽이나 술집에서 일했지만 레지스탕스 요원들에게 정보를 제공하는 데 만족하지 않았다. 릴리 마를렌은 독일 하사관 장교들과 게슈타포, 친독 의용대원들을 '자기 업소'로 데려왔다.(그 침실은 우리 편에서 제공해주었다.) 그리고 거기에서 고객이 그녀 위로 올라타면 항상 지니고 다니던 긴 모자 편을 적의 심장에 내리꽂았다. 그것이 나치에 대한 증오 때문이었는지 아니면 수컷에 대한 증오 때문이었는지 나에게는 의문이었다…….

잠시 전화기 앞에서 결정을 내리지 못하고 망설였다. 되돌아오지 않는 여행은 언제나 표를 사기 전에 어느 정도의 망설임을 느끼게 하는 법이다……. 15년 동안 릴리를 보지 못했다. 그녀가 전만큼 억척스럽지 않을까 봐, 나에게 동정의 시선을 던질까 봐 두려웠다……. 하지만 7, 8000명의 남자들을 상대한 여자에게는 그런 것쯤이야 아무 문제도 되지 않을 것이라고 생각했다. 루이스를 다시 찾아달라거나 다른 사람을 붙여달라고 부탁하러 가는 것이 아니었다. 단지 내가 원한 것은…… 내가 더 가까이 다가오는 것, 현실 가까이로 오는 것이다. 나는 라이터를 만지작거리며 껐다 켰다를 한동안 반복했다. 나에게 와 도움을 주는 일은 아무것도 아니다. 아주 사소한 아무것도 아닌 그런 일이었다. 라이터를 켜도 불꽃이 일지 않는다. 비웃는 듯 불꽃이 한 번 일고, 또 한 번 일고, 그러고는 아무것도 없다…….

택시를 불렀다.

몽마르트르에 위치한 말제르브 주택단지였다. 우체통에 붙은 이름을 훑어보았다. 릴리, 2층 왼쪽이다. 올라갔다.

바로 그녀가 문을 열어주었고, 나는 그녀를 금방 알아보았다. 기억의 힘을 빌려 그 파편을 뒤지는 재구성 작업이 필요 없을 정도였다. 그녀는 많이 늙지 않았다. 피부가 약간 생기를 잃어 주름진 것이 다였다. 하지만 얼굴은 여전히 냉혹해 보였다. 온유한 여자들은 항상 그렇지 않은 여자들보다 훨씬 추하게 늙는 법이다. 약간은 지나쳐 보이는 화장, 분칠과 마스카라로 두껍게 화장을 한 프로였다. 고객들은 색깔을 분명히 보여주는 이 표현력 강한 포주의 얼굴을 좋아한다.

품에 작은 흰색 푸들을 안고 있었다.

"들어오세요……."

그녀는 아무 말도 하지 않았다.

"이런, 이런……." 그녀는 이렇게 말했고, 아주 연한 푸른빛의 눈에는 내 군대 경력을 존경하는 흔적이 비쳤다.

우리는 파리의 고급 레스토랑에서 하듯이 서로의 뺨에 입술 끝을 살짝 대었다.

"하나도 변하지 않았군요."

"당신도."

"와주셔서 감사해요……."

시선에 관심의 낌새가 보였다. 호기심은 아니고, 그저 관심일 뿐이다. 오래전에도 놀라지 않는 여자였다.

"당신 생각을 자주 했어…… 릴리 마를렌."

그녀가 웃었다.

"이제는 아무도 그렇게 부르지 않아요."

창문 없이 분홍빛 양탄자를 두른 작은 거실로 안내했다.

"전화를 주지 그랬어요. 우리 집으로 데리고 갔을 텐데. 나 아주 멋진 아파트가 있어요⋯⋯. 여기는 사는 곳이 아니죠⋯⋯. 잠깐 실례해요, 아가씨들한테 벨이 울리면 나가보라고 얘기하고 올게요⋯⋯."

탁자 위에는 인조 꽃다발과 찢어진 포르노 잡지가 한 무더기 놓여 있었다. 나는 붉은색 천 소파에 앉았다. 진정이 되면서 안심이 되었다. 이곳은 전혀 다른 세계, 위생 업소의 세계, 육체의 비참함이 있는 세계였다. 신성한 것은 더럽혀지지 않는다. 나는 결국 근본이 기독교인가 보다.

그녀는 푸들을 품에 안고 돌아와서 내 맞은편 소파에 앉았다. 무릎에 강아지를 올려놓았다. 기계적으로 강아지를 쓰다듬으며 아무 말 없이 나를 뚫어지게 쳐다보았다. 연푸른색 큰 눈은 한 번도 깜빡이지 않고 유리처럼 광채를 낸다. 아마도 얼굴의 주름을 너무 폈나 보다. 나는 입을 다물었다. 내가 왜 여기 있는지 더이상 알 수 없었다. 뭔가 알아보려 했는지, 누군가를 좀 찾아달라고 부탁하려 했는지, 아니면 나에 대한 자신감을 찾으려 했는지 알 수가 없었다. 물론 계속해서 미소를 짓고 있었지만 아무것도 드러내 보이지 않았다. 이마에 땀이 맺히는 것이 느껴졌다. 공기가 통하지 않았다.

"어디가 안 좋아요?"

"심장이. 내 심장은 너무나 견고해. 알지? 제때 멈추는 법을 모르는 그런 심장 말이야⋯⋯."

내가 말했다. 트렌치코트 주머니 속의 손이 축축해졌다.

"우리가 서로 못 보게 된 이후로⋯⋯."

"어떻게 지내, 릴리 마를렌?"

"뭐, 불평할 것 없어요. 아직 매춘을 하죠. 하지만 너무 오랫동안 이 일을 해서 가끔 인내심을 잃고 말아요…… 내가 이해하지 못하는 것은, 당신도 알다시피 여기 와서 소파에 앉아 줄곧 얘기만 해대는 남자들이에요…… 자기 사업, 자기 자식들…… 뭐든지요. 그들은 능력도 없어요, 알겠어요? 그런데도 분위기가 좋아서, 다시금 추억 속에 잠기고 싶어서 여기에 오죠. 자기 무덤에서 눈물을 흘리려고 여기 온답니다. 벽을 통해서 비데 소리가 들리기라도 하면 다시 살아나는 느낌을 받죠. 나한테서 시간을 빼앗을 뿐이지만, 때로는 워낙 엄청난 지위에 있는 사람들이라 문전박대를 할 수도 없고…… 아니면 나한테 그런 거, 대체자를 부탁하러 오기도 해요…… 누군가 자기들 대신 관계를 가지면 그걸 쳐다보고 있을 거란 말이죠……"

나는 고개를 끄덕였다.

"쯧쯧. 그래서 그걸 해주는 사람이 있어?"

"다 명단이 있어요. 쉽지는 않아요. 확실한 사람들이 있어야 해요. 공갈 협박을 해서도 안 되고, 마르코비치 사건1968~1969년 프랑스에서 정치적으로 큰 파장을 일으켰던 스테판 마르코비치 살인 사건 같은 스캔들을 일으켜도 안 되고…… 이제 유고슬라비아 사람들은 건드리지 않아요."

"그런 사람들을 찾으러 어디로 가는데?"

"내 아이들이 다 알려줘요…… 당신은, 잘 지내요?"

"잘 지내."

그녀는 푸들을 쓰다듬으며 나를 쳐다보았다. 그러고는 강아지를 내려놓았다.

"뭐 필요한 거 없어요?"

"아니, 괜찮아. 당신을 보고 싶었을 뿐이야. 그게 다라고."

도망친다는 인상을 주지 않으려면 잠시 더 그렇게 있어야 했다. 그녀는 말없이 나를 관찰하고 있었다. 숨기는 것들을 다 알고 있는 눈치였다.

"뭔가 필요한 게 있으면 말해요…… 뭐든지요."

그녀는 미소를 지어 보였다.

"잊히지가 않아요."

"그래, 릴리 마를렌. 잊히지가 않지, 과거는……."

"과거…… 과거와 미래. 참 희한한 한 쌍이네요."

할 말을 다 마친 사람처럼 나는 일어섰다.

"당신한테 부탁할 것이 하나 생길지도 모르겠어."

"망설이지 마요, 대령님. 당신은 좋은 분이었고, 당신에게 도움이 된다면 좋겠어요…… 무엇이든지요."

그녀는 기다렸다.

"걱정하지 마. 그저…… 대용품이나 부탁하려고 온 건 아니니까. 적어도, 아직은 말이야……."

우리는 둘 다 허심탄회하게 웃었다.

"아마 좀 어려운 일을 하나 하게 될 텐데, 나 자신을 믿을 수 있을지 걱정이 돼. 그래서 릴리 마를렌 당신의 도움이 필요할 수도 있어…… 어느 정도 예전처럼. 당신 도움 없이도 일을 해결할 수 있을지도 모르니까, 무슨 일인지는 묻지 말아줘."

"난 절대 아무것도 묻지 않아요. 당신 결심이 서게 되면 말해줘요……"

"그래, 그렇지. 내 결심이 서게 되면. 난 지금 아주 행복한 남자인데 말이야. 그게 상황을 좀…… 절망적으로 만들어버리네."

그녀는 푸들을 쓰다듬었다. 끊임없이 쓰다듬는다. 개를 쓰다듬는 게 아마 그녀가 손을 닦는 방식인가 보다.

그 집에서 나왔을 때, 나 자신과 결별했을 때만큼이나 행복했다. 나에게 그런 도움을 줄 수 있는 사람이 이 세상에 단 한 명이라도 있다는 것을 알고 있었다. (내 기억에 충실해보자면, 옛날에 내가 어땠는지 추억에 충실해보자면) 30년 전에 이런 말을 한 사람은 바로 그 여자였다. "남자들은 그 짓을 하러 나한테 오죠. 그걸 하고는 바로 가요. 남자는 금방 해치워요." 때가 오면 그녀는 망설이지 않고 내가 그것을 하도록 도와줄 것이다. 나는 마침내 최후의 해결책을 마련했다.

오랫동안 맛보지 못했던 마음의 평화, 거의 평정한 상태로 로라를 만나러 갔다. 어떻게 생겨났는지는 모르지만 마음속에서 꿈틀거리기 시작해서 의지를 마비시키고 마음을 접을 때까지 자신을 갉아먹는, 먹잇감이자 동시에 배설물인 내 안의 웅성거림, 혼돈스런 일들의 흔적만이 남아 있을 뿐이었다. 나는 자신감을 찾아갔다.

로라를 보았을 때, 그녀는 양탄자 위에 어지럽게 늘어놓은 음반과 책 사이에서 열의에 차 몸을 이리저리 움직여댔고, 고대 그리스, 나폴리의 골목, 리우의 빈민가 분위기를 연출하며 자기의 노여움을 표현하고 있었다. 전날부터 나는 전화를 걸지 않았다. 그녀가 주체하지 못할 상태에 있을 때 그것에 제동을 걸 생각을 하며 그녀 목소리를 듣는 것이 내게는 너무도 큰 기쁨이다. 모든 대중음악이 거기서 거기지만, 우리 유럽의 노래는 감정보다 가사를 더 중요하게 여긴다. 나는 즐거움에 푹 빠져들었다.

"호텔에서 나갈 생각도 하지 않았어요. 기다렸죠. 기다리고 있었어요……."

자신의 기쁨과 고통에 대해서 말할 때 그녀의 브라질 억양은 언제나 한층 더 강해진다.

"옷도 안 입고 하루 종일 우리 나라 음악만 들었어요. 나에게도 뭔가 할 일이 남아 있다, 나도 당신 없이 살 수 있다는 것을 증명하려고 했죠. 솔제니친의 『수용소군도』를 반이나 읽었어요. 당신은 시베리아 수용소에서 세 시간을 보냈어요. 한 장 한 장마다 철조망 뒤에 있는 당신을 보았어요. 당신은 나에게 애원했지만 난 끝까지 완고했어요. 당신이 얼마나 괴로워했는지 아마 상상도 못 할 거예요. 당신 재수 없는 사람이에요.(당신 나라 말로는 아마 '왕재수'라고 한다지요? 참 왕 어쩌고를 좋아하는 나라…….) 당신이 더 잘 느껴보도록 그래서 좀 부끄러워하도록 당신에게 꽃을 가져오라고 했지요. 다시 한 번 그런 일이 또 일어나면 가방을 싸고 말 거예요. 가방을 싸가지고 당신을 쫓아가겠어요. 이러지 말아요, 내 머리를 쓰다듬지 말라고요. 사탕도 싫어요. 그런 아버지 같은 표정으로는 해결할 수 없을 거라고 내가 스무 번도 더 얘기했을 텐데요. 난 이미 부모님이 있다니까요. 그러니까 사양해요. 젠장, 젠장. 이건 프랑스어로도 분명 뜻이 있는 말이겠죠?"

"로라……."

"아니요, 거짓말하지 마요. 그리고 내가 괴로워할 때에는 잠자코 계세요. 당신 프랑스가 겪는 비극이 뭔지 알아요? 그건 프랑스가 전 세계에 끼치는 영향이 어마어마하다는 거예요……. 프랑스는 너무나도 영향력이 커서 자기 자신에게는 하나도 남은 게 없죠. 영향력을 소진해버렸다고요. 사랑만 해도 그렇지, 다른 사람들이 다 채가서 지금은 '똥똥 미니 모네'라고요……."

"땡땡 미디 소네! Tintin et midi sonné(땡땡, 12시 종이 울립니다), 정오 이후 어떤 일이 불가능하거나 다른 사람의 청을 들어주지 못함을 나타내는 프랑스 구어 표현. 로라는 Tonton et mini-monnaie로 잘못 알고 말함."

"당신네 프랑스 사람들이 할 수 있는 일이래봤자, 영향력을 돌려받기 위해서 500만이나 되는 외국인 노동자를 수입하는 것이에요……."

그녀는 연한 푸른색 가운을 걸치고 맨발로 왔다 갔다를 반복했다. 화가 나 있을 때면 늘 그렇듯이 그냥 보기에도 머리채가 부풀어 오르는 것만 같았다. 그렇지만 나는 그녀를 너무나 잘 알았고, 그녀를 너무도 큰 애정으로 사랑했다. 그리고 그녀가 화를 내는 것이 아니라 절망에 빠져 있다는 것을, 나를 안심시키기 위해서 자기 자신을 완벽하게 꾸미고 있다는 것을 알고 있었다. 조금 전 나 역시 마치 아무것도 변하지 않은 것처럼 행복하게 웃음을 터뜨리며 마냥 예전처럼 모든 것이 더 지속될 수 있을 것처럼 말하려고 했다. 로라가 내 앞에서 두 눈에 눈물을 머금고 고통스러운 얼굴로, 완전히 포기하고 어찌할 바를 모르는 혼란스러운 표정을 지을 때, 헬리콥터 구조를 요청하고 난파 SOS를 받은 다른 여객선이 경로를 바꾸어 오기를 바랄 때, 비상사태가 선포되고 국가원수가 대국민 담화문을 발표할 때처럼 나는 우리가 이미 우리 자신이 되는 놀이를 하고 있다는 사실을 알았다.

"자크, 아까 어디에 다녀왔어요?"

"온종일 당신 생각만 했어."

"여기 오진 않고요? 이제 사도마조히즘 관계를 가질까 봐요."

"실험을 하나 한 거야. 바에 앉아서 당신 생각을 안 하려고 애를 써봤어. 실패했잖아. 그래서 종업원한테 5000프랑을 놓고 나왔어. 못 믿겠다는 투로 나를 보는 거야. 부자가 돼본 적이 없었으니까. 그래서 이렇게 말해줬어. '난 그녀를 사랑합니다. 그녀 없이 사는 건 절대 용납할 수 없어요.' 힘이 쭉 빠진 그 종업원이 뭘 했는지 알아? 울기 시작한 거야. 5000프랑을 나한테 돌려주고 이렇게 말했지. '제기랄, 감사합니다, 선생님. 그런 사랑이 존재한다는 걸 알게 되어 얼마나 다행인지 모르겠습니다!'"

"에이, 또 거짓말."

"그래, 꼭 그랬다는 게 아닐 수도 있지. 결국 5000프랑은 5000프랑이니까. 하지만 맹세하건대 사실이라고, 내 느낌은 그래. 게다가 돈을 한 푼도 안 냈거든!"

우리는 또다시 함께였지만, 벌써 다시 만나기를 고대하고 있었다.

15

내가 시작한 이 시계와의 경주에서 시간이 겨우 며칠밖에 남지 않았다. 나는 이 공책을 밀랍으로 봉하고 봉투에 넣어서 사무실 금고 속에 넣어둘 거다. 그러면 장피에르 네가 '고대의 엄숙한 관례에 따라' 이것을 발견하겠지. 지금 바로 분명히 말해두지만 자살하려는 생각은 단 한 번도 내 머리를 스친 적이 없다. 이유는 아주 간단해. 재정난에 처한 중소기업 사장이라면 누구든 이해할 거야. 보험금이 지급되지 않을 것이라는 사실을. 내 목숨에 아직 4억 프랑 보험금이 걸려 있으니, 자살로 그것을 낭비할 수는 없는 일이지.

끝으로 말해두고 싶은 것은, 내가 아직 온정을 받을 자격이 있다면, 로라, 그것은 당신을 잃는다는 두려움 속에 끼어 있는 사랑에 대해서일 뿐이지 내 몫의 재산에 대해서는 아니라는 점이야. 지금 내가 쓰는 이 글, 이 부분에서 그 점이 더 분명해진 걸 알겠어. 내 아들과의 관계에서까지 같은 생각이야. 계속 이어지고 싶은 희망, 그 희망에서도, 완전히 박탈당하지 않으려는 희망. 판타지로는 더 이상 충분치 않다는 것을 확인했을 때 나는 로라를 떠나려고 했다. 장피에르가 그녀를 막역한 친구처럼, 아마도 애정을 품고 바라보았다고 생각했다. 내 아들은 나하고 아주 비슷하다. 그 아이 역시 우리 조상들처럼 한 치의 땅도 양보하지 않는 사내인 것이지. 우리는 이런 말을 자주 들었다. "꼭 30년 전의 자크 당신이군요⋯⋯." 그래서 난 점심 식사를 하자며 로라와 장피에르를 우리 집으로 불러들였다. 운은 운에 맡겨야 했다. 그녀는 즐겨 애교 부리거나, 윙크를 보내거나, 우아하게 손 매무새를 가다듬고, 때로는 상상의 세계에 호응하는 모습을 보이기도 했다. 루이스와 나와의 관계가 가능치의 한계에 다다랐음을 느꼈기에, 운명이 동의하는 신호를 보내주기만 하면 바로 고개를 숙이고 받아들일 준비가 되어 있었다. 그러니까 나는 내 아들과 로라가 서로 눈을 맞추는지 아니면 그들 사이에 거북한 침묵이 흐르는지 살펴보았다. 사람이 사람을 처음으로 알아갈 때면 어느 정도 침묵이 이어지다가 무거워지려 하면 그 침묵을 깨어버리게 된다. 몇 주일이 지난 뒤에 로라가 "당신도 알아야 할 게 있어요. 장피에르와 나는 서로 사랑해요"라고 말한다면 내가 무슨 일을 저지르게 될지 알 수 없다. 내가 충분히 그럴 수 있다고 생각하는 까닭은 거기에도 일종의 마무리 방식이 있기 때문이다. 냉소가, 멋스러움이, 고결한 감정이, 떠나간 이의 마음에 상처를 남기는 이별 방식이 이상적으로 가능하도록 기회를 마련해주는 마무리 방식이다. 어쩌면 은밀히 내가 로라를 시험에 들게 하는지도 모른다. 나 자신도 인정하지 못하는 그 어디론가 멀리 갈 준비가 되어 있으니 그녀를 훈련시키기 위해서는 얼마나 나에게 깊이 헌신하는지 확실히 해두어야 했다. 로라는 장피에르와 함께 있을 때 상냥하고 아주 편안한, 초연한 모습을 보였다. 누구라도 수긍할 만한 생각이지만, 여기서 굳이 그걸 적으며 나 자신도 놀라워하는 이유는 화면에서 훌륭한 코믹 배우를 만나는 일이 점점 드물어지기 때문이기도 하고, 찰리 채플린 역시 주저하지 않고 귀족 칭호를 받았기 때문이다.1975년 영국의 엘리자베스 2세 여왕으로부터 기사 칭호를 수여받음. 로라는 장피에르가 아직 너무 젊다고 생각할지도 모를 일이었다. 자기 옆에 성숙하고 사려 깊은 남자의 존재를 느끼고, 경험 많은 사람이 이끌어주기를 원했던 것이다……. 나는 웃음을 참을 수가 없었다.

"도대체 왜 그렇게 비밀스럽게 웃는 거죠?"

"우리 아버지는 자기 자신과 서로 빈정거리는 사이예요." 장피에르가 말했다.

"내 사랑, 난 지금 당신하고 내 아들의 결혼을 성사하려던 중이야……."

"세상에, 흉측하기도 해라!"

"고마워요, 로라." 장피에르가 대답했다.

"잃는 것이 두려워. 그러니까 미리 생각해두려는 거야……." 내가 말했다.

"이분의 다른 성향은 말이지요," 장피에르가 말했다. "잃어버리는 데 어떤 기술이 필요하다고 믿는 분이에요. 그걸 유머라고 부르지요. 그렇기 때문에 실패가 두려워서 승리를 거부하는 일이 종종 일어나기도 합니다……."

"프랑스에서도 사람을 '승자'와 '패자'로 구분한다고 말하는 건 아니겠지요? 전 아메리카 대륙에서나 그러는 줄 알았거든요……."

"아버지, 로라는 정말 사랑스러워요. 하지만 그녀도 삶을 즐기고 유쾌하게, 행복하게 살기 위해 태어난 사람이에요. 아버지도 가족을 그렇게 이룬다고는 생각하지 않잖아요……."

"이이가 신랄해지고 있어요." 로라가 말했다.

"……언젠가 신문에서 '애인 구함' 광고를 본 적이 있어요. '인생의 동반자 구함. 회계, 견적, 결산, 기업 경영에 해박한 사람 희망함……' 이렇게요."

"뭐, 새롭지도 않군. 그런 광고는 전부터 늘 있었잖아." 내가 말했다.

"바로 그런 이유에서 이젠 광고가 안 나와도 되는 거네요. 안 그래요?" 로라가 말했다.

"예를 들자면, 내 나이의 남자는 아주 젊은 여자에게는 투자 면에서 볼 때 더 이상 득이 될 것이 없다고 생각할지도 몰라. 미래가, 꽃필 때가, 전망이 이제는 거의 없다……."

로라가 일어섰다.

"난 가겠어요. 사업 이야기를 시작하시니까……."

그녀의 목소리가 떨린다. 애써 웃음을 지으려고 했다.

"나는 옆에서 마르크스 책을 읽을게요. 이따 봐요. 장피에르, 잘 가요."

"마르쿠제의 『1차원적 인간』하고 그람시 책도 좀 봐봐. 같은 책장에 있으니까." 내가 말했다.

나는 눈을 감고서 앉아 있었다. 침묵이 백 년은 묵은 것 같다.

"내가 상관할 바는 아니지만, 로라한테 그런 식으로 얘기할 필요는 없었어요." 장피에르가 말했다.

"괜찮아. 미안하구나. 그래 어디까지 얘기했더라?"

"클라인딘스트가 데려온 변호사와 두 시간 동안 얘길 나누었어요. 제의 내용을 변경했더군요……. 여기 요약을 해왔어요."

그는 지갑에서 종이 한 장을 꺼내 펼쳤다. 몇 줄 적혀 있었다. 장피에르는 간결함의 달인이다. 나는 재빨리 수치를 훑어보고는 내 사형 선고문을 주머니에 찔러 넣었다. 장피에르가 나를 유심히 살펴보았다.

"어떻게 해요?"

"생각해보마."

"동의하진 않으실 거죠? 아버지 회사가 넘어가도 그보다 두 배는 더 가치가 있다고요."

"확실하진 않아."

"말도 안 돼요. 낭트에 있는 부지, 건물, 기계, 재고품……. 그자가 아버지 목줄을 조이는 거예요."

"그가 잘 알아보고 한 일이다. 그뿐이야. 물론 아름답진 않아. 하지만 언제나 유종의 미를 거둘 수는 없는 법이다……."

"아직 10월까지는 버틸 수 있어요. 그전에 상황이 바뀔지도 모르잖아요."

"장피에르, 상황이 바뀌진 않을 게다. 우리한테는 말이야. 너도 기억하지? '절름발이 오리'들은 제거되어야 한다. 가장 강한 자들이 살아남는다고 푸르카드가 공식적으로 선언하지 않았니. 그 사람 말이 맞다. 경쟁에 맞서려면 거물들이 필요하단다……. 세계적으로는 거인들의 시대지. 시장을 정복하려는 투쟁…… 강력한 유럽. 물론 허풍이긴 해. 우리의 모든 에너지 자원, (80퍼센트나 되는) 원자재의 거의 전체, 우리에게 없어서는 안 될 식량 자원, 그런 것들은 우리 땅속에 묻혀 있지 않고 저 대양 건너 다른 나라에, 우리가 이름조차 알지 못하는 신생국가들에 있기 때문이야……. 그런데도 우리는 '마치 뭣인 양' 행동하고 큰 소리로 우리의 '독립성'을 외쳐. 눈속임 마술과 허세라니…… 이번 여름에 라디오를 돌리다가 '유럽 1' 채널에서 조베르의 인터뷰를 우연히 듣게 됐다. 기자가 질문을 던졌지. '그런데, 그 시기에 외무부 장관 아니셨습니까?' 조베르가 대답하기를, '죄송하지만 전 당시 외무부 장관이었던 사람의 눈속임 마술사였어요.' 이거 참 고백치곤 귀엽지 않니, 안 그래?"

장피에르가 내게서 눈을 떼지 못했다. 나는 그런 눈빛을 잘 안다. 주의 깊게 내 논지를 듣고 있었지만 그가 특히나 평가하려고 애쓰는 것은 내 정신적 '신뢰도'였다…….

"난 다국적기업에 맞서 싸울 수가 없구나. 그러니까 클라인딘스트의 제안을 받아들이는 것 말고는 다른 대안이 없단 말이야. 그것마저 없으면 석 달이 지나기 전에 지주 자본이 흐려질 것이고 주가는 한 매당 1프랑대로 떨어질 거다. 그 메모지에 네가 적지 않은 게 하나 있구나……. 네가 잊고서 그런 것이 아니다, 아니 아니지! 그게 멋이라는 게지. 너는 내가 세 군데 회사에 가입한 생명보험을 애써 언급하지 않으려고 했더구나. 네 엄마와 네 앞으로 나올 보험금이 4억에 다다르지……."

나는 일어섰다.

"그게 폐차장으로 가는 내 값어치다!"

나는 아들을 문까지 배웅하고 거실을 가로질러 서재로 들어갔
다. 로라도 방금 나갔다. 그녀의 담배가 재떨이에서 다 타들어가
고 있었다. 나는 담배를 껐다. 테이블 위에 흘려 쓴 글씨체로 뒤덮
인 쪽지가 한 장 놓여 있었다.

"난 알아요. 이해해요. 그렇게 말하는 게 아무 소용 없다는 것
도, 무용지물이라는 것도 잘 알아요. 도대체 우리는 뭐가 될까요,
자크? 그처럼…… 물질적인 이유 때문에 당신을 잃고 싶진 않아
요. 그렇죠, 육체적인 이유 말이에요. 뭐, 같은 것이라고 할 수 있
죠. 당신한테는 자존심이나 자긍심, 품위의 문제 같은 거 아닌
가 하는 생각이 들어요. 맹세하건대 난 그게 무엇을 의미하는지
도 몰라요, 사랑할 때는 말이죠. 모든 걸 다 넘어서 당신과 함께
계속 행복해지고 싶어요. 그런데 누가 당신에게 행복을 운운하나
요? 난 당신에게 오로지 사랑에 대해서 얘기하는 거예요. 자크,
당신 이미지 때문에, 당신이 스스로에게 품는 생각 때문에 나를
떠나지는 말아줘요. 그건 너무 추잡해요. 나에게 이 편지 이야긴
하지 말아주세요. 그런 모든 것들, 나에게 얘기하지 마세요. 그저
우리 둘 사이의 모든 것은 저 너머에 있기만을 희망합니다……"

나는 계단을 성큼성큼 내려가서 택시로 튀어 올랐다. 로라는
호텔에 없었다. 그녀가 가끔 음악을 '마시러' 가는 브라질 클럽들
을 돌아다녔다. '팡고'에서 한 흑인 피아니스트가 제 피아노를 울
리는 동안 어두운 구석에 앉아 있는 로라를 찾을 수 있었다. 아
무 말도 하지 않고 옆에 앉았다. 말을 아끼기 위해서 그녀의 손을
잡았다. 우리는 새벽녘까지 음악을 들으며 그곳에 있었다. 모든

일에는 시작점이 필요하다.

　나는 우리가 아직 몇 달은 더 벌 수 있을 거라고, 운이 좀 따르기만 한다면 로라 당신을 떠나기에 충분한 사랑과 진짜 용기를 찾을 수 있을 거라고 생각했어. 행운, 숙명, 운명의 장난…… 그리스의 신들이 우리에게 남겨놓은 이 작은 동전에, 파산해가는 기업에 어떤 이름을 붙이든 상관없어. 우리가 그 대상이 아님을 모르는 사람은 없으니. 아무것도 없는 곳, 우리가 조금도 알려지지 않은 곳에서는 사전 모의도 계획도 있을 수 없기 때문이야.

16

내가 빌렘을 찾아가기를 미룬 지 벌써 몇 주가 지났고, 그건 아주 못된 처사였다. 앙리 빌렘은 인도네시아와의 계약에서 내게 유리한 조건으로 여러 차례 동업을 했던 사람이기에 예의상 더 미룰 수가 없었다. 로라는 나와 함께 가기를 거절했다. "그런 사람들은요, 프랑스식 표현에 있듯이, '태양의 죽음'이라고 하지요." 이 '프랑스식' 표현이 브라질 어느 구석에 가서 쓰이게 되었는지 도무지 모를 일이었지만, 결국 나는 생제르맹앙레에 혼자 가게 되었다. 그의 소유지는 수십 헥타르에 걸쳐 있었고, 스탠퍼드 공작의 소유였던 저택은 숲의 안쪽에 자리 잡고 있었다. 가로수 길과 현관 층계 앞에는 서른여 대의 자동차가 일렬로 세워져 있었고, 주차할 자리를 찾아보았으나 허사였다. 저택을 한 바퀴 돌고 나서야 내 재규어를 2마력 자동차와 집안 하인들, 공급업자들이 세워놓은 소형 트럭들 사이에 주차할 수 있었다. 나는 정문으로 되돌아가지 않고 하인들이 드나드는 문으로 들어갔다. 부엌 옆 복도를 가로질러 갈 때, 내 오른쪽 옷걸이에 운전사 복장 상의가 걸려 있는 것이 눈에 띄었다. 손가락을 구부려 할퀴는 모양을 한 장갑한 짝이 상의 견장 아래 끼워진 것이 눈에 들어왔고 나는 금방알아차렸다. 심장이 젊은 사람처럼 쿵쿵 뛰기 시작했고 제정신을차리려고 미소까지 동원해야만 했다. 옷걸이에는 다른 옷들도 걸려 있었다. 분명 오후 행사 때 고용된 엑스트라들이 이곳으로 와서 옷을 갈아입고 검은 바지와 흰 셔츠를 놓고 가는 모양이었다. 나는 도둑처럼 재빨리 좌우를 살펴보았다. 아무도 없었고 문은모두 닫혀 있었다. 견장 아래 찔러 넣은 장갑은 실수의 여지 없이신분증과 같은 것이었다. 이번에는 정말로 그가 누군지 알아내고야 말겠어, 그렇게 생각했다. 나는 그 상의로 다가가서 주머니를뒤졌다. 초록색 비닐 지갑 안에서 드디어 찾던 것을 발견했다. 안토니오 몬토야라는 사람의 스페인 여권, 체류증, 운전면허증이었다. 사진은 분명 루이스였다. 나는 신분증들을 주머니에 넣고 복도를 가로질렀다.

루이 15세 거실은 비어 있었다. 날씨가 굉장히 좋았다. 손님들은 잔디밭에 있었고, 흰 상의를 입은 하인들은 중요한 역할을 맡은 요원인 양 자기들의 존재를 입증이라도 하듯 음료와 전채가담긴 쟁반을 들고 연신 여기저기로 옮겨 다니고 있었다. 안경을쓰고 살펴보았지만 루이스가 그들 가운데 있는지 확실치가 않았다. 이건 루이스의 타입이 아니다. 분명 저택 곳곳의 서랍들을 칼로 뜯어내고 있을 것이었다. 게다가 그가 거기에 있고 없고는 나에게 별로 중요하지 않았다. 내 주머니에 그의 이름과 주소가 있었다. 그의 목숨은 이제 내 손에 달렸다. 그가 나를 죽인다고 협박했지만, 자기 말을 실행에 옮기지 못했다. 내 금시계를 훔치는

데 정신이 팔렸기 때문이다. 그는 야만스러운 건달 같은 외모를 지니지 않았다. 볼품없는 인간일 뿐이었다. 우리 둘에게는 해결해야 할 작은 일이 하나 남아 있었다.

나는 빌렘 부인에게 인사를 건네고 빌렘과 이야기를 나누었고, 안면이 있는 몇몇 사람들과 의례적인 호담을 나누었는데, 흡사 내가 정치 토론 연습이라도 하는 것처럼 보였다……

"레니에, 사흘 전부터 당신을 여기저기서 찾고 있었소!"

목소리보다 먼저 그의 억양이 귀에 들어왔다. 짐 둘리였다. 그는 초록 덤불 앞에 서서, 그을린 얼굴에 로마 조각상처럼 곱슬곱슬한 머리를 하고 육상 선수의 근육질에 셔츠를 열어젖힌 채, 가히 '최고의 창조물'이라고 불릴 만한(뒤마 피스의 작품 이후로 '여신'이라는 단어가 그 특별한 의미를 잃었기 때문이다) 여인과 팔짱을 끼고 있었다. 혹여 내가 스타의 이름을 기억하지 못하는 건 아닌지 걱정하면서 그녀가 누구인지 생각해내려고 애를 썼다. 광고 포스터에서 막 튀어나온 것 같은 얼굴이었지만 그게 영화 포스터였는지 아니면 식품이나 화장품 광고였는지 도무지 알 수가 없었다.

"당연히 아시겠지만……"

그는 여자의 이름을 대지 않았다. 너무 유명해서 그럴 필요가 없었을 게다.

"물론이지요……"

"우리는 작년에 칸에서 만났어요." 그녀가 말했다.

수년 전부터 난 칸에 발을 들이지도 않았지만 그건 정말이지 하나도 중요하지 않았다.

"내 약혼녀요." 그가 말했다.

"그러십니까? 축하드립니다……."

쟁반이 다가오자 둘리는 오렌지 주스 잔을 집었다.

"이제 술을 안 마십니다. 선택을 할 줄 알아야 해요. 그렇지 않습니까? 모든 일에 다 맞설 수는 없지 않습니까. 알코올은 어느 나이부터는 능력을 저하시키지요……."

"오, 둘리 씨, 당신은 아무것도 걱정할 게 없잖아요." 여자가 말했다.

"알코올이라고, 그것보다 나쁜 것도 없지."

나는 눈을 감았다. 은어가 아니고 억양이 문제였다…….

"그러니 나는 차라리 다른 것보다는 술을 밀어내겠소."

그리티에서 내게 한 고백 따위는 하나도 기억이 나지 않는 모양이다. 이런 걸 보고 "숨 쉬듯이 거짓말을 한다"라고 하지. 하지만 둘리는 숨 쉬기 **위해서** 거짓말을 하는 사람이다. 살기 위해서 거짓말을 한다. 그의 눈만이 공포에 찬 진실을 소리쳐 부르짖을 뿐이다.

"미안하지만 달링, 우리 이제 사업 이야기를 해야 하거든……."

"아, 그럼요……. 다시 봬요, 선생님……."

그녀는 내 이름 대기를 주저했다.

"레니엡니다." 내가 말해주었다.

"만나서 반가웠습니다."

그녀는 나에게 손을 내밀었다. 연푸른색 원피스에 베레모를 쓰고 핑크빛 모피 목도리를 두른 그녀는 잠시 그렇게 자세를 멈추더니 몸을 약간 뒤로 젖힌 채 한 손은 허리에 대고 우리에게서 멀어져갔다. 둘리는 침울하게 그녀를 지켜보더니 내게로 몸을 돌렸다.

"망할 놈의 창녀 같으니라고!"

나는 다시 숨이 트였다.

"그런데…… 약혼자라고 하신 것 같은데요?"

"아, 아니오. 젠장, 난 주변 사람들을 즐겁게 해주려고 늘 그런 말을 해요."

"이봐요, 둘리, 당신은 어디에서 프랑스어를 배웠습니까?"

"장송 드 사이이1884년 설립되어 현재 파리 16구에 위치한 고등학교에서요. 왜요, 차마 못 들을 정도인가요?"

"아니요, 그 반댑니다. 그 억양이 하도 희한해서……."

"모든 걸 다 가질 수는 없잖아요. 얼마 정도는 프랑스 사람들에게도 남겨줘야죠."

여자가 다시 왔다.

"짐, 나 집에 데려다줄 수 있어요? 내 차는 돌려보냈거든요……."

둘리는 여자를 매정하게, 무겁게 쳐다보았다.

"당신이 말해줘……. 이 친구는 내가 당신하고 지난밤에 세 번이나 사랑을 나눈 걸 믿으려 하지 않아. 그게 사실인지 아니면 내가 허풍을 떠는 건지 말해보라고."

여자는 당황한 듯이 얼굴이 붉어지더니 용기를 내려는 듯 살짝 미소를 지었다.

"사실이에요."

"좋아. 고마워. 잘했네. 근데 당신 여긴 어떻게 왔지? 뭔가 쓸 만한 인맥을 만들어보려고 하인과 같이 왔나?"

이제 그녀의 눈에는 눈물이 고인다. 완전히 갈피를 잃은 젊은 여자의 모양새. 늙은이들만이 그렇게 할 수 있다.

"대답해봐, 내 사랑. 뭐, 안 해도 괜찮네. 각자 자기 능력껏 변호하는 게지. 아무한테도 얘기 안 하겠네."

"둘리 씨, 그만하세요."

"이 여자는 계급을 바꾸고 싶어 하오. 아시겠소? 그게 바로 더럽다는 게지……."

그는 정말 술을 끊었다. 힘들어하는 게 훤히 보였다.

"우리가 착각을 하고 있는지 모릅니다. '노동계급'도, 동양에서 온 고삐 풀린 건달들도 우리 문제를 해결해주러 오지 않을 겁니다. 절대로 바깥의 도움에 의존해서는 안 되지요. 그건 우리들 스스로가 해결해야 할 임무입니다. 아마도 군사 쿠데타 같은 거죠?" 내가 말했다.

"프랑스식 언변이군.(French talk.)" 둘리가 말했다.

여자는 가방에서 손수건을 꺼내 화장을 망치지 않으려고 살짝 눈가를 닦았다.

"친구가 출장 요리 업체에서 일해요. 그래서…… 그이가 나를 여기에 데려온 거예요. 당신 사진을 신문에서 자주 보았죠, 둘리 씨. 마리나 푸니하고 함께 있는……."

그녀의 목소리가 갈라졌다. 광고에서 제시하는 최상의 조언에 따라서 머리도 하고 화장도 하고 옷도 입었다. 이건 정말 부당한 일이었다.

"내 친구가 배달을 와서……."

둘리는 지갑을 뒤적였다.

"당신 돈은 원치 않아요, 둘리 씨." 그 자그마한 프랑스 여자가 말했다.

"내 명함만 주겠네." 둘리가 말했다. "이게 경제적이 아니라는 거 나도 알아. 사회적이지. 당신은 창녀가 아니지. 나중에 나를 보러 오라고. 당신 이름이 뭐랬지?"

"마리본느예요."

그는 팔을 어깨에 두른다.

"걱정 마, 마리본느. 누구나 햇볕이 드는 자리를 차지하고 싶어 해. 사회적 지위의 상승을 의미하지. 언제 나를 보러 오게. 도와 주지. 이제 가봐."

그녀는 행복에 겨워했다.

"아, 감사합니다, 둘리 씨."

"그리고 사람들 이름에 그 '씨'자 좀 붙이지 마. 촌스러우니까."

"아, 그런가요? 제가 몰랐어요."

"그렇지, 당신 계급이 확 드러난다고."

그는 오렌지 주스 잔 너머로 여자가 멀어져가는 것을 바라보았다.

"기성복이 계급 장벽에 맞서 이룬 것이 정말 엄청나지 않습니까? 그렇게 생각 안 해요, 레니에?"

"글쎄요."

"그러니까 아직도 똥을 밟고 있나요?"

"둘리, 어떤 의미에서 '똥을 밟고 있다'고 말하는지 모르겠네요. 똥이란 건 아주 주관적인 거거든요. 각자 다 자기 취향이 있지요."

"왜 클라인딘스트의 제안을 거절하는 거요? 70억에다가 SOPAR 주식 8000주를 준다고 하지 않소. 그만하면 괜찮은 거지."

"왜 내 처지에 그렇게 관심을 가지는 겁니까?"

그는 나에게 윙크를 했다.

"오마하 해변과 무장 항독 지하단체 때문이오……."

"집어치우세요. 그런데 왜요?"

"왜냐하면 난 당신이 클라인딘스트의 제안을 받아들이고 주식 8000주를 받기를 바라기 때문이지."

"그가 맨 마지막으로 한 제의는 현금 35억에 주식 8000주였소. 그건 받아들일 수 없어요."

"받아들여요."

"짐, 당신이 파워도 있고, 또 굉장히 명철하다는 건 나도 잘 알아요. 사업 쪽에서는 말이오……."

그는 살짝 웃음을 보였다.

"베네치아에서 당신한테 말을 너무 많이 한 모양이구려……. 팔아요. 클라인딘스트에게서 받는 돈과 1974년의 가장 높은 주가 사이의 차액을 내가 보장하리다. '가장 높은 것으로.' 주식시장 전체에서 68퍼센트가 하락했지요. 실물거래입니다. 그 대신당신은 나에게 클라인딘스트에서 받는 주식 8000주를 양도하시오."

나는 이해하기 시작했다.

"그리고 입만 다물면 돼요. 한마디도, 당신 아들에게도 한마디도 하지 말고."

"8000주라면 SOPAR를 매수하기에 충분합니까?"

"난 계산에 능한 사람이오. 이미 3년 전부터 셈을 하고 있었지. 기어코 클라인딘스트를 끝장내버리고 싶단 말이지, 반드시 그러고 말겠어."

"너무 사적인 질문이 아니라면 왜 그러는지 얘기해줄 수 있나요?"

나는 일순간 호의를 가지고 그를 바라보았다.

"당신이 이해하려는지 잘 모르겠소. 당신은 너무…… 그런 걸 뭐라고 하더라? 소기업? 아니, 중소기업? 그런 말이 있지요?"

"맞습니다."

"내 생각엔 부삭, 플루아라, 다소, 프루보 같은 사람들은 나를 이해할 거요. 말하자면 **힘**에 관한 얘기라는 게지. **힘**. 이런 단어 아시겠지요?"

"당신은 당신이 무슨 말을 하는지 아주 잘 알고 있네요."

"그렇소. 그건 힘의 문제요. 클라인딘스트와 나 사이의 문제지. 간단하게 도면으로 그려 보여드릴까?"

"어떤 식으로 간단히 그림이 그려질지 아주 잘 보입니다, 지미."

그는 잠자코 있었다. 꽤 참을성이 있는 사람이었다.

"그래 어떻게 하겠소?"

"확실히 보장을 해주셨으면 합니다."

"일주일 안에 내 변호사에게서 편지 한 통을 받을 것이오. 열어서 읽고 다시 봉하면 됩니다. 알겠소?"

나는 잠시 아무 말도 하지 않았고 그의 눈에는 우정의 빛이 서렸다.

"그렇게 되면 당신은 적어도 30억 프랑이라는 수익금에 얽매이지 않아도 되겠지. 앞으로 프랑스가 이란에서 끌어낼지도 모를 그런 액수 말이요. 웃기는 일이지 정말."

그는 오렌지 주스 잔을 협죽도 쪽으로 던져버리고는 모험가다운 발걸음으로 사라졌다.

다시 정신을 차리기까지는 몇 분이 필요했다. 사업을 정리할 방법으로 그보다 나은 경우는 상상할 수도 없었다. 심지어 내 첫 반응은 '하느님이 도우사'라고 내심 소리치는 것이었다. 그것이야말로 한 기업주가 다른 기업주에게 할 수 있는 가장 큰 경의의 표시라고 생각했다.

거기서 좀 어슬렁거리면서 나는 초대받은 사람으로서의 예의를 지켰다. 내가 루이스를 본 것은 일찌감치 떠날 채비를 하던 순간이었다. 그는 하인 유니폼을 입고 잔디밭을 가로질러 가고 있었다. 손에는 빈 잔이 든 쟁반을 들고 있었다. 이유는 알 수 없지만, 하인 복장을 한 이 안달루시아 야수를 보자 내가 예전에 맛보았던 만족감, 승리감이 떠올랐다. 이 복장이 그를 평범한 사람처럼 보이게 했기 때문에, 내 상상 속에서 만들어져 마침내 나에게서 떨어져나가려고 했던 그 짐승의 찬란한 아우라를 잃게 될지도 몰랐기 때문이다. 확신컨대 내 판타지가 그에게 불어넣은 것은 범접할 수 없는 차원의 육체적인 위엄이었지만, 실제로는 완전히 궁색해진 인간, 어떤 것이라도 요구할 수 있는 정말 별 볼일 없는 인간이었다. 나는 그에게서 눈을 떼지 않았다.(나와는 서른 걸음쯤 떨어져서 지나가며 빈 잔을 거두어 저택 쪽으로 가고 있었다.) 그를 떨쳐버리고 싶은 욕망과 그를 잃을지도 모른다는 두려움 사이에서 몹시 괴로웠다.

그가 거실로 들어가는 모습이 보였다. 느린 걸음으로 창가 쪽으로 다가가서 안으로 눈길을 돌렸다.

루이스는 거실 의자와 소파 여기저기 굴러다니는 부인용 핸드백을 뒤지며 물건을 챙기고 있었다. 그때 내가 반사적으로 한 행동은 뜻밖이었다. 나는 잔디 쪽으로 몸을 돌려 손님이나 하인 들이 저택 쪽으로 오지 않는지 확인했다. 말하자면 망을 본 것이다. 이런 행동을 이해받기 힘들다는 것을 잘 알지만, 하여간 그가 아무 낌새를 못 느낀다 하더라도 나는 루이스의 공모자였고 그를 놓아줄 의향이 있었다. 하지만 내가 아직 붙잡아둘 수 있는 게임판을 즐기는 것에서 더 멀리 가지는 않았다. 용기가 부족해서인지 아니면 나 자신에 대한 정직성이 부족해서인지 그건 모르겠다.

한편 그에게 겁을 주고 싶은 마음과 싸워야만 했다. 깜짝 놀라서 칼을 꺼내 들지도 모르지, 그리고 운이 좀 따른다면……. 삶이 언제나 해결책은 아니다. 하지만 이미 그를 충분히 잘 알고 있었기 때문에 그런 식의 하인 복장보다는 정복자나 야생 부족과 더 가깝다는 것을 알 수 있다. 조금만 건드리면 어떤 천한 짓도, 어떤 일도 다 받아들일 준비가 된 모양이었다. 그 호텔 방에서 직원용 계단을 알려주자 나에게 건넸던 "시, 세뇨르"라는 말이 떠올랐다……. 운전사 복장을 하고서 자신이 물색한 장소에 나타나더니 이제는 종업원 옷을 입고 손님 손가방을 털고 있군.

그에게 내 존재를 알리지 않기로 했다. 그러는 편이 나았다. 내 존재에 대해 일말의 의심조차 하지 않는 동안 나는 그에게 계속

해서 주인으로 군림하겠지.

옆방에서 기척이 들리자 루이스는 문 쪽으로 몸을 돌렸다가 잠시 미동도 않고 주의를 기울였다. 그의 옆모습이 보였다. 그때 묘한 생각이 스쳤다. 그처럼 남성적인 매력을 지닌 남자가 도둑질을 하다니 지극히 정직하게까지 보일 지경이다. 그런 사람이라면 다른 방식으로 많은 돈을 벌 수 있을 텐데. 나는 뭔가 난처하고 좀 불안하다는 느낌을 받았다. 내 상상력은 그 정도의 정직함밖에 만들어내지 못한다는 말인가.

그는 자기가 뒤지고 있던 가방을 가만히 소파 위에 올려놓고는 소리 내지 않고 문 쪽으로 걸어갔다. 그는 다시 운전사 옷을 걸치고서 유유히 떠날 심산이었다. 나는 움직이지 않고 벽에 몸을 기댔다. 내 주머니에는 그의 신분증이 있었다.

나는 연회 주최자에게 인사를 건네고서 파리로 돌아왔다. 짐 둘리와의 만남과 그의 제안 덕분에 골치 아픈 일에서 완전히 빠져나왔다. 이제는 가능한 한 서둘러서 일을 구체화할 일만 남았다. 의식적으로 루이스를 내 정신세계에서 몰아내버렸다. 서둘러 로라를 만나 드디어 내 모든 문젯거리의 해결책을 찾았다고 알리기만 하면 된다.

17

마음은 급했지만 사무실에 들러서 장피에르에게 내 결정을 알렸다. 그 일로부터 완전히, 그리고 즉시 해방되고 싶었다. '경기景氣'라는 말을 다시는 듣고 싶지 않았다. 무엇보다 그 말은 합법성, 계략, 술책, 임시방편, 궁여지책 사이에서 늘 합의점을 찾아야 하는 그 끝없는 의무감에 종지부를 찍는 일이었다. 이제부터 나는 아랍인이나 이란의 통치자, 키신저나 아맹 다다의 손에 우리 유럽의 운명이 달려 있는지 자문하지 않고도, 점점 더 무력해지는 유럽의 흔들림을 관객으로서 지켜볼 수 있을 것이었다.

나는 프리드란드 대로변에 차를 세워놓고 사무실로 올라갔다. 다행히 형은 없었다. 당장이라도 내일부터 금연할 것 같은 그 에너지 넘치는 모습으로 내 주변을 빙빙 도는 그의 방식을 더는 견디기 어려웠다.

나는 장피에르의 사무실로 들어갔다. 그는 등받이에 몸을 기대고 있었다. 그의 얼굴에 나타난 권태가 인상적이었다. 뿔테 안경 너머 내 쪽을 바라보는 시선은 예측할 수 없는 것을 보았을 때 상사가 보이는 두려움, 거의 불신에 가까운 것이었다.

"장피에르, 우리 동의해야겠구나."

창백해지는 기색이었다. 얼굴이 움푹 꺼지고 확 나이를 먹어버린 것 같은 모습이 내 얼굴과 닮았다는 게 더 충격이었다. 그의 눈 속 어디에선가 가혹함을 읽은 것 같다. 그가 나를 두고 어떤 생각을 하는지 그대로 보여주는 것임에 틀림없겠지.

"아버지가 무슨 일을 하려는지 분명히 알고는 있겠죠?"

턱이 단단히 조여오는 느낌을 받았다. 여섯 달 전이라면 그렇게 말할 수는 없었겠지. 나는 돌연 젊은 자크 시라크를, 내 세대, 내가 겪은 전쟁의 세대인 샤방델마스를 떨쳐버리고 공화국민주연합을 점령하여 나이 든 드골 찬양자들을 몰아내버린 시라크를 생각했다. 아들은 나보다 스물다섯 살은 젊지만 그가 내 나이에 나만큼 여자와 관계를 할 수 있을진 확실치 않다. 불만과 앙금이 짧은 순간 은밀히 나를 사로잡으며 야기한 그 예기치 않은 반응을 이해하는 데 몇 초의 시간이 필요했다.

"며칠만 더 저를 믿어주세요. 아버지한테는 24퍼센트의 주식이 있고 서명권도 있잖아요. 거부할 수 있다고요."

"뭔 소리냐. 내가 거부할 수 없다는 것을 너는 잘 알잖니……."

그는 안경을 벗고 팔꿈치를 괴었다. 잠시 주저하더니,

"저, 아버지, 아버지가 스스로 파멸하고 싶으시면……."

"로라를 말하는 게냐?"

"전혀요. 그건 아버지 문제예요. 사업 얘기를 하는 거예요. 어머니, 저, 우리 모두의 문제를요……."

"네 엄마와 너에게는 세 회사에 동시 가입한 생명보험이 있다.

그게 계약이야. 그리고 클라인딘스트는 그 조항들을 지킬 의무가
있어. 내가 죽으면 4억을 받게 되어 있다."

"그 전에는 어떻게 살라는 거죠?"

"인내하면서."

그는 어깨를 들썩였다. 이렇게 말하는 내 목소리에 담긴 폭력
성에 스스로도 놀랐다.

"클라인딘스트가 당할 거다, 크게 당할 거라고. 날 믿어도 된
다."

장피에르는 서류를 덮었다.

"좋아요, 내일 프랑크푸르트로 가겠어요."

나는 몸을 굽혀서 그의 어깨에 손을 얹었다.

"너와 네 엄마를 절대 곤경에 빠뜨리지 않을 거라고 알아줬으
면 좋겠구나."

장피에르는 눈을 내리깔았다. 일전에 프랑수아즈와 좀 격한 이
야기를 했을 때처럼 거북한 기색이었다. 그의 미소에서 나 자신
의 모습을 발견했다.

"귀가 두 개에 꼬리가 하나."

"뭐라고?"

"아버지는 항상 승리자가 되어 투우장을 떠나시죠……투우사가
황소를 죽이면 승리의 표시로 소의 두 귀와 꼬리를 잘라준다."

그는 눈을 들어 나를 보았다. 호의와 애정까지 담겨 있었다. 장
피에르는 어찌나 영리한지 예금이율이 14퍼센트인데 대출이자가
24퍼센트인 이 사회의 무자비함과 가혹함을 차마 나에게 드러낼
수 없었다.

"이해가 안 가는구나."

"아니요, 이해하시잖아요. 늘 그렇듯이 권력의 힘이죠……. 아들인 제가 말씀드려도 될까요? 형제처럼 동등하게요……."

나는 서랍에서 위스키 병과 잔 두 개를 꺼내 사무실 한구석에 가서 앉았다.

"해보렴. 나에 대한 정보들이 넘쳐서 이미 나는 고통받고 있다. 네가 좀 더 보태건 좀 덜어내건 그게 그거지……. 어쨌거나 오늘날에는 자신을 무시해버리는 게 불가능해. 보이는 게 너무 많아. 프로이트와 마르크스 사이에서 자기 '주체'를 알아가며 시간을 보내지. 그래도 네가 나에 대해서 밝힐 게 있다고 생각하거든……."

"이런 식의 대화는 그만두는 게 좋겠어요." 장피에르가 말했다.

"네가 따져보고 싶은 건, 내가 너와 네 엄마의 미래를 보장해주려는 마음이 있다면 그게 사랑하는 이들을 위해서 다정다감하게 신경을 쓴 것인지, 아니면 권력의지에 따른 것인지 알고 싶은 거 아니냐? 맞아?"

"그렇다고 할 수 있죠. 그 애정 문제를 배제한다면요……. 아버지는 누구를 도와주거나 보호할 때 스스로 강하다고 느끼잖아요……."

"……어찌 보면 봉건적인 생각 때문이다. 가까이에서 나를 건드리는 것이 있으면 그게 어떤 것이든 방어를 해야 하지……. '주체'의 왕국이니 말이다. 나는 성채와 내 사람들을 보호한다. 너와 네 엄마도 그 영역에 있다. 한 푼도 남길 수 없다는 것을 알고서 죽게 된다면 그야말로 패배자로 죽는다는 느낌을 받겠지. 수컷으로서의 자존심이 금지하는 것은 승리자가 아닌 다른 방식으로 투우장을 떠나는 것이다. 두 귀와 꼬리, 그래 네 말이 맞다. **피에스타 브라바.**Fiesta brava, 투우 경기 코리다의 다른 표현. 50년 전부터 서방세계는 남성의 정력에 집착하는데, 그 집착은 곧 정력 상실의 확실한 표시거든……. 장피에르 넌 그렇게 늘 논리적이구나."

"얘기하고 계신 건 바로 아버지잖아요."

나는 그를 올려다보았지만 그는 나에게 도움을 주지 않았다. 나는 잔을 내려놓고 창가로 갔다. 아직 해가 남아 있었다.

"그러니 이제 간단히 하자. 제라르 삼촌에게는 네가 설명해주어라." 내가 말했다.

"그렇게 해보죠."

나는 나오는 길에 샹젤리제에 들러 밤새도록 들을 음반을 몇 장 샀다.

18

문을 두드리고 나서 들어갔다. 거실엔 아무도 없었다.

"로라?"

그녀는 눈물을 흘리며 침실의 푸른 소파에 앉아 있었다. 눈에 침통함과 파멸감, 거의 두려움에 가까운 표정이 깃들었기에 나는 멈추어 서서 감히 움직일 수가 없었다. 모든 것이 깨져버릴 것만 같았다.

"당신…… 무슨 일이야?"

그녀는 고개를 저었고, 애써 미소를 지으면서 작은 목소리로 말했다.

"……자크, 이런 날도 있어요."

침대가 헝클어져 있었다. 잠옷 바람이었다. 커튼이 쳐 있었다.

"안 나갔어?"

"당신이 없으면 파리는 낯선 도시에 불과해요."

가방이 여러 개 열려 있었다. 로라는 거기에 자기 물건을 던져 넣었다. 나는 음반을 올려놓고서 앉았다. 모자를 쓴 채, 비옷도 벗지 않았다. 친구가 곁에 필요했다. 나는 내 옷을 아주 친밀하게 느낀다. 나를 보호하는 포장지 같은 것……. 나에겐 좋은 가죽이 필요할지도 모른다.

옷장과 서랍들이 열려 있었다.

"비행기 표까지 예약해놨어요……."

나는 잠시 옷 방에 처박혀 있다가 일어나서 전화기를 집어 들고 경비에게 전화를 걸었다.

"장, 리우행 비행기 표 취소해줘요."

"그렇게 하겠습니다. 그러면 다음 비행기는요?"

"그게 무슨 말이요?"

"예, 수자 양이 자신의 비행기 표를 하나 예약하셨고, 그다음 비행기로 선생님 표를 예약하셔서……."

나는 전화를 끊고서 로라 쪽으로 몸을 돌렸다. 입으로 내뱉지 못하는 그 모든 말이 내 눈빛 안에서 허둥거리고 있을 터였다. 오래전부터 나는 침묵하고 있는 순간이 가장 행복했다. 당신에게로 가서 무릎을 꿇으면 당신이 이마를 내 어깨에 대는 그때, 당신 팔이 내 목을 감싸고 있음을 느끼는 그때, 내가 소곤거렸던 사랑의 언어들은 막 태어나서 아직 아무런 일도 겪지 않았을 때처럼 어린 시절을 되찾지. 방이 제법 어둑어둑해서 당신 입술의 기억을 되살리기에 충분할 거야. 당신이 조금 몸을 움직여서 바이올린 대신 내 어깨에 머리를 기대면 당신 몸이 움직일 때마다 내 빈 손바닥이 움푹 패고, 내 손이 당신을 꼭 잡을수록 그 손은 더 많이 당신을 찾아 헤매지.

"그냥 확 가버리려고 했어요. 그렇게 하는 것이 덜 아파요. 하지만 틀림없이 당신은 곧 내 뒤를 쫓아올 것이고, 그래서 다음 비행기로 당신 자리를 예약해두었어요……."

……내게 딸이 있었다면 아마 로라의 심리를 짐작했겠지.

나는 밤늦게 집으로 돌아왔다. 루이스는 오려고 하지 않았다. 실내복을 입고 소파에 앉았다. 절대로 잠이 들어서는 안 된다.

오늘 내게 가장 의아한 것은 내가 상황을 완전히 통제했다는 점이다. 밤을 꼬박 지새우는 어떤 순간에도 의지를 상실하는 느낌, '저항할 수 없는 어떤 힘에 이끌려……' '그 힘 때문에 나도 모르게……' 따위의 수많은 고백체로 이어지는 그런 상태의 감정을 갖지 않았다. 그 어느 때보다도 나 자신에 대해 확신을 느끼고 있었다. 내 의지로 위험을 향해 가는 것이다. 그뿐이었다.

아침 9시에 옷을 갈아입고 나갈 채비를 했다. 책상 서랍 속 종이 더미 아래 넣어둔 권총을 확인했다. 30년 전부터 나는 이 권총의 기억을 경건하게 간직해오고 있었다.

19

카르느 가 72번지의 한쪽은 건물을 부순 탓에 뜯겨나갔고 반대쪽은 **이방인 호텔**에 붙어 있었다. 그처럼 사람이 많이 사는 동네가 파리에 있다는 사실을 잊고 있었다. 거리에서 뛰어노는 아이들은 카스바에 사는 주민의 얼굴, 미래의 청소부 얼굴을 하고 있었다. 창문 여기저기에서 아랍 음악이 흘러나왔는데, 마치 제 운명을 슬퍼하는 것 같았다. 왜 그런지 알 수 없지만 나와 그토록 다른 이 얼굴들 사이에서 참으로 자유로움을 느꼈다. 나는 우리 동네에 있지 않고 저들의 구역에 있었다. 그런 건 중요하지 않다. 그들의 시선은 프장드리 가에서와 같은 방식으로 나를 판단하지 않았다. 낯설음의 감각은 내가 스스로의 기이함에 대해 품은 의식을 어느 정도 둔화해주었다.

왜 루이스를 찾아왔는지 나도 모르겠다. 위험을 모면하고 싶다고, 현실에 가까이 가고 싶다고 방금 적었지만, 내가 강박관념에서 벗어나고 싶은 것인지, 점점 까다로워지는 판타지의 위기에 맞서 권총으로 영원히 종지부를 찍고 싶은 것인지, 아니면 반대로 그 판타지를 살찌우려고 하는 것인지 나 자신도 정확히 말할 수가 없다.

복도 입구는 쓰레기장으로 연결되어 있다. 벽 아래 빈 카나리아 새장이 놓여 있다. 그 안쪽으로 왼편에 회색 플란넬이 걸린 유리문이 있다.

나는 문을 두드렸다.

"무슨 일이오?"

여자 목소리였다.

"안토니오 루이스를 만나러 왔습니다."

"누구요?"

내가 왜 이렇게 루이스라는 이름에 집착하는지 나도 모른다.

"여긴 아니에요."

"그 사람이 신분증을 잃어버렸어요. 제가 돌려주러 왔습니다."

문이 빠끔히 열렸다. 뭔가 불만이 가득한 여인네의 얼굴이다. 50년 동안의 불만. 나는 그녀에게 면허증을 보여주었다. 그녀는 사진을 쳐다보았다.

"몬토야네요. 저…… 거시기가 아니고, 뭐라고 하셨죠?"

나는 면허증을 주머니에 넣었다. 내가 말했다.

"스페인 사람들은 보통 이름이 여러 개입니다."

"몬토야는 5층이에요."

"어느 쪽 문입니까?"

"화장실 옆이에요."

나는 올라갔다. 한 층에 문이 세 개씩 있었다. 5층 복도 안쪽에는 문이 하나밖에 없었다.

다시 몇 계단을 내려와서 벽에 기대어 잠시 기다렸다. 담배에 불을 붙였다. 그렇게 시간을 보냈다. 나는 이 짧은 기다림의 순간을, 게임을, 더 빠르게 두근거리는 내 심장 소리를 만끽하고 싶었다. 최고의 순간이었다. 직전의 시간, 그것은 항상 최고의 순간이다.

담배를 비벼 끄고 복도로 들어설 때 문이 열리는 소리가 들렸다. 발소리가 가까이 오고 있다……. 계단을 뛰어올라 루이스 앞으로 불쑥 뛰어들 준비를 하고 있었다. 주머니 속에서 권총의 크로스헤드를 손으로 쥐었다.

하지만 발걸음이 멈추었고 다른 문이 열리더니 다시 닫히는 소리가 들렸다. 그쪽을 보았다. 복도 안쪽의 문은 열려 있었다. 루이스는 화장실에 있었다.

나는 천천히 복도를 가로질러서 방으로 들어갔다.

지붕 밑 다락방이었다. 천창이 방 안쪽에 있었다. 왼쪽에는 흰색 욕실 커튼과 샤워실이 있다. 침대는 어수선하고 벗어놓은 옷이 한구석에 놓여 있다. 라디오 박스 네다섯 개, 아마 자동차에서 훔쳐낸 것이겠지. 가죽점퍼와 겨자색 양복이 붙박이 옷걸이에 걸려 있다. 침대 옆 벽에는 벌거벗은 여자들 사진과 투우사 엘 코르도베스 포스터가 압정으로 고정되어 있다. 지붕 밑 천장 아래 침대 발치에는 초록색 비닐 소파가 놓여 있다.

나는 소파에 앉았다.

문에서부터 내가 앉은 곳까지는 4미터 정도밖에 되지 않았겠지만 내가 어찌나 꼼짝 않고 있었던지 루이스가 들어왔을 때 그는 내가 거기 있다는 것조차 알아차리지 못했다. 그는 문을 닫았다. 검은 가죽 바지에 웃통을 벗은 채였다. 문을 닫고 나서야 나를 발견했다. 재빠르지만 거친 움직임 때문에 전 특수부대원으로서의 내 능숙함마저 아주 형편없게 보였다. 한순간에 한 치의 놀라움도 없이 그는 앞으로 튀어 오르더니 이미 손에 단도를 쥐고 있었다. 장딴지 주머니에서 칼을 꺼내 드는 동작을 겨우 내 눈으로 포착할 시간이 있었을 뿐이었다.

하지만 나는 이미 권총을 손에 쥐고 있었다.

꿈쩍도 않고서 튀어 오르다 말고 멈추었지만 그게 어수룩하지 않게 보였던 것은 중력에 능란한 몸이었기 때문이다. 무릎은 약간 굽히고 팔을 벌려 칼을 곧추세우고는 2미터 정도 앞에서 입술을 파르르 떨며 눈은 둥그렇게 뜨고 내 총을 쏘아보고 있었다.

나는 방아쇠에 손가락을 올려놓았다. 얼굴에 뜨거운 기운이 확 올라왔다.

그를 쳐다보았다. 바로 그 순간에야 비로소 나이가 나에게서 빼앗아간 원기 왕성한 육체 앞에서 처음으로 내 원정의 목적을 이해할 수 있었다. 다시 정복하는 것이었다. 예전에 내 것이었고 아주 잘 사용했지만, 이제는 내 손을 떠나버린 도구를 되찾으려고, 내 감시 아래 두어 복종하게 하려고, 그렇게 사용하려고 온 것이다.

그는 뒤로 물러섰다.

"노, 세뇨르, 노!" 쉰 목소리로 그가 애원했다.

그는 칼을 떨어뜨리고 팔을 들어 올렸다.

툭 튀어나온 광대뼈와 눈매는 몽골의 후예임 직한 흔적을 지니고 있었다. 우리를 정복한……. 하지만 파르르 떨며 벌어진 입술은 그 냉혹함을 잃어버렸다. 두려움이 그를 교화한다…….

손목에 내게서 훔쳐간 금시계를 차고 있다.

나는 시계를 쳐다보았다. 그제야 그가 나를 알아보았다. 그는 한 걸음 뒤로 물러섰다.

"노 메 아가 다뇨, 세뇨르! No me haga daño, señor! "선생님, 저를 해치지 마세요"라는 의미다."

"스페인어는 다음 기회에 알려주시지." 내가 말했다.

그는 손목에서 시계를 풀더니 몸을 굽히며 건넸다.

"여기 있습니다, 세뇨르. 저는 일자리도 없고 먹을 것도 하나도 없습니다."

"옳거니, 그래서 자네가 시계를 팔지 않았겠지." 내가 말했다.

그의 몸을 열심히 관찰했다. 나보다 더 잘 다듬어진 몸이라는 것을 인정해야만 했다. 허리는 좀 더 가늘었고 어깨는 더 벌어졌다. 허벅지는 더 유연하니 힘이 잡혀 있었다. 하지만 싸움꾼의 몸이라기보다는 곡예사의 몸이었다. 나는 기억조차 나지 않는 왕성한 생명력이 그의 신경 마디마디, 혈관 하나하나, 근육 곳곳을 채운다.

그의 모습을 외우고 남을 정도로 한동안 되새겨보았다. 그러고 나서 주머니에 있던 면허증을 꺼내 그의 발치에 던졌다. 여권은 내주지 않았다. 그는 면허증을 주워 들고 당황해하며 그것을 들여다보았다. 그로서는 전혀 이해가 가지 않는 일이었다. 그렇게 모든 일은 완벽했다. 나 자신이 훨씬 더 강해지는 것을 느꼈다.

내가 일어섰다. 500프랑 지폐 한 장과 명함을 꺼냈다. 내 시계를 그의 쪽으로 밀어내고는 그의 발치에 지폐와 명함을 내던졌다. 권총을 들어 꺼지라는 시늉을 했다. 그는 재빨리 시키는 대로 했다.

"아주 잘했어, 안토니오. 자네는 나한테 복종하는 법을 배워야 하네." 내가 말했다.

"시, 세뇨르." 그는 이렇게 중얼거렸다.

방에서 나와 문을 닫았다. 권총을 주머니에 넣고 담배에 불을 붙였다. 내 손은 침착했다. 천천히 계단을 내려와 어디로 가는지도 모르는 채 앞으로 똑바로 걸었다. 그를 죽일 뻔했다. 어쩔 수 없이 다가올 미래의 일처럼 그의 정력을 증오하는 마음이 밀려들었기 때문에 그를 떨쳐버리려고 그런 것인지, 아니면 더 이상 나 자신에 확신이 없어 로라를 구하려고 그랬는지 도무지 알 수가 없었다.

그날 우리는 시골에 가서 함께 점심을 먹기로 했다. 나는 의기양양하게 집으로 돌아갔고, 오히려 로라가 불안해 보였다.

"무슨 일이에요, 자크? 당신 뭔가…… 해결된 것 같은 표정이네요."

"어떤 사람을 죽일 뻔했거든."

"과속으로 운전하니까 그렇죠."

나는 거실을 지나 침실로 가서는 내 차례가 끝나기를 기다리는 로라의 영원한 후보자들이 보낸 장미, 튤립, 아이리스 꽃다발을 집어서 복도에 던져버렸다.

"당신하고 단둘이서만 지내고 싶어. 이 냄새 풍기는 온갖 도전들이랑은……. 며칠 뒤면 완전히 일이 끝나고, 서명을 마칠 거야. 그러면 자유의 몸이 되어 둘이 아주 멀리 떠날 수 있을 거야……."

"그 아주 멀리라는 게 어디예요?"

"아주 멀리…… 어디로 갈지는 아직 모르겠어. 재규어를 타고 앞으로 곧장 나아가는 거지……. 터키 아니면 이란……."

나는 냉장고로 가서 술을 한 잔 따랐다. 로라에게서 등을 돌렸다.

"운전사가 필요할 거야. 우리 일을 맡아줄 사람을 알고 있어. 예전에 엘리제궁에서 보디가드를 했던 사람이야. 구조 조정을 하는 바람에 일자리를 잃었다네. 한 쉰은 된 사람인데 아주 믿을 만하고 품행이 나무랄 데가 없다지……. 아마 우리 일을 할 수 있을 거야. 아니면……."

나는 잔을 비웠다.

"……아니면 뭐, 다른 사람을 찾을 수도 있고."

"특히 거추장스럽지 않은 사람이어야 해요." 로라가 말했다.

얼마 동안 나는 자주 우편으로 루이스에게 돈을 보내 그가 주소를 바꾸지 않도록 조처했다.

20

　근원을 찾으러 가는 이 순례가 진행되던 처음 몇 날 밤에 내 상상의 세계는 환기력을 되찾았다. 내 판타지는 지칠 줄 모르고 그를 지배하고 이용하는 가운데 통치력과 통제력을 가지고 루이스를 착취하고 나섰다. 나의 쇄신자, 그가 원하든 원치 않든 나에게 복종하는 그 열의에는 한계가 없는 듯 보였다. 겉으로는 이렇게 순종하면서 사회적인 보상을 받는 기쁨을 누린다는 사실을 모르는 바 아니었다. 그 반대였다. 나는 내게 이로운 방식으로 그의 악착스러움을 이용한다. 그는 로라에게 가장 천한 방식으로 복종할 것을 요구하며, 거칠게 그리고 증오심을 품고(내가 거기서 볼 수 있는 증오심은 그의 사회적 조건에서라면 절대 할 수 없는 것들에 대한 일종의 원한이다) 제 성욕을 비워내는 데에 그녀를 이용한다. 그렇게 의노석으로 내 속에서 스스로 일으키는 반목은 내 정력 가장 깊숙한 부위에까지 다다라서 감각을 자극해주었다. 그러고 나면 물론 내가 청하고 바랐던 바, 그리고 두려워했던 바가 동시에 일어난다. 천한 작업을 수행하는 내 종복은 훨씬 더 까다로운 요구를 한다.

　자기 내면의 슬픔을 세계의 종말로 여기는 것처럼 위안이 되는 일도 없다. '서양의 몰락'은 좋은 구실이 된다. 그것이 죄를 사한다. 하지만 과거의 무게에 관심이 있는 사람들로 말하면, 나는 1931년에 열일곱 살이었고 아프리카와 아시아의 부유함 위에 군림하던 프랑스 제국의 식민지 박람회가 열리던 때였다. 여기서 내가 얘기하는 것 가운데 그리고 냉소에 경의를 표현하는 것보다 훨씬 더 심오한 것이 있었던 그 역사적 상황을 무시해야 한다고는 생각하지 않는다. 만일 루이스가 나를 위해 일하지 않게 되어 내가 완전히 무방비 상태가 된다면, 그건 그가 착취당한다고 느껴서가 아니다. 그는 '자기 자원에 대한 실제 통제' 그 이상을 요구했다. 그는 내 주인이 되고 싶어 했다. 자기 없이 내가 살 수 없음을 이해해버렸다. 그는 자신의 힘이 얼마나 되는지 잘 알고 있다. 내가 자기 손에 달려 있음을 알았다. 이제 그의 시간이 되었다.

　다시 실패를 겪은 다음 날, 나는 카르느 가에 아주 일찍 도착했다. 바로 5층으로 올라가서 문을 두드렸다. 아무도 없었다. 건물 맞은편에 있는 아랍 카페의 바에 앉아 입구를 살폈다. 북아프리카 사람들과 흑인 몇 명이 있었다. 내가 유일한 유럽인이다. 경찰도 어렵지 않게 내 행적을 알아볼 것이었다. 훤칠한 키에 미국 군대의 초록색 우비를 입은 푸른 눈의 남자, 아주 짧게 자른 회금발 머리칼에 이마와 턱에 흉터가 있다……. 한 시간도 넘게 아주 편안하게 바에 앉아서 연신 미소를 보낸다……. 그러고 나서 그 사람은 길을 건너서 맞은편 건물 안으로 들어갔다……. 분명

저 사람이 살인자일 것이다…….

나는 정당방어를 주장할 수 있을 것이다. 결국 내가 나의 명예를 변호하는 것이다.

내가 그 사람의 자취를 찾아냈고, 내게서 훔쳐간 금시계를 찾으러 왔다고, 그가 칼을 꺼내 들었고, 내가 총을 쏘았다고 말할 수도 있었다.

사람들이 나를 쳐다보았다. 여섯 명 정도의 북아프리카 출신 젊은이, 흑인들이 몇 명 있었다. 그들은 신생국가에서 왔을 것이고, 그네들의 나라에서는 에너지 자원이 아직 하나도 파헤쳐지지 않았을 터였다.

벌써 한 시간도 넘게 그를 기다리고 있었다. 마침내 괴상한 옷을 입고서, 자기의 빛나는 동물성에는 신경도 쓰지 않고 끔찍해 보이는 겨자색 윗옷을 입고 그가 왔다. 나는 호랑이나 사자, 심지어 개가 인간을 흉내 낸다고 인간 옷을 입고 찍은 '우스운' 사진들을 보면 화가 치밀었다.

나는 5층까지 껑충 뛰어올라 문을 두드렸다. 그가 문을 열었고, 몸과 시선이 갑작스럽게 얼어버린 것 말고는 어떠한 불안감이나 놀라움의 기색도 보이지 않았다. 그는 분명 우리 사이의 비밀스러운 관계에 대해서 아무것도 알아채지 못했겠지만, 내가 많은 돈을 지불한다는 것만은 이미 알고 있었다. 그에게 나는 이해할 수는 없는, 하지만 관대한 고용주였던 것이다. 내가 문을 밀어내자 그가 물러섰다. 안으로 들어가서 문을 닫았다.

반듯하고 광택 없는 이마 아래로 검은 새가 비상하듯 그려진 눈썹이 관자놀이 바로 위까지 이어지고, 윤기가 흐르는 야생적인 머리칼은 아무렇게나 헝클어져 있었다. 툭 불거진 광대뼈는 한 번도 헐떡여본 적이 없는 것처럼 입술까지 볼을 움푹 패놓았다. 얼굴은 태연하고 약간 뚱한 모습이었지만 눈빛에는 극도의 조심성이 배어 있었다. 내가 우비 주머니에 오른손을 넣고 있었기 때문이었다.

나는 권총을 약간 내보였다. 모든 수단을 동원해야 했다.

"그 빌어먹을 옷 좀 벗어."

내가 막 그의 도움을 받으려는 순간에, 그 말도 안 되는 옷차림은 가장 확실한 자극제를(아직 원초에 가까운 성질, 어떠한 과거의 짐도 부담스러워하지 않고, 미래라는 이름으로 무엇이든지 요구할 수 있는 그런 성질을) 박탈해버리고 내 상상의 작업을 실패로 돌아가게 할지 모른다.

"그 옷을 벗으라니까."

뭔가를 이해하기 시작했다는 추잡스러운 표정이 그의 얼굴에 비쳤다.

"아니, 자네가 틀렸어. 완전히 틀렸어. 절대 아니지. 이해하려고 애쓰지 말게. 난 자네가 복종하는 대가를 지불하는 거라고. 자, 어서, 그 더러운 옷 벗고 자네 가죽옷을 입으라니까……."

그는 내게서 눈을 떼지 않고 옷을 갈아입었다. 가죽옷이 잘 어울렸다. 무엇이든 거친 것이 그를 돋보이게 한다.

그는 흰색 러닝셔츠를 입고 재킷을 열어젖힌 채로, 다리를 벌리고 손을 허리춤에 올리고 내 앞에 서 있다.

나는 침대에 걸터앉아서 그를 바라보았다. 그렇게 식량을 비축해두었다.

그에게 1000프랑을 남겼다.

그는 나에게 잘 길들여지고 있었다. 그 점을 꼭 확실히 하고 싶었고, 그에게 돈을 보내는 것을 그만두었다.

며칠이 지났고, 벌써 내가 잘못 생각했음을, 루이스가 그렇게 거만한 건 있을 수 없는 일이라고 생각하기 시작했다.

로라는 파리에 들른 브라질 친구들과 저녁 식사를 하고 있었고 자정 무렵에 나와 만날 계획이었다. 초인종이 울린 것은 자정이 조금 넘어서였다.

루이스는 두 손을 가죽점퍼 주머니에 찔러 넣고서, 불안하면서도 결연한 시선으로 온몸을 집중하며 미동도 않고 서 있었다. 내가 원하던 바를 그가 본능적으로 알아차렸다는 것, 보일 듯 말 듯 열의를 보이며 내가 나 자신을 떨쳐내기를 갈망했다는 생각이 먼저 떠올랐다. 끈질기게 그를 추적하고 자극하는 가운데서, 해방의 꿈을, 내 마지막 역사의 흔적으로부터 단 한 방에 나를 해방시킴으로써 내 상실감에 종지부를 찍어주리라는 희망을 확신하며, 과도한 기억에 마지막까지도 덜미를 잡혔다는 사실을 의식하며 이 글의 마지막 부분을 쓰고 있다……

하지만 루이스는 그다지 문명화되지도 않았고 그다지 야만적이지도 않아서 나를 이해할 수 없었다. 그는 내 세계의 종말이 아니었다. 형제애 때문에 내게 온 것이 아니었다. 오로지 보수를 받으러 온 것이었다. 그에게 나는 이해할 수 없는 존재였지만, 꾸준히 보수를 받으려고 이해 못하는 것에 의지하고 있었다.

그를 남겨두고 거실로 들어갔다. 로라가 금방이라도 도착할 시간이었지만 실제로 그녀가 오는 게 두려운지 아니면 그녀가 왔으면 바라는지 잘 알 수가 없었다.

지갑에서 돈을 꺼내는 동안 루이스가 몇 발자국 뒤에 서 있는 것을 느꼈다. 내가 그에게서 높이 평가하는 점은 극도의 침묵, 우리 관계에서 침묵해야 하는 것이 있다면 그게 무엇이건 본능적으로 받아들인다는 것이다. 강렬한 눈빛 이외에 그의 얼굴은 모든 표정을 감추고 있었는데, 낯선 땅에 있다고 느끼면서도 그것을 고백하고 싶어 하지 않았기 때문이었다. 돈을 받아 들었을 때, 마치 당연한 것을 받는 사람처럼 그의 자신감에는 순진하다고 할 만한 무엇인가가 담겨 있었다.

"그라시아스, 세뇨르.Gracias, señor, "감사합니다, 선생님"이라는 의미다."

그는 문 있는 데까지 가서 다시 한 번 나에게 시선을 던졌다.

"아디오스, 세뇨르.Adios, señor, "안녕히 계세요, 선생님"이라는 의미다."

안심하는 듯 보였다. 이해가 가지 않는다는 생각이 여전히 그에게 남아 있었다. 여권을 돌려주지 않았지만 그는 개의치 않았다. 확실히 우리는 다시 만날 것이었다.

그가 떠나고 몇 분도 채 안 되어 로라가 돌아왔다. 아직 상기되어 활짝 웃고 있었으며 행복에 겨워 나에게 입을 맞추었다. 나는 가볍게 미소를 지을 힘도 없었다. 진실에 너무 가까이 가 있었다. 이미 내가 너무 멀리 갔다는 것을, 거의 끝장에 가 있다는 것을 알고 있었다. 그녀는 내 얼굴을 좀 더 잘 보려고 약간 떨어지더니 두 손을 내 어깨에 얹었다. 걱정스러워하는 눈치였다.

"무슨 일이에요? 당신 굉장히 창백해요……."

"당신을 기다리고 있었어."

그날 밤 나는 루이스가 되돌아와서 단칼에 내 미래를 끝장내는 꿈을 꾸었다.

그는 오지 않았다. 계속 나를 피해 다니며 내 일을 봐주려 하지 않았다. 그러니 판타지가 내 희망에 부응하지 않음을, 우리 세 사람이 현실 세계로 밀려날 정도로 내가 정신을 마음대로 움직이고 있다는 점을 인정하는 대신, 있는 힘을 다해 신경을 소모해야 했다.

며칠은 꽤 지긋지긋했다. 로라가 육체적 접촉을 피했다. 내가 쓰다듬기라도 하려 하면 그녀의 시선에서 두려움에 떨며 애원하는 기색이 나타났다. 그녀는 내가 실패를 경험하기를 원치 않았다. 그녀는 내 손을 잡아서 부드럽게 쥐었지만, 더 이상 답을 주지 않았다. 우리의 침묵은 은신처로 가득했다. 우리가 자리에 누웠을 때, 마치 내 안에서 수도사의 사명을 발견하기라도 한 듯 부끄러워하고 수줍어하며 나를 대하기 시작했다…….

그러다가 어느 날 저녁, 나는 용기를 내고도 무력해졌다. 나의 한 손이 그녀의 몸 여기저기를 오가는 동안 다른 쪽 손으로는 그것이 준비되었는지 내 몸을 조심스럽게 확인해보고 있었다. 내 입술과 숨결이 그녀의 가슴 주위를 배회하는 동안 오른손은 미친 듯이 일정 용적을 얻기 위해 작업을 하고 있었다. 그렇게 해서 어느 정도 크기를 만들 수가 있었고, 곧 이제 일이 가능하겠다는 생각이 들자마자 위험을 무릅쓰고 모험을 감행해야만 했을 때, 왜냐하면 그보다 더 크게 만들기는 어려웠기 때문에, 나는 진입을 시도했다. 엉덩이 아래 베개를 받쳐서, 다시 말하면 내가 위로 올라가기보다는 아래에 자리 잡음으로써 내 부족한 용적에 좀 더 유리한 각도를 만들 심산이었다. 충분히 단단해지지 않아서

혹은 크기가 줄어들어 아무 때라도 빠져버리거나 바깥으로 밀려
나올 위험을 감수하자는 것이다. 그러는 동안에도 나는 정력 상
태에 온통 신경을 쓰고 있었는데 조금만 힘이 빠져도 내가 바깥
으로 내팽개쳐지기에 충분했기 때문이다. 게다가 충분히 단단하
지 못하면 곧 휘어버릴 지경이었으므로 무슨 일이 있더라도 이미
확보된 상태는 최대한 유지해야 했으며, 가능하다면 더 진행시켜
서 내가 필요로 하는 모든 것을 보장하며, 크기와 관련된 측면에
서 일말의 안전이라도 챙겨야만 했다. 이 상태가 유지됨으로써 정
신에 미치는 영향은 그 자체로서 일을 성공적으로 치르는 데 중
요한 역할을 하는데, 특히 정신이 뿜어내는 제어 능력과 자신감
을 통해서 가능해진다. 한창 힘이 좋았을 때처럼 격렬하게 앞으
로 달려드는 것이 품은 단 하나의 목표는 바로 '단단해지기' 그것
뿐이다. 불안감을 잘 알고, 그 불안감이 성관계를 도모하는 데 뭔
가 난처한 일을 만든다는 사실을 잘 알고 있는 내가 느끼는 것
은, 점점 더 드물어지는 접촉과 점점 더 늘어나 위협적으로 되어
가는 그것의 물렁물렁함이었다. 반면 로라는 소극적인 태도를 더
자주 보이기 시작했고, 조금이라도 자기가 격하게 움직이면 내가
밖으로 밀려날지 모른다는 불안감에 무기력하게 대처했다. 그럼
에도 겉으로나마 그녀 안에 머물고 있음을 보여주고자 나는 오
른손을 그녀의 허벅지 아래에 놓고서 내 정력의 심지가 떨어지지
않도록 손을 목발 삼아 힘껏 받치고서 자세를 유지하는 방법을
썼다. 절망에 차 이를 꽉 깨물고서 루이스에게 도움을 요청했다.
그 지경에 이르기 전까지 그 이름을 부르고 싶지 않았던 것은 내
가 아직 혼자서도 일을 성공리에 치를 수 있음을 보여주기 위해

서였다. 하지만 너무 늦었다. 너무 기진맥진해서 도저히 내 상상력에 자리를 내줄 수 없었다.

로라는 한 손을 내 목덜미에 두르고 다른 손은 내 어깨에 걸치고서 아무런 반응도 보이지 않았다. 결국 성공하지 못하고 아무런 성과 없이 밖으로 밀려 나왔을 때 그녀가 나를 있는 힘껏 안아주었지만, 모든 것을 알고 있었기 때문에 그렇게 했을 뿐이리라.

"내일 크로케나무망치로 공을 쳐서 후프로 통과시키는 구기 종목나 하러 갈까?" 내가 말했다.

그녀는 어쩔 줄 모르는 눈빛으로 나를 올려다보았고, 나는 마침내 때가 왔구나, 많은 사랑과 약간의 용기가 있으면 충분하다고 직감했다.

다음 날 아주 일찍 그녀와 헤어져 내 조바심을 진정시키기 위해 강변을 돌아다녔다. 9시에 택시를 타고서 말제르브 단지로 가달라고 했다. 아무도 없었으므로 프로세 가의 모퉁이에 있는 바에서 기다리는 수밖에 없었다. 10시 15분경 먼저 릴리가, 그다음으로 여자 둘이 도착하는 것을 보았다. 10분을 기다렸다가 위층으로 올라갔다.

릴리가 문을 열어주었다. 푸들은 아직 품 안에 없었다. 아침에는 사랑이 덜 필요한 법이다. 그녀는 인사를 건네지도 않았고, 문을 활짝 열어주지도 않았으며, 나를 안으로 들이지도 않았다.

"당신이 필요해, 릴리 마를렌."

마치 깨지지 않는 유리 같은 눈길로 나를 쳐다본다.

"알아요."

나는 고개를 휙 들어올렸다.

"어떻게?"

"어제 카드 점괘가 그렇게 나왔어요. 하트 킹, 스페이드 잭……
그리고 가운데에는 클로버 퀸이 있었죠."

"그게 무슨 의미인데?"

"포주가 필요하단 말이죠."

"당신이 틀렸어."

"우정 때문에 이 릴리 마를렌을 보러 오진 않지요."

내 발치에 뭔가 움직이는 것이 느껴졌다. 그녀는 몸을 굽혀서
푸들을 안아 쓰다듬기 시작했다. 그녀가 나를 엄한 눈으로 쳐다
보았다.

"당신은 내가 존경한 유일한 사람이에요. 그런데 당신 참 추하
게 늙었어요. 당신은 젊음을 유지했는데 말이죠. 오래 젊어 보이
는 사람은 늘 추하게 늙는 법이에요. 난 당신을 여기 들일 수가
없어요."

"중요한 일이야……"

"여기서는 안 돼요. 두 시간 뒤 우리 집에서 무슨 일인지 듣기
로 해요. 전화 한 통 걸 시간만 있으면 돼요, 여기 일을 좀 봐달라
고 할게요. 자, 여기 우리 집 주소예요."

그녀가 주소를 적었다.

"사람들이 여기서 당신을 보아서는 안 돼요. 한 번이면 충분해
요."

그녀는 문을 닫았다.

나는 택시를 탔다. 카페에서 두 시간을, 게슈타포 시절 숨어 다

니던 심정으로 기다렸다. 아무런 주저함도, 아무런 의심도 품지 않은 채 모든 것이 결연하고 분명했다는 말이다. 그것 말고는 달리 방도가 없다는 것을 잘 알았기 때문이다.

정오가 되어서야 카페에서 나와 클레베르 가 건물의 2층으로 올라갔다. 문 앞에 명함이 있었다. 레비스 스톤 부인. 릴리는 1945년에 한 미군과 결혼했다.

초인종을 누르지도 않았는데 문이 열렸다. 창문으로 내가 오는지 살펴본 게 틀림없었다.

"가정부가 있어요. 이리 오세요."

책장에는 히스파노 수이자 자동차의 모델이 놓여 있었고 벽에는 전쟁 전에 활동했던 유명 영화배우들의 사진이 붙어 있었다. 오래된 축음기 한 대와 가수 이베트 길베르의 포스터 한 장, 외인부대 복장을 한 장 가뱅의 초상화. 1930년대의 꿈들…….

릴리 마를렌의 얼굴에는 아무것도 드러나지 않는다. 장막이 드리워져 있다. 거기에서 빈정거리는 기색을 읽었다면 내 착각일까, 아니면 나 역시 천한 일을 벗어날 수 없다고 여긴 것일까? 그녀는 등받이가 곧고 딱딱한 의자에 앉아 있었다.

"자, 얘기해보세요. 보기에 안쓰럽네요."

"제거해야 할 남자가 있어."

강아지의 흰색 털을 쓰다듬던 그녀의 손길이 잠시 느려지더니 이내 평소의 움직임을 되찾았다.

"설명을 해주지……."

"그건 관심 없어요. 당신이 하는 부탁이니까……."

"내가 당신에게 하는 부탁이야, 릴리 마를렌."

그녀는 나에게서 눈길을 떼지 않았다.

"단지 내가 분명히 하고 싶은 건 이게 당신 부탁인지, 다른 누구의 부탁은 아닌가 하는 점이에요."

"당신에겐 한 번도 거짓말을 한 적이 없고, 지금에 와서 거짓말을 해야 할 필요도 없지."

"잘못 알아들었군요. 내가 확실히 하고 싶은 건 당신이 여전히 당신 자신인가 하는 거라고요. 내가 알았던 그 사람이요……"

나는 잠자코 있었다.

"바로 그게 문제야. 난 지금 위험에 처해 있어."

"공갈 협박 때문에요? 당신 여자들이랑 그렇게 멀리까지 갔어요? 사진을 가지고? 호기심에서 물어보는 게 아니라 당신을 도우려고 물어보는 거예요."

"자신감의 문제야." 내가 말했다.

그녀는 보일 듯 말듯 어깨를 들썩였다.

"그렇게 하시든지. 없애야 하는 사람이 누구예요?"

"나."

그녀는 꿈쩍도 하지 않았다. 놀라움이 아닌 뭔가 다른 것이었다. 내 생각엔 친구로서의 애정이었던 것 같다.

"나를 도와줘야 해, 릴리 마를렌."

그녀는 아무 말도 하지 않았다. 마치 나를 보고 있지 않은 것처럼 나를 바라보고 있었다. 추억을 떠올리는 눈빛이었다.

"예전에 우리는 함께 길을 걸었지요." 그녀가 말했다.

감동에서 나오는 말이 아니었다. 바람결에 던져버리는 잔가지 몇 개일 뿐이었다.

"힘들겠지만, 당신이 고집하면……."

"자신감의 문제라고 말했지? 나 자신에 대해서 자신감을 찾고 싶어서 그래."

그녀는 푸들을 쓰다듬으면서 미소를 지었다.

"알아요, 나도 그걸 알지요."

나는 그녀가 무슨 말을 하는지 이해하지 못했다.

"당신의 그 괴짜 인간이 나에게 왔어요. 안토니오. 안달루시아 사람 안토니오 몬토야. 가끔 그 사람을 고용하거든요. 당신 이야 길 하더군요."

"한데 어떻게……?"

나는 내 인간의 얼굴을 되찾고자 옷 속으로 몸을 움츠려버렸다. 눈을 들 수가 없었다.

"저, 당신이 그에게 주소도 알려주고 돈도 줬잖아요. 그 사람 뭔가 아는 인간이에요……. 처음에는 갈팡질팡하고 하나도 이해를 하지 못했어요. 당신이 겁을 주고 있어서. 그 사람은 그런 인간이에요. 이해가 안 가면 두려워하는……. 이 바닥에서 나 말고 는 아는 사람이 없으니까 당연히 나한테 이야기를 하러 왔더군요……."

"난 그렇게 살고 싶지는 않아. 그것뿐이야. 누군가 좀 찾아줘. 빨리."

"명령인가요? 예전처럼?"

"명령이야. 예전처럼."

그녀가 일어섰다.

"이리 와봐요."

그녀는 거실 구석으로 갔다. 서랍장 위, 유리 종 아래 커다란 말벌 색, 검은색과 노란색의 큰 모자가 놓여 있었다.

"알아보겠어요?"

핀이 모자 여기저기 꽂혀 있었다.

"그것으로 스물아홉 명을 찔렀어요. 어느 날 마파르가 뭐라고 물었는지 알아요? 누구를 해치울지 지목까지 해준 바로 그 사람이요……. 내가 그자들을 찌르는 게 그걸 하기 전인지, 하는 중인지, 아니면 후인지 물어보더군요……."

그녀가 내 팔을 잡았다. 그녀의 얼굴에 기분 좋은 기색이 돌았다.

"뭐 좀 마시겠어요? 마실 게 필요한 사람 같아요."

"릴리 마를렌, 사람을 좀 빨리 찾아줘. 나는 항상 스스로에 대해서 어떤 확실한 생각을 하고 있어. 그 점엔 아직 집착하고 있다네. 당신도 알다시피 지하에서 한창 비밀 투쟁을 하던 시기에 내 목숨을 걸고 하는 그 일이 자유를 위해서인지, 조국 프랑스를 위해서인지, 아니면 내가 나 자신에 대해 만들어놓은 생각 때문인지 자문하곤 했어. 참, 위스키를 줘요."

나는 자리에 앉았다.

"그러니 생각을 바꾸진 않을 거요."

그녀는 잔을 채워서 내밀었다.

"명예!" 냉소를 자처하며 내가 말했다.

"바보 같은 소리 하지 말아요. 명예는 전쟁 시절에나 통하는 거라고요. 이제는 삶의 달콤함이라고요. 명예와는 아무 상관없어요. 하지만 가만히 있으세요. 잘될 거예요."

"누구 아는 사람 있어?"

"물론 아는 사람이야 있죠."

"누군데?"

"신경 쓰지 마요. 장소, 날짜, 시간 등은 나중에 말해줄게요."

그녀는 즐기는 눈치였다.

"그건 일도 아니에요……. 그리고 이번엔 유고슬라비아 사람은 찾으러 가지 않을 생각이에요. 맹세하지요……. 그보다, 그 안달루시아 남자를 제거하는 게 좋지 않을까요? 그리고 한번 두고 보는 거예요. 당신, 나아지지 않을까요?"

"아니. 그 남자는 아무 잘못도 없어."

그녀는 자기 왕실 소파에 가서 앉아 어딘가를 쳐다보며 곰곰이 생각을 했다.

"그렇죠. 정력. 당신 미쳤군요. 어린애한테 정신이 나간 데다가 발기도 안 된다 하고……."

그녀의 눈길이 다시 나에게로 돌아왔다.

"그것 역시 명예지요……."

나는 일어섰다.

"그리고 분명 돈 문제도 있겠지요. 남자가 스스로 끝났다는 생각이 들면 항상 돈 문제가 끼어 있어요……. 안 그래요?"

나는 어깨를 들썩였다.

"그것도 있겠지. 지금 거의 파산한 상태지만, 생명보험으로 4억이 있으니…… 나도 아직은 그만한 값어치가 있다네."

"인간 사회의 황소네요." 그녀가 말했다. 도자기의 푸른색이 다정한 빛을 발하며 빛났다.

"바로 그거야, 인간 사회의 황소. 내가 아직은 4억의 가치가 있다니까. 예전처럼 당신을 믿고 일을 맡길 수 있는지 알고 싶어, 릴리 마를렌."

"걱정하지 마요. 내가 알아서 할 테니까. 생각이 바뀌면 알려줘요. 그리고 나한테도 시간이 필요해요. 이번엔 말이 나오게 하고 싶지 않으니까⋯⋯. 당신처럼 유명한 사람을 제거하는 게 쉬운 일이 아니라고요."

"생각이 바뀌는 일은 없을 거요."

"알아요. 그냥 원칙상 얘기하는 거예요. 당신도 알겠지만요, 대령님⋯⋯. 당신에게는 아직 뭔가 남아 있다니까요."

"고맙네."

"참 더러운 일이에요. 늙어가는데 여전히 마음이 젊다는 것이요⋯⋯."

유리창에 비친 그녀의 눈이 웃고 있었다.

"내가 당신한테 연심이 있었다고 한 번도 말하지 않았죠?"

"아니. 얘기해주지 그랬어."

"뭘요. 대령과 창녀라."

"당신은 레지스탕스 훈장도 받았잖아, 릴리 마를렌."

"네, 그랬죠. 그 덕분에 가게도 하나 열 수 있었죠."

그녀는 문까지 나를 배웅해주었다.

"자, 잘 가세요. 자신을 방어하는 거, 아마 당신이 옳은 것 같아요. 아무도 자신을 방어하지 않거든요⋯⋯. 풍요함, 바로 그거죠."

그녀가 문고리를 잡아당겼다.

"잠자코 있어봐요. 내가 알아서 할게요."

그녀를 껴안아 인사하고 싶었으나 별로 좋아하지 않을 것이 분명했다.

그다음 몇 시간은 아주 달콤했다. 내 자리를 차지하던 그 낯선 사내를 마침내 떨쳐낸 것이다. 나는 더 이상 내 육신을 느끼지 못했다. 내 주위를 빙빙 도는 나 자신의 육체를.

21

2주일 전부터 둘리를 만나려고 애썼다. 만나자는 약속을 두 번이나 해놓고 둘리 쪽에서 두 번 다 취소했다. 주식을 다시 사들이겠다고 장담하던 내용의 그 봉인된 편지는 배달되지 않았다. 조인調印을 늦추는 일은 성공했지만 독일 쪽은 조바심을 냈다. 로마에서 걸려온 전화 한 통이 마침내 둘리의 해명을 전해주었고, 나는 다음 날 6시 리츠호텔 바에서 그를 만나기로 약속을 잡을 수 있었다. 희망을 되찾았다. 나는 이 마지막 전투에서 반드시 이기고 싶었다.

둘리는 아주 패기 넘치는 모습으로 등장했다. 팔꿈치에 가죽을 댄 운동복 재킷에 청바지, 굵고 묵직한 목 아래 시원하게 열린 흰색 셔츠를 입었고, 한쪽 눈은 시퍼렇게 멍이 들었는데 그 때문에 더욱 젊어 보였다. 우리는 악수를 했다.

"무슨 일이 있었습니까?"

"로마에서 싸움판이 벌어졌었어요. 한 바보 같은 녀석이 내 여자 친구에게 음란한 제스처를 하면서 휘파람을 불잖아요. 그래

따끔하게 혼을 좀 내주었지요. 한데 내가 좀 험악한 미국인 얼굴을 하고 있으니까 거리에 있던 온갖 녀석들이 내게 달려들었어요. 당신은요? 잘 지냈어요?"

"아주 잘 지냈습니다."

그는 내 어깨에 팔을 둘렀다.

"우리 아직 건장하지요, 그렇죠?"

"아직 썩 좋은 편이지요."

"나는 말이오, 지금보다 더 관계를 잘하던 적이 없었다오. 여러 번 반복하면서 잃었던 것을 이제는 시간 끌기 쪽에서 얻고 있소. 한 시간 동안이나 유지를 한다오."

"그렇군요. 우리 프랑스어에 그걸 나타내는 표현이 있지요. '나이의 힘'이라는 거죠."

그는 크게 웃어 젖혔다.

"'나이의 힘', 나도 알아요. 바로 그거요. 우리는 이제 서두를 필요가 없고, 예전보다 안정되어 있고, 또 더…… 통제력이 있지요. 배의 조종 키가 확실한 손에 쥐어져 있다는 말이오. 전처럼 그걸 한다고 얘기하려는 게 아니오. 하지만 때가 오면 얼마 동안은 뭔가 할 수 있다는 말이지. 내 장담하지……."

옆 테이블에 손님들이 몇몇 있었다. 둘리가 내게 눈을 찡긋하는 것으로 보아 내가 거북해하는 것처럼 보였을지 모른다.

"여보게, 괜찮아요. 저 사람들한테는 안 들려요. 그리고 리츠 호텔에서는 107년 동안 어느 누구도 발기가 되지 않는다는 것을 모르는 사람이 없어요. 저 안에서는 너무 늦었거든요……."

바텐더가 둘리 쪽으로 몸을 굽혔다.

"죄송합니다, 둘리 씨. 여기 직원도 듣고 있다는 것을 잊으셨군요!"

둘리는 웃기 시작했다. 그는 취하지 않았다. 둘리는 그런 일에 나보다 더 태연하지 못하다. 미국인인 데다가 엄청난 부자이고 세계 챔피언으로 등극하는 데 나보다 훨씬 익숙하기 때문이다.

"요즘은 평균 어떻게 하고 있소? 내 말은, 크루즈 속도 말이요."

"글쎄요, 짐. 별로 신경을 쓰지 않아서요. 잘 아시잖아요."

"자자, 친구 사이인데 뭘……. 우리 둘 다 젊지 않았소. 단단하게 발기도 되었고. 노르망디상륙작전, 르클레르 장군, 2기갑부대, 파리 해방 등……."

"이봐요, 원기가 왕성한 육십 대 남자들은 가끔 사춘기 애들 같은 대화를 하기도 하지만 그래도 좀……."

"자자, 이 친구야, 거짓말하지 말고…… 아직 어디까지 줄 수 있소?"

나는 미냐르 교수를 떠올렸다. 그러곤 제기랄 뭐야, 조금도 소득이 없잖아, 그런 생각이 들었다.

"일주일에 세 번 정도…… 정말 필요하면 네 번……."

그의 얼굴이 굳어졌다. 그가 손으로 마티니 잔을 꽉 쥐는 게 보였다. 그는 나를 엄한 눈초리로 쳐다보았다. 갑자기 두려워졌다. 그는 클라인딘스트에 품는 것과 같은 원한과 권력을 나에게도 행사할 수 있는 인물이었다. 그리고 앙갚음을 하기 위해 내 주식을 가지고 뒤통수를 칠 수도 있었다.

그가 잔을 비웠다.

"그래요. 우리 나이엔 괜찮은 평균이네요. 그보다 나을 수는 없겠지요." 뿌루퉁해져서 그가 말했다.

"네. 그럴 수는 없겠지요."

잠시 동안 그는 말없이 빈 잔의 바닥을 들여다보았다. 나는 한쪽 눈으로 흘겨가며 그를 살펴보았다. 뭔가 들이받을 것 같아 두려웠다.

"우리 사업 말인데," 그가 무겁게 입을 열었다. "레니에, 걱정하지 마요. 내 변호사들은 엄청난 보수를 받고 있소. 그러니 일의 속도를 늦추면서 자기들이 얼마나 중요한 사람들인지 보이려는 게요."

"내가 클라인딘스트와 계약을 맺는 이유는 바로 당신이 약속한 보장 때문입니다."

"당신이 사인을 하는 것은 당신이 끝장나서 달리 어떻게 못하기 때문이오. 하지만 내 약속은 지키지. 물론 그사이에 내가 자살을 한다면……"

그는 소리 나지 않게 웃었다.

"하지만 그건 내 타입이 아니지. 내 타입은 끝까지 가는 것, 끝장을 보는 거야. 그러니까 조바심 내지 말아요. 얼마 안 있어 내 편지를 받을 것이오. 자, 이제 가봐야겠소. 여자 친구가 기다리고 있으니. 당신 억수로 운이 좋아……."

그는 내가 왜 운이 좋은지 얘기하지 않았다.

"자, 잘 가시오. 우리 좀 더 자주 만납시다. 근데 볼로냐에서 내가 그들에게 뭘 했는지 아시오? 한창 파업 중에 공산당 시의회하고?"

그의 얼굴이 밝아졌고, 갑자기 젊은 사람 같은, 거의 어린애 같은 기색을 되찾았다. 곱슬머리조차 희끗한 것이 덜 보일 정도였다.

"자기들의 계급 싸움이며 정치며 이렇다 저렇다 떠들어대는 것으로 나를 엿 먹이지 않았겠소. 그래서 이탈리아 대공과 후작 두 명, 몇몇 백작 부인들을 소집했지. 두려워 죽을 지경인 것 같기에 눈알이 튀어나올 정도로 많은 돈을 써버렸소. 그리고 시위를 했지. 볼로냐의 한 좁은 길에다 '공사장 주의'라는 표지판을 걸어놓고서, 캐비아, 샴페인, 꿩 요리를 길바닥에 펼쳐놓고 소풍 놀이를 했다오. 연회복을 차려입고, 시중드는 집사까지 두고서! 그게 불상사를 초래했지. 그 사람들 아직도 반시위를 하다니……. 하룻밤을 경찰서에서 보냈소. 파시스트들의 선동, 이해가 가시오? 빌어먹을, 내가 하고자 했던 것은 분위기를 좀 누그러뜨리고 기분 좋게 만들려던 게 다인데. 그런데 뭐, 말 다했지! 자, 잘 가시오, 친구."

"잘 가요(Ciao), 짐. 당신 정말 프랑스어를 멋있게 잘하는군요."

"뭐, 할 수 있는 만큼 하는 거 아니겠소."

그는 두 손을 주머니에 찔러 넣고 상체를 약간 앞으로 숙여 고대 경기장 제신마냥 유유한 걸음으로 자리를 떴다. 나도 모르게 안면 근육이 풀리더니 얼굴 주름에 힘이 빠지고 둔중한 느낌이 들었다.

나는 마티니를 한 잔 더 마셨다. 그러고 나서 사무실로 돌아가 장피에르 맞은편 손님용 소파에 앉았다. 근육이 풀린 내 얼굴에서 쇠약함과 무거움이 한꺼번에 느껴졌다. 장피에르가 눈을 들었다. 일주일 전에 그에게 둘리의 제안을 얘기해놓았다.

"왜 그러세요? 얼굴 표정이 끔찍해 보여요."

"지하철역에 가면 말이다, 출구 옆에 이런 표지판이 걸려 있지. **이 경계를 지나면 당신의 승차권은 유효하지 않다.**"

장피에르는 말이 없었다. 아마 진정으로 마음을 담아 나를 거들어줄 말을 할 것인지, 우리 관계에 대해 어렸을 때부터 잘 배운 대로 남자답게 존경을 표해야 할지 분명 주저하고 있겠지.

"로라 문제예요?"

"막 둘리를 만나고 오는 길이야. 이제 어떻게 해야 할지 알겠구나. 그자는 믿을 수가 없다. 전혀 책임감이 없는 사람이야. 엉뚱한 사람이 아니라 정신병자다. 자기가 무엇을 하는지 무슨 말을 하는지도 몰라. 볼로냐에서 말도 안 되는 추문을 일으킨 모양이더라……."

"모르고 계셨어요? 신문마다 얼마나 떠들어댔는데."

몇 주 전부터 신문도 열어보지 않았다는 것을 깨달았다.

"장피에르, 내가 다 잃은 것 같구나."

아들의 얼굴에서 냉혹한 표정을 보자 잠시나마 아버지로서 자랑스러웠다. 나도 훌륭한 아버지였구나. 그는 내 가르침을 잘 기억하고서 인생의 준비를 철저히 했다. 나에게는 표면적인 태도이자 포장에 불과했던 것이 아들에게는 진정성이 되었다. 그는 연필을 내던졌다.

"자기 제안을 번복했어요?"

"아니, 절대 아니다. 그런데 그게 이제 아무 의미가 없게 되어버렸어. 그는 산산조각이 나서 추락하고 있거든. 변호사들이 그의 말을 듣기나 하는지 의심스러워."

"말도 안 돼요. 독일 측에서는 얻어가는 게 아무것도 없잖아요. 제가 그럴 거라고 얘기했잖아요. 아버지 회사는 아직 20억의 값어치가 있는데 독일 쪽은 그 3분의 1도 안 되는 것을 아버지에게서 가져가는 거라고요."

"나도 알아, 안다고. 아직 사인은 하지 않았어."

"그럼 너무 늦어요. 다음 달에 이자 나갈 게 2억 있단 말이에요……."

"될 대로 되라지. 아직 지주 자금을 쓸 수 있어."

"그렇죠, 주식 한 장에 1프랑으로……."

나는 그를 친구처럼 바라보았다. 나는 그런 공격적 태도를, 그런 원한을, 증오에 찬 몸부림을 잘 알고 있었다. 그건 무력감이다…….

"진정해, 장피에르. 너나 네 엄마 앞으로 생명보험이 4억 프랑 있다는 걸 알아두어라."

"아, 그만하세요, 제발요……. 아버진 다행히 몸이 건강하시잖아요. 너무 과로하셨어요. 신경도 날카로워지고요."

나는 미소를 지었다. 얼마 전부터 양복저고리 깃에 훈장 리본을 달고 다녔다. 내 갑옷 장비에는 아무것도 부족함이 없었다.

"장피에르, 걱정하지 마라. 내가 알아서 처리하마."

"어떻게요?"

"내가 알아서 할게. 결국 모든 것은 순전히 이익의 문제다. 내가 나에게 벌어다주는 것과 또 내가 나에게 대가를 치르게 하는 것. 인생은 기쁨을 가져다주고, 또 고통으로 대가를 치르게 하지……. 냉철하게 결산할 줄 알아야 한다. 이제까지 나는 나 자신에게 한 달에 500만 프랑의 손실을 가져오게 했어. 하지만 1년에 20억을 얻어다주었지. 그런데 지금은 여전히 500만의 손실을 감당하지만 아무것도 가져오지 못한다. 난 실패한 거다. 내 육체조차도 이제는 득이 될 게 없어. 삶의 즐거움을 점점 뜸하게 가져다줄 뿐이다. 이제 나 자신에게 (그러니 너나 네 엄마에게도) 모든 점에서 실패한 사업이 되어버렸단 말이야."

"전 오래전부터 아버지 기분에 적응하고 있어요. 하지만 아버지 제발, 지금은 이러지 마세요……. 너무 힘들게 소모하고 계세요……."

"능력도 안 되는데 여자랑 너무 놀아난다고 말하고 싶은 게냐?"

"그런 건 저한테는 상관없어요. 알고 싶지도 않고요."

"말하자면, 내가 황혼기에 접어들어서 성생활에 의미를 둔다고, 절망적이지만 중요한 의미를 둔다고 치자. 아들아, 그건 영원한 이별의 순간이다. 너도 언젠가는 알게 되겠지. 이별과 고백의 순간인 것이지. 그게 그거야."

장피에르는 파랗게 질려 있었다. 눈을 내리깔고서 묵묵히 같은 말을 되뇌었다.

"말했잖아요, 그런 건 알고 싶지 않다고요."

나는 일어섰다. 이제야 나의 존재 이유와 내 미소의 의미를 명백하게 알게 되었다. 나 자신에 대한 실재하지 않는 통제력을 겉으로 보여주는 표시였던 것이다.

"제라르 형에게는 이런 얘기 하지 마라. 그러다 심장마비 올라. 그리고 너도 신경 쓰지 말고. 누차 얘기하지만 난 아직 4억짜리다."

"저는 정말로 아버지의 4억 따위 하나도 관심 없다고요." 장피
에르가 말했다.

나는 한동안 그를 바라보았다. 나는 아들을 아주 많이 좋아했
다. 결국, 자신을 닮은 사람을 좋아할 수밖에 없는 것처럼.

"장피에르, 한 가지만 설명을 해다오. 너는 좌파에게 투표하지.
내가 이해하지 못하는 것은 말이지, 너는 시스템이라는 것을 싫
어하는데 동시에 어떻게 해서든 성공적으로 그 시스템 안으로 들
어가려고 무진 애를 쓴다는 거야."

"돈에 맞서 자신을 방어하는 가장 좋은 방법은요, 그걸 가지는
거예요."

"자, 내 아파트는 못 줘도 1억 7000프랑은 나가지. 내 값어치는
그러니까 현찰로 4억에다 아파트 1억 7000이구나. 네가 한동안은
좌파에게 투표할 수도 있겠구나. 하지만 금은 연동되어 있지 않으
니. 인플레이션 때문에 4, 5년 지나면 내 값어치가 절반밖에 되지
않을 거다. 그러니까 이 자산을 지금부터 바로 현금화해서 최적
의 조건으로 돌려야 한다……."

"네, 다행히도 우리 집안은 장수하잖아요……."

"내가 알아서 한다고 하지 않았니."

"도대체 아버지, 무슨 말씀을 하시는 거예요? 그게 무슨 뜻이
에요?"

"인간 사회의 황소란 말이지." 이렇게 말하고 나는 웃기 시작했
다.

밖으로 나왔다. 지하철을 탔을 때 이상한 일이 일어났다. 승객

들 가운데서 비밀 지하운동을 하던 당시의 동지들 얼굴을 본 것 같았다. 뤼숑 지구를 맡고 있었던 카이뤼, 방데 지방을 담당하던 자뱅. 말도 안 되는 일이었다. 내 동지들은 35년을 더 살았을 텐데 내가 서른 살 젊은 얼굴을 보다니. 더구나 자뱅은 이미 죽었다.

릴리 마를렌의 얼굴도 본 것 같았다. 그녀는 꽃무늬 원피스를 입고, 영광스러운 핀을 꽂은 챙 넓은 모자를 썼다. 하지만 그것은 그녀가 아니었다.

나는 방으로 올라와서 그녀에게 전화를 걸었다.

"이봐, 그래서? 내 일은 내려놓은 건가? 언제 되는 거야?"

"일이 그런 식으로 되는 게 아니에요. 며칠만 시간을 더 줘요. 정말 확실하다는 생각이 들면……"

"잘 들어, 잘 들으라고. 당신은 나한테 빚진 게 있어. 나 기억하지? 안 그래?"

"기억하죠."

"당신 내가 어떤 사람인지, 어떤 사람이었는지 알지?"

"네네, 걱정하지 마요. 있잖아요……"

"명예의 사나이, 그거 알아?"

"예전 같은 세상이 아니라고요. 대령님도 그걸 아셔야 한다니까요."

"상관없어. 나는 말이야, 변하고 싶지 않아. 똥구덩이 속에서 끝장나고 싶진 않다고."

"대령님, 예전 사람들이 말하듯이 '똥구덩이 속에서 끝장나다'라는 말은 이제 쓰지 않아요. '부동산업으로 끝장나다', 그들은 이렇게 말해요."

상대편 전화기에서 침묵이 흘렀지만, 그녀는 자신감이 넘치는 조금 비아냥거리는 모습을 되찾았다.

"두려워하실 필요 없어요, 대령님. 제가 처리할게요. 맹세컨대 당신은 아무 위험도 없어요. 내가 잘 알아요. 자······."

"난 지금 피어나지도 못하고 썩어가고 있네."

"전화로 이런 이야기는 하지 않기로 해요. 다 잘될 거예요. 저를 믿어보세요."

수화기를 내려놓자 현기증이 나면서 관자놀이에 땀이 흐르는 게 느껴졌다. 지난 서른여섯 시간 동안 아무것도 먹지 않았다는 사실이 떠올랐다. 비가 내리기에 비옷을 입고 밖으로 나갔다.

그녀는 제비꽃 한 다발을 손에 들고 문 앞에 있었다. 베레모에 흰색 우비를 입었다.

절망적으로 힘껏 애를 썼지만 어느 누구도 의지 하나만으로 죽어버리지 못했다.

"들어오세요."

"아니, 난 단지······."

그녀는 울음을 터뜨리며 내게 달려들었다. 팔을 둘러 감싸 안기가 꽤나 어려웠다. 얼마나, 얼마나 그녀가 원망스러웠던가······. 누구에게 의지해 사랑하는 것보다 더 나약한 것은 없다.

"로라······."

"제발 우리 다른 얘기는 하지 마요······."

"그 정도면 충분히 분명하지 않은가? 안 그래?"

"자크, 알아요······ 이해해요······. 그런들 뭐가 바뀌겠어요? 당신도 알다시피, 내가 당신을 사랑한다고 했을 때 사랑은 중요한 게 아니었어요. 다른 식으로는 숨 쉬는 게 불가능하다는 얘기를 하는 거예요. 그러면 당신은 그게 나에게 어떻게 했으면 좋겠다는 건가요? 당신의 그 육체 말이에요…… 아마 내가 당신을 선택했다고 생각하겠죠? 쇼핑을 했고 그중에 가장 나은 것을 골라잡았다? 난 절대로 선택한 게 아니에요……. 당신이 했죠. 난 어쩔 수 없었다고요……. 프랑스어에서는 사랑에 '빠지다'라고 하던가요? 그래요, 일부러 어디 빠지는 일은 없어요……."

나는 당신 머리칼 속에 얼굴을 감추었어. 그렇게 사는 것, 거기서 사는 것, 그것 말고는 아무것도 없구나…….

우리는 몇 차례 행복한 시간을 보내려고 노력했다. 내 말은, 밝은 달빛 아래 손에 손을 맞잡고 산책을 하면서 새들의 노랫소리를 함께 들었다는 것이다. 우리는 심지어 주말을 베네치아에서 보냈다. 사랑에 빠져 있을 때 그 귀중하고 오래된 곤돌라만큼 가치가 있는 것도 없기 때문이다.

파리로 돌아오자마자 나는 릴리 마를렌에게 전화를 걸었다.

"그래서?"

"날 보러 오세요."

나는 저녁 7시에 클레베르 가에 있는 그녀의 집으로 갔다. 나를 거실에 들이지는 않았다. 우리는 칸막이 방에 서서 얘기를 했다. 그녀는 1930년 여자 교관식으로 옷을 입었다. 검은색 모피에 진주 목걸이를 두르고 가짜 다이아몬드를 꼈으며, 목에는 검은색 벨벳 리본을 둘렀고 출렁대는 귀고리를 하고 있었다. 그을린 금발은 윤기가 하나도 없다. 미용사가 박제사식으로 손재주를 발휘하는가 보다. 무슨 수를 써서라도 관심을 끌려고 하는 할머니들처럼 흰색을 덧발라 화장한 모습이 무섭게까지 보였다. 어둑한 입구에서 보아도 그녀의 푸른 눈은 희미한 빛을 띠었고, 매우 화가 나서, 모든 것을 꿰뚫어 볼 것같이 뚫어져라 시선을 모으고 있었다.

"있잖아요, 내일 저녁 11시예요. 문을 빠끔히 열어두고 안에는 불을 다 꺼놓으세요. 당신은 도둑이 들어 죽은 것으로 할 게요……."

"휴…… 좀 진작 해주지. 그러니까 정당방위를 하다가 살해당했다는 말이군. 말 되는군. 그자가 누구야?"

"그건 알아서 뭐하시게요?"

그녀의 입술은 전보다 가늘게 접혀 있었다.

"언제나 끝장을 보는군."

"당신도 알다시피 '끝까지 가는 것'은 그다지 길고 긴 여정이 아니라고요……."

온갖 시련을 겪고 나서야 알게 되는 그런 흔들림 없는 시선으로 나를 바라보았다.

서류를 정리하면서 하루를 보냈다. 로라는 이제 전화하지 않는다. 그녀가 보낸 편지들을 다시 읽어보았다.

6시에 나는 꽤 우스운 짓을 했다. 셔츠를 갈아입은 것이다.

기다렸다. 아무것도 생각하지 않고 아주 깨끗하게 죽음을 맞이하기 위해서.

9시가 되기 조금 전에 전화벨이 울렸다. 이마에 식은땀이 흘렀다. 릴리 마를렌이 전화를 걸어 약속된 일을 취소하려는 거라는 생각이 들었다. 나이 들면서 선한 사람이 되려는 거겠지.

장피에르의 목소리가 기쁨에 떨리고 있었다.

"아버지에게 좋은 소식이 있어요. 둘리에 대한 아버지 생각이 틀렸어요. 그 사람이 약속을 지켰다고요. 보증서를 막 받았어요. 클라인딘스트 주식까지 합쳐서 전부 25억이 될 거예요. 아버지 말이 맞았어요. 또 한 번 아버지가 이겼다고요! 황소의 두 귀와 꼬리를 거머쥐다니! 여보세요? ……아버지, 듣고 계세요?"

"그래, 듣고 있다."

"일이 잘 성사되었다고 말씀드리는 거예요."

"알아들었대도."

"반응이 왜 그 정도밖에 안 되세요?"

"장피에르, 로라와 결혼하거라. 그 아이는 사랑스럽단다. 그리고 브라질의 대상속녀야."

그의 목소리가 냉랭해졌다.

"무슨 일이에요? 왜 그렇게 말씀하시는데요?"

"나 자신에게 얘기하는 거야. 네 엄마는 지참금으로 4억이나 가져왔지."

"서로 사랑하는 사이 아니었어요?"

"글쎄다. 난 언제나 섹스광이었잖니."

"아버지 우울증이 심해지셨나 봐요."

"잘 있거라, 장피에르. 네가 자랑스럽구나. 니도 역시 싸움꾼이다, 진정한 싸움꾼. 넌 멀리까지 갈 게다. 그 아버지에 그 아들이지……. 우리 집안엔 용감한 사람들이 늘 있었지."

"제가 거기로 갈까요?"

"아니, 괜찮다. 괜찮아질 거야. 네가 수상이 되거든 남자들의 삶을 담당하는 부서를 꼭 두어라. 재고해야 할 문제야."

나는 전화를 끊었다.

11시 20분 전, 예정대로 나는 문을 살짝 열어두었다. 살인 청부업자가 도둑질을 위장할 테니 여행 가방을 들고 올지 궁금해졌다. 나는 내 침실 벽장에 있는 가방을 꺼내어 거실로 들고 왔다. 망설였다. 내가 끼어들어 준비해주는 일이 옳지 않을지도 모른다. 프로가 과연 내 이니셜이 붙어 있는 가방을 가져올 것인지 잘 모를 일이었다……. 한편으로는, 그가 작은 가방을 들고 오는 것도 상상하기 힘들었다……. 몸싸움의 흔적도 미리 생각해놔야 한다……. 웃음이 나왔다. 바로 이게 나다. 내가 사장인 한 상황을 제대로 파악하고 끝까지 가는 것이다……. 하지만 릴리 마를렌이 고른 업자니 믿어도 좋다는 것을 잘 알았다. 내가 신경 쓸 일이 아니었다. 그는 내가 외출한 줄 알고 있을 것이고, 나를 발견하자 몸싸움을 벌인다. 그리고…… 그래, 빨리 불을 꺼야지.

나는 불을 끄고 소파로 와서 앉았다. 마음속으로 긴장이나 두려움의 흔적들을 찾고 있었다. 아무것도 없다. 황소를 도살할 준비가 끝났다. 왜 그런지 모르지만 킬러가 내 목덜미를 쳐주기를 바랐다.

뭔가 은밀한 소리가 들렸다.

나는 팔짱을 끼고 머리를 약간 숙였다.

분명히 그는 손전등을 들고 있겠지.

거실에 불이 켜졌다.

로라가 손을 스위치에 대고 문가에 서 있었다.

나는 비현실적인 환각의 허무함 속에서 온몸이 마비되고 눈은 풀려버렸다.

그녀는 장갑을 벗고 있었다. 손에는 작은 은색 손가방이 들려 있었다. 에메랄드빛 원피스. 소매가 긴 에메랄드빛의 긴 원피스와 반짝거리는 롱코트.

……온갖 경보와 아우성이 밀려들며 세상의 공포가 다시 시작되었다. 나는 튕기듯 일어섰다.

"당신은 여기 있으면 안 돼…… 내가 기다리는 곳 말이야……."

"알아요."

내 머리에 스치는 첫 번째 생각은 단연 칭찬받을 만하다고 생각한다. 로라는 내가 위험에 처해 있다고 직감하고는 정식 연회에서 서둘러 나와 내 곁에 온 것이다. 그것은 여자의 직감에 대한 그리고 고귀한 감성에 대한 경의였지. 만일 내가 냉소적으로 이 글을 쓰고 있다면 이제는 유머도 썩어가고 있다는 증거다.

…… 문에는 직사각형의 그림자가 드리워졌고, 금빛 거울 속에 선 백인 남자 한 명이 자신의 오래된 벽에 갇혀 있었다.

"당신 친구가 나에게 전화를 해주었어요. 누구냐면…… 레비스 스톤 부인이요. 그래요……."

"릴리 마를렌이야." 내가 중얼거렸다.

그녀는 가벼운 걸음으로 의기양양하게 거실을 가로질렀다. 뒤로 말아 올려붙인 머리는 어둠의 흔적을 찾아보기 어려울 정도로 이마를 시원하게 드러내고 있었다.

"당신 친구가 말했어요……."

"나도 알아, 당신한테 뭐라고 얘기했는지."

그녀가 내 곁으로 와서 앉았다.

"자크, 난 당신 없이는 살 수 없어요. 그리고…… 우리 그렇다고 헤어지진 않겠죠? 이유가…… 이유가……"

"내가 성 불능자기 때문에. 그렇게 말해, 그렇게 말하라고, 로라. 한 번은 분명하게 말을 해줘야 한다고……"

"당신 그렇지 않아요. 틀렸다고요! 당신에게 필요한 건……"

"도움이지." 내가 말했다. 그리고 웃음이 나왔다.

"사실이 아니에요. 아니라고요. 당신 친구가 다 얘기해줬어요……"

"당신한테 뭐라고 설명해줬어? 그 창녀가?"

"당신이 나이가 들어서 이제는 성생활이 그리 단순하지 않다고…… 덜 간단해졌다고……"

"덜…… 간단하다고? 더 많이 '복잡해졌다'는 말이야? 그래?"

"받아들이셔야 해요……"

"어디까지? 어디까지 받아들여?"

나는 일어서서 고래고래 소리를 질렀다. 서구의 몰락이 그처럼 나에게 도움을 준 적이 없었다…….

"차라리 죽어버리지. 유럽은 받아들이지만 난 아니야……. 이제 미래도 기운도 정력도 없다면, 나 자신에게서 박탈당해야 한다면, 내가 나 자신에 대해서, 문명에 대해서, 프랑스에 대해서 품은 생각을 거부해야만 한다면……"

"어째요 자크, 도대체 무슨 말을 하는 거예요?"

"내가 기꺼이 지불할 용의가 있는 에너지, 원유, 원자재 따위의 값에는 한계가 있어."

하지만 이번에는 웃을 시간조차 없었다. 거실 옆 칸막이 방에서 발걸음 소리가 들렸고 루이스가 들어왔다. 도움을 주려는 사람들이 내 주위에 하도 많으니 이미 일이 그렇게 풀릴 줄 알고 있었다.

루이스는 운전사 복장을 하고 있었다. 오른쪽 어깨 견장 아래 찔러 넣은 장갑의 접힌 손가락 부분이 나를 집요하게 잡으려는 듯 마치 검은 날개가 내 쪽을 향하는 모양이었다.

"늙은 포주." 내가 말했다.

"시, 세뇨르." 루이스가 말했다.

그는 거실로 걸어가더니 모자를 벗고 태연히 서 있었다. 나는 다시 한 번 그리고 마지막으로 내 얼굴과 판이하게 다른, 세상의 어떤 태양과도 다른 이 얼굴 앞에서 상상과 쾌락이 강하게 솟아오름을 만끽하고 있었다. 삐죽 나온 입술에 잔인함의 자취가 보이고, 그가 기다리면서 보였던 침착한 자신감과 무관심은 미래에 대한 그리고 승리에 대한 확신 속에서 도전적이기까지 하다…….
아직은 거절할 수 있는 짧은 순간이, 명예와 격분의 순간이, 반항과 야유의 시간이 있다. 샹젤리제로 내려가 드골과 함께 선두에서 깃발을 들고, 마음속으로 부르는 군가 몇 소절과 트랄랄라 후렴구를 부를 시간. 그 안에서 너무도 투명하게 드러난 내 계급의식은 증오심에 불타 비틀리면서 죽어간다…….

권총은 서재의 서랍 속에 있었지만 그것은 사라져가는 생각에 지나지 않았다.

로라는 담배에 불을 붙이고 어느 정도 적대심을 띠면서 루이스를 쳐다보았다.

커튼이 쳐 있었고 전등은 붉은빛을 낸다. 모든 종류의 반사적 생각이 내 빈 공간 속에서 움직인다. 그중의 하나는, 내 기억에 따르면, 모든 아름다움이다. 나는 키신저의 경고를 생각했다. 서방 세계에 없어서는 안 되는 에너지 원자재가 줄어들 경우 전쟁은 하나의 가능성이 되었다.

"저도 대략 그렇게 생각했어요." 로라가 말했다.

"당신이 그렇게 **생각했다**고?"

그녀는 눈을 내리깔았다.

"……처음에 어두운 곳에서 당신이 중얼거릴 때요……. 맞아요, 좀 당황했어요. 이해할 수가 없었어요. 이제 당신이 날 사랑하지 않는구나, 내가 당신에게 못 미치는 사람이 되었구나 생각했죠."

나는 내 마음속에서 절망의 흔적이라도 찾아보았다. 아무것도 찾을 수 없었다. 동시에 나는 새로 태어나는 느낌을 받았다. 이제는 저 너머에 가 있었다. 모든 것의 저 건너편에, 그리고 이제 아무 일도 나에게 일어나지 않았다. 우주는 한 방울의 빈정거림에서 탄생하고 인류는 그 빈정거림의 미소에 지나지 않는다.

로라는 내 손을 잡더니 자기 뺨에 가져다 대었다.

"그건 중요하지 않아요, 자크. 정말로 안 돼요……."

"그래."

"그건 그저 육체적인……"

"그래, 알아. 물론이지."

"그건 중요하지 않아요. 당신 친구분이 나한테 아주 정확하게 말해주셨어요……. 정말 인생을 잘 알고 있더군요……."

"그래."

"그분이 말했어요. '사랑에 관해서는 그 어떤 것도 잘못이 없다'고……."

나는 아무것도 느낄 수 없었다. 릴리 마를렌은 약속을 지켰다. 나는 살해당했다. 이제 다시 살아갈 수 있었다.

나는 루이스 쪽을 돌아보았다.

"당신 운전 잘합니까?"

"저는 마드리드에서 아빌라 백작의 운전사였습니다, 세뇨르. 세 빌리아에서는 퐁데스 후작의 운전도 했습니다. 또한 선주 세뇨르 안드라노스도 모셨습니다. 전에는 투우사였지만 부상을 입고 그 일을 그만두어야 했습니다. 저 운전 잘합니다, 세뇨르. 저 식탁 서빙도 할 수 있고요. 훌륭한 신원 보증서들을 가지고 있습니다……."

"호텔 도둑은 또 어떤가?"

그는 아무 반응도 하지 않았다.

"보디가드 일도 했습니다." 그가 말했다.

나는 주머니에서 재규어 열쇠와 차고 열쇠를 찾아 그에게 던졌다.

로라는 내 두 손을 맞잡고 무릎을 꿇었다. 그녀의 눈에서 그처럼 온화함을 본 적이 없었다.

"떠나요, 자크. 멀리요. 아주 멀리. 이란이나 아프가니스탄으로……."

"그래. 그리고 우리 여행을 계속하는 거야. 계속 더 멀리."

"…… 아마 남아메리카나…… 브라질, 페루에도……."

나는 붉은 불빛에서 늙은 포주의 미소가 떠다니는 것을 보았다.

"내일 다시 오세요. 자동차 준비해주시고요. 아침에 일찍 떠날 겁니다." 그녀가 말했다.

루이스는 나를 쳐다보았다.

"여보게, 이제 부인이 시키는 일도 따르도록 하게." 내가 루이스에게 말했다.

"시, 세뇨라. 시, 세뇨르……"

그는 자리를 떴다. 로라가 약간 물러서더니 불안한 듯이 내 시선을 찾았다. 아마 물에 빠진 사람 꼴이었을지도 모른다. 눈물이 그녀의 얼굴로 흘러내렸다. 그녀는 나를 꼭 껴안고 쓰다듬으며 머리를 풀어 헤쳤다. 우리는 그렇게 오랫동안 서로에게 안겨 있었다.

그녀는 내 품 안에서 잠이 들었다. 그녀가 그처럼 완전히 신뢰하고 안심하며 내 품에 안겨 잠든 것보다 더 아름다운 선물은 한 번도 받아본 적이 없었다.

그날 밤 내 몸이 굉장히 무겁고 고통스러운 것이, 마치 각자가 서로에게서 벗어나려고 하듯이 우리 사이에 싸움 같은 것이 있었다.

나는 사무실에 가서 글을 마무리하고 돈과 여권, 여행자 수표를 챙기러 새벽 5시에 일어났다. 장피에르, 너는 분명 금고에서 이 노트를 발견할 게다. 이 글을 남기는 것은 지금 나에게 우정이 필요하기 때문이란다. 어렸을 때부터 너를 짓누르고 있던 (황소의 두 귀와 꼬리를 거머쥔) 영원히 승자이고 싶어 하는 아버지의 이미지를 떨쳐내는 데 이 노트가 도움이 될 게다. 지금 이 순간보다 더

뚜렷하게 나 자신을 들여다본 적이 없으니, 이젠 거기서 아무것
도 보이지 않는구나.

노년의 성性, 그 경계와 그 너머를 살기

'이 경계를 지나면 당신의 승차권은 유효하지 않다.' 파리의 지하철 출구에 붙어 있던 이 경고문을 이제는 볼 수 없다. 언제부터 그런 문구가 사라졌는지 모르겠지만, 로맹 가리의 스물두 번째 소설 제목은 대번 나에게 파리의 경험을 환기시킨다. 1990년대 후반이었을까, 3구역에 위치한 라데팡스 역을 나오다 검찰원들에게 승차권을 검문당했다. 영문을 모르고 당황했던 기억, 일고여덟 명의 검찰원이 쑥색 유니폼을 입고 출구를 막아섰을 때의 그 막연한 긴장감, 특히 유니폼이 주는 위압감을 아직도 잊을 수가 없다. 내가 가진 승차권이 2구역용이었다는 이야기를 듣고 200프랑에 가까운 벌금을 꼼짝없이 그 자리에서 물어야 했으니, 지금의 환율로 치더라도 4만 5천 원에 이르는 큰 액수였다. 충분히 정당한 벌칙이었지만 그 가차 없음이 억울했던 것은 왜일까.

지하철 경고문은 그것이 부정문일 때보다 큰 기대효과를 이끌어낸다. 아무리 사소한 것일지라도 생각의 끈을 놓지 않을 것만 같은 작가에게 지극히 현실적인 이 경고문이 어떤 사고의 촉

매제가 되었는지, 또 어떤 냉소적 유머와 비유로 그것을 풀어나 갈지 궁금하지 않을 수 없다. 주인공 자크 레니에는 쉰아홉 살 출판사 대표다. 매각할 수밖에 없는 처지에 놓인 출판사의 재정적 위기, 노년기 자신의 성 불능을 의식하기 시작하는 정체성의 위기는 매해 조금씩 바닷속으로 가라앉는 물 위의 도시 베네치아, 서서히 기울어져가는 피사의 사탑이 겪고 있는 점진적인 위기와 다름없다. 모두가 '로마제국의 멸망'이고 '석양의 불안감'을 전파한다. 그것은 스물두 살의 애인 로라와의 관계에서 정신이 시키는 대로 쾌락의 시간과 강도를 조절하기 점점 힘들어지는 육체의 무력감이다. 작품 전체를 관통하는 이 우울함과 두려움 때문에 과연 자크에게 출구가 있기는 한 것인지, 자크가 쓰고 있는 독백 노트가 설령 자살을 앞두고 유산상속자인 아들에게 남기는 장문의 유서가 아닌지 독자는 조바심이 난다.

로맹 가리 삶의 비극적 결말을 알고 있는 독자라면 충분히 자크 레니에가 겪는 노년의 불안감, 사랑의 위기를 진 세버그와의 관계에서 비롯된 위기감과 동일시할지도 모른다. 작가와 작품 속 주인공의 동일화는 일반적으로 독자들이 빠지기 쉬운 함정 같은 것이다. 작가의 삶과 주인공의 삶 사이에는 엄연히 거리가 존재함을 망각하기 때문이다. 로맹 가리 전기傳記의 저자 도미니크 보나의 증언에 따르면 실제로 이 책이 출간되었을 때 로맹 가리가 성 불능자가 되었다는 소문까지 돌았다고 하니, 로맹 가리 스스로 한 지인에게 '자기가 쓴 것을 곧이곧대로 믿지 말라'고 당부한 점은 등장인물의 절실함이 얼마나 독자의 공감을 얻어냈는지 역설적으로 보여주는 부분이다. 하지만 이 즉각적인 반향의 원인은 보다 근본적이고 중요한 문제 제기에 기반을 둔다. 로맹 가리 개인의 성생활에 대한 호기심보다는 그가 제기하고 있는 성에 대한 인식에 초점이 맞추어진다. 보다 엄밀히 말하면 성의 문제라기보다는 '노년의 성'에 대한 문제 제기, 그것도 공개적인 문제 제기다. 서유럽 문화에서 금기시되었던 주제는 '성' 그 자체가 아니라, 바로 '노년의 성'이다. 그것은 남자의 무능력, 남자가 더 이상 수컷으로서의 역할을 수행하지 못할 때 당면하게 되는 정체성 상실의 문제를 과감하게 들추어내기 때문이다. 성 기능 개선제의 사용이 보편화되고, 장애를 극복하는 다양한 방식이 제기되고 있는 우리 시대에조차 노년의 성 문제를 거론하는 것이 여전히 쉽지만은 않다.

이 까다롭고 버거운 소재를 다루는 로맹 가리의 방식이 설득력을 지니는 것은 언어의 힘이다. 언어는 직접적이면서도 비유적이다. 점차 엄습하는 성적 불안감을 이해하기 위해 레니에가 찾아가는 비뇨기과 전문의 트리약과 노인병리학자 미냐르의 언어는 학문이다. 레니에의 판타지 속에서 성 불능을 해결해주는 일종의 조력자이자 임시방편-대체자인 루이스를 그려낼 때의 언어는 시詩이자 비유다. 적나라한 현실과 몽상에 유혹되는 은밀한 판타지를 세밀하게 뒤섞어주는 것도 언어다. 냉소로 무장하여 자신을 보호하는 동시에 자신을 찌르는 칼날이 되는 것도 언어다. 그가 자신을 숨기는 것도, 자신을 드러내는 것도 언어를 통해서다. 그 이중적 언어는 곧 자크 레니에다. 레니에의 전혀 단순하지 않은 사고를 보여주는 로맹 가리의 언어는 그래서 그 맥을 따라가기도 의중을 파악하기도 쉽지 않다. 때로는 너무나도 지적이고

추상적인 언어의 연막에 가려 고리를 잃은 부언이 되어버리기도 한다. 하지만 자크 레니에가 확인하는 가장 행복한 순간 또한 바로 언어에 있다는 점에서 독자는 비로소 안도의 숨을 내쉰다. 로라가 아무 곳에나 흘려놓는 메모식의 편지, 고갈되어가는 에너지를 브라질의 원초적 기운으로 채워주고 보듬어주는 로라의 순진하지만 명철한 사랑의 언어가 가진 힘이다.

그처럼 자크와 로라의 만남은 치밀한 이성과 논리의 힘으로 수세기를 차곡차곡 다져온 문명과 교양, 아마존 처녀림의 거침없는 당당함을 간직해온 야생, 두 세계의 결합이자 소통이다. 자크는 로라의 품 안에서 정지된 시간의 행복을 만끽한다. 가장 차분하고 안정된 그만의 시간. 이 경계를 지나 승차권이 더는 유효하지 않다면, 자크 레니에에게 경계는 로라의 품 안이 아닐까. 이제 자크에게 중요한 것은 그 '경계'나 '유효하지 않다'는 경고성 문구가 아니라, 경계를 통과한 그 '너머'가 아닐까. 그를 포장하고 있는 허다한 비유와 냉소를 거쳐서 그가 더 나아가고 싶은 곳, 나아가는 여정에는 로라와의 사랑이 함께할 것이다. 로라가 확신에 차 말하듯이 그들 사랑의 모든 것은 '저 너머'에 있을 것이기 때문이다. 그렇게 로라가 자크의 불편한 현실을 공유하고 이해하는 순간 그는 새로 태어남을 느끼며, 이제는 '저 너머에 가 있는' 자신을, '모든 것의 저 건너편'에 가 있는 자신을 상상하게 된다. 터널의 끝에서 보이는 빛, 그리고 그 너머를 향한 기대감. 작품에 간간이 숨어 있는 수긍과 희망의 단서들은 터널의 어둠을 통과하는 자가 인내하며 극복하는 시간이기에 절망적이지 않다.

올해는 로맹 가리 탄생 100주년이 되는 해다. 예순한 살의 로맹 가리, 『이 경계를 지나면 당신의 승차권은 유효하지 않다』를 출간하고 나서 성을 주제로 한 대담 방송에 초대된 로맹 가리의 모습을 찾을 수 있었다. 작품을 읽고 나서 작가의 영상을 보니 대번 드러나는 카리스마도, 그 고유의 냉소도 감회가 남다르다. 소설을 쓰면서 자기의 삶보다는 다른 사람의 삶을 살아보고자 한다는 로맹 가리의 말은 어쩌면 끊임없이 경계의 저 너머, 미지의 저 너머에 가보기를 갈망하는 그만의 '삶'의 방식이 아닐까. 그렇게 이 책을 출간한 해, 로맹 가리는 에밀 아자르의 이름으로 『자기 앞의 생』을 내놓았다.

지금도 저음의 진한 목소리가 여운으로 남아 있다. 그가 말하고자 했던 경계와 그 너머가 무엇이든 상관없다. 이제 나에게, 독자에게, 그 너머가 열려 있다.

로맹 가리의 농밀한 언어를 이해하는 데 많은 도움을 준 M. Sampaio Lopes에게 감사의 마음을 전한다. 로맹 가리의 두터운 비유를 내 부족한 언어로 전달하는 데 조언을 아끼지 않은 마음산책 편집팀에도 진심으로 감사드린다.

2014년 2월

이선희